Le Septième Juré

Francis Didelot

論創海外ミステリ 139

七人目の陪審員

フランシス・ディドロ

松井百合子 訳

論創社

Le Septième Juré
1958
by Francis Didelot

目次

主要登場人物

グレゴワール・デュバル……薬局店の主人
ジュヌビエーブ・デュバル……グレゴワールの妻
レオン・ヴァラール……警部
オペノ……予審判事
ローラ・ノルティエ……魅力的で奔放な若い娘
アラン・ソートラル……よそ者のチンピラ
アブリュー・ラボリ……弁護士
サビナ……検事
バブラール……裁判長
ルフェビュール……判事

七人目の陪審員

第一章

これが自分の手なのか？……まさか、信じられない！……。

指が絡まり合ってひとつになった獣のような両手を、彼は半狂乱で見つめた。何がどうなっているのだ、こんなことがあってたまるか……。

どこかの酒場のスピーカーがジルベール・ベコーの「僕の手」を耳障りな音で流している。なんという皮肉だ！……。


女は横たわったまま身動きしない。全く動かない。青い蠅が女の唇のそばで飛んでいる。踏みにじられた足元の芝。川面《かわも》からは水をかけ合う音や、楽しそうに笑う声が響いてくる。今日は輝く太陽と希望にあふれた穏やかな日曜日のはずなのだ。

蠅は女の唇の端にとまった。女はぴくりともしない。


グレゴワール・デュバルは皆に〈太っちょ〉、時には〈気のいい太っちょ〉と呼ばれていた。本当に太っているわけではなかった。だがそのあだ名は、まるで袖の形が崩れ、ボタンホールが広がり、ズボンが古い管のようにくたびれている古着のように、すっかり彼に馴染んでいたのだ。グレゴワール自身もそのあだ名がお気に入りで、つい、こう頼みそうになるのだった。「〈太っちょ〉と呼んでくれよ」

街の人々は彼を尊敬していた。彼への好意を口に出すものさえいた。

「グレゴワール・デュバルは最高だよ。実に面倒見がいい奴さ。女房さえ見てなきゃ一見の客にも掛け売りをしてくれるんだ」

妻の方は〈気のいい太っちょ〉ではなかった。増え続けるぜい肉をとろうと涙ぐましく奮闘するのだが、結果は惨憺たるものだったし、その努力で性格が良くなるということもなかった。

デュバル夫妻は自由通りとロング街の角でモダン薬局を営んでいた、反骨精神あふれる街が通りの名づけ親だった。店のガラス扉にはエナメルで、〈グレゴワールとジュヌビエーブ・デュバル薬局、処方箋取扱い店〉と書かれている。

ジュヌビエーブは会計を担当し、客の出入りに応じて立ったり座ったりしていたが、レジを離れることはなかった。グレゴワールはいつも愛想が良く、大切な客には丁寧に、幼い客には親しげに応対していた。両ポケットは子供達にやるチューインガムでいっぱいにふくらみ、妻の目を盗んでは秤売りでおまけをしていた。実のところ、ジュヌビエーブは全てお見通しで、ただ目をつむっていただけだったのだが。

店の奥の部屋では長女のナタリーが店の看板薬〈デュバリンヌ〉の包装の管理をしていた。体に優しいこの薬はシロップ、錠剤、顆粒、どれで飲んでも成長促進、肌のつや、くる病、消化不良によく効くと評判の店の看板商品だ。

夫妻はナタリーを始めとして三人の子供に恵まれた。長男のローランは十九歳、高校卒業試験《バカロレア》の、気楽な口頭試問の最中だった。父から――「自分のバカロレアなんだぞ、腹をくってやれ！」とハッパをかけられている。――末っ子のポーリンヌは二人の神、父とテルプシコレー（ギリシャ神話の踊りの神）が大好きな十五歳の少女だ。

幸福で、平和な一家、よくある静かな曲のように決められた音階を奏でている、ありふれた日々。悩みと言えば妻の召使に対する不満のこと、ローランのかんばしくない成績のこと、それに、次々とデビューする新人歌手のレコードに夢中になっているポーリンヌのことくらいだ。かつて事件らしい事件もあるにはあった。フェルナン、店の薬剤師が水薬の調合の際、とんでもない間違いを犯してしまったのだ。その時は最初の四つ角で、客がうっかり瓶を落として割ったので事なきを得たが、家族で食卓を囲むとそのことがよく話題になった。「もし患者さんがあのシロップを飲んでいたらどうなったか！」

思い出すたびにグレゴワールは、人の良い顔を不安で強張らせ、ジュヌビエーブは唇を噛みしめる。

「あんなにフェルナンを辞めさせるように言ったのに」

「それは気の毒だよ！　フェルナンはもう充分償いをしたんだ。あれから結婚もしようとしないじゃないか」

ローランはにやにや笑いを浮かべ、ポーリンヌはコッカー・スパニエルのような視線を父に送り、ナタリーはパンをちぎりながら遠くを見つめていた。やや広すぎるほどの額の奥で、彼女が何を考えているのかさっぱりわからない。実は何も考えていないのではないか？

グレゴワールが立ち上がった。ポーリンヌはこっそり父のナプキンを取り上げ、たたんで輪に通した。ジュヌビエーヴは肩をすくめた。

「おやすみ」

「おやすみ、パパ」ローランは不満そうに呟くと、ポケットからけばけばしいペーパーバックを取りだした。派手なリボルバーを両手で振り回しているカウボーイが表紙だ。タイトルも派手だった。〈ベイビー、そこで跳べ！〉。

グレゴワールは声を荒げた。

「ほかにすることはないのか？　宇宙学の方はどうなってる……」

ローランは言い返した。

「宇宙学？　そんなの余裕だよ。それより生物歴史学の口頭試問で、軍隊出身の先生に言われたことを聞かせたかったね。〈デュバル、君は実にりっぱな体つきをしている〉いい体格だって、すごいだろ、パパ？　パパは言われたことないよね……やめろよ、ポーリンヌ！」

末っ子のポーリンヌはあれこれと不満そうな表情をしてみせて、兄への怒りをあらわにしていた。ナタリーは相変わらず夢見るような目つきをしている。ジュヌビエーヴは夫のキスを頬に受けながらこう言った。

「お願い、あまり遅くならないでね」

　二十四年間、ジュヌビエーブは一言一句変わらない台詞を夫に繰り返している。それはグレゴワールが通りを三つ隔てたテラスという酒場で仲間達と会うために出かけていった最初の晩から始まった。結婚して一年、何とか外出しようと画策していたグレゴワールにとって、ジュヌビエーブの妊娠、そのための彼女のいらだち、義父のとりなしは、格好の口実だった。

「息子や、行っておいで。こういうことが商売には大切なんだよ。時折外で人と会って、仲良くなっておけば店の評判も上々、商売も繁盛ってもんだ。わたしの経験から言うのだから間違いない」

　そう言って義父は彼をドアの外に押しやると一階のホールで囁いた。

「グレゴワール、しっかりしないと破滅だぞ。ジュヌビエーブに食われちまう。女房はカマキリだからな」

　それから二十四年間、義父の言葉に力づけられたグレゴワールは妻が何と言おうと、食事の後の外出を欠かさずに続けてきた。それは家の主の座を再確認させる時間だ――少なくとも彼はそう信じていた。ジュヌビエーブも最初は抵抗したが、だめだった。どうやっても彼の勝ちになるのがわかっていたので、ある時には気持ち良く、ある時には不愉快な胸のうちを隠して送り出した。この件に関してだけはいつも妻の負けだった。だが彼女は状況を逆手にとって勝利を収めた。夫のお尻をたたいて送り出すことにしたのだ。グレゴワールはどんなに気が向かない時でも酒場のテラスで毎晩同じ仲間とブロット（フランスで最も人気のあるトランプゲーム）をしなければならないはめになった。日曜と、休暇と——そして盲腸の手術を受けた時を除いて。

彼は階段を降りていった。手入れの行き届いた建物の床からは強いワックスの臭いが立ちのぼる。デュバル家は二つの隣接するアパートメントの五階をひとつづきに改造して使っていた。一階の出口の右側にはモダン薬局の立派なショーウインドウが二つあり、その入り口の両側には緑十字の薬局マークの蛍光灯が光っている。ジュヌビエーブは自分でショーウインドウのディスプレーを手がけていた。生まれつきセンスがあるらしく、石鹸、背中洗いブラシ、乳液やシャワー・ノズル等を飾っている。彼女は夫より宣伝の術《すべ》を心得ていて、便秘薬や、救急用の包帯の宣伝に出ているスターのブロマイドを展示していた。ジュヌビエーブは商売人であり、〈モダン薬局〉が彼女の全てだが、グレゴワールは……ああ、グレゴワールは、夢見る男だった。どんな夢かと聞かれてもはっきりと答えられる訳ではないが、誰かが頑張ってのぞき込んでみても限りない空洞が広がっている長女ナタリーの頭の中とは違う、違うのだ。彼の夢はどんな人物にもなれる他愛の無いもの、大種族の長になったり、ロケットのパイロットになったり、下院議会で言いよどむこともなく逆に雄弁をふるって政敵をうち負かす政治家になったりすることだ。

だが、グレゴワールは結局のところフランスの街の薬屋だった。街と呼ばれるにふさわしい街、あらゆる病気に対応でき、病理学の研究も行っている病院のある街。市役所や裁判所、警察署のある街。立派な歴史のある街。自慢の自由通りには時代の最先端をいく製品をおいた店々がこれ見よがしに洗濯機、テレビ、カメラ、エアマットレス、スチールでデザインされたモダンな家具、現代骨董品を展示している。それにスター映画館、レキシー・キャバレー、そして、ホテルのようにガラス、金属、イルミネーションに輝く建物もある。この街にはまた市場も教会も、川にかかる古い橋も——元帥がアルマナック族と戦った橋と言われている——時折散策するのに気持ちの良い遊歩道もあった。

グレゴワールはこの街で生まれ、学校に上がり、リセへ進み、そのあと隣街の大学へ行った。生まれ育ったこの街で初めて異性に心ときめかせたのは六歳の時。名前も知らない女の子に夢中になった。十一歳ではマドモアゼル・ノエルという、四半期だけ絵を教えていた女性にのぼせ、十五歳でリセに通う途中に見初めた食料品店のきれいな女の子に恋をした。彼はある日勇気を奮い起こし、店にいた彼女に早口で言った。「胡椒を、胡椒を一キロ下さい。マダム……」胡椒を一キロ！……。

そしてこの街でジュヌビエーブと出会い、婚約をし、結婚をした。将来はここで神に召され、天使のとまる、決して立派とは言えないデュバル一族の眠る墓に入るのだろう。安らかに。

カーブも踏切もないグレゴワールの人生のレールも、しかし、数回中断されたことがあった。最初は真面目な大学時代。たまにデモに参加してうなる程度の声を出したり、少しだけ飲みすぎたためだろう、ひわいな歌を歌ったりした。後年、彼は大酒をくらっていたなどとその時代のエピソードに尾ひれをつけ、ヴィヨン（放蕩生活を送った十五世紀のフランスの詩人）とその仲間を引き合いに出し、自分と比べれば、彼らはまるで少年コーラス隊のようにうぶだとうそぶいた。そして兵役時代があった。最初の十八ヶ月間は雑役の仕事を任され、その後、激戦が繰り広げられているはずなのに妙に静かだった一年間は、本部で薬の仕分けの任務についていた。そしてドイツ軍による占拠。デュバル夫妻の関心事はレジスタンスより大切な配給券だった。配給券の現金化、配給券の貼り付け、配給券の切り抜き、配給券の入手、配給券、配給券。

そんなグレゴワールの人生にも特別な出来事はあった——ナディア。素晴らしいアバンチュール。街を離れて、婚約していたジュヌビエーブを遠く街に残していたにもかかわらず、いや、だからこそ、未完成で終わった婚前不倫は彼の心の中で美化され、人生のスパイスになっていた。ナディア、彼女とは列車の中で出会い、内気な彼が大胆になって自己紹介もせずに話しかけた。ナディア、彼女についてパリまで行き四日間を共に過ごした……。燃えるような四日間、グレゴワールは欲望の渦に身を任せ、十歳以上年上の彼女はそれに心から応えてくれた。愛の日々は続いてもよかったのだ。だが続かなかった。四日目の夜、サン・ラザール駅前のカフェで、一人寂しく食前酒を前にしたグレゴワールの心をパニックが襲った。彼は自分の街を、自分の家族を、まっすぐに敷かれた自分の運命のレールを思った。グレゴワールはアバンチュールを捨てた。逃れられない因習のために、まっすぐに敷かれた人生のレールへと戻るために。街にたどり着いた彼は、安堵のため息を漏らした。これでよかったのだ！　そしてジュヌビエーブと結婚した！

こうして、同じ顔ぶれ、同じ仲間、いつものブロットに、いつもの話題という平日《ウイークデー》の晩が続くようになった。男達は声を潜めてそれぞれの自慢話やアバンチュールについて語り合った。

「あの時こうしていれば……」

カフェ・ド・ラ・テラスは半島のように突き出ていて、なだらかな斜面が庭先から緩やかなカーブを描いて川へと続いていた。夏の夜はバイカウツギやニワトコの香りが、ビリヤードの玉が微かな音をたててぶつかり合う酒場の中までほのかに匂ってくる。テラスの男達はそれぞれの思いに浸ってその香りを胸いっぱいに吸い込みながら、政治の話、道路工事の話、カードが一枚紛失した話などをいつも熱っぽく語るが、その押さえた声色は教会での敬虔な信徒の会話を思わせた。まるで毎晩カフェ・ド・ラ・テラスにバックギャモン、ブロット、ビリヤード、それにブリッジの信徒が集っているようなものだ。ダイスカップやスペードのクイーン、ビリヤード台が信仰の対象なのではない。これらのゲームは現実逃避の口実、心の支えだ。グレゴワールのような、家庭から逃げてくる男達のたまり場なのだ。

この酒場の雰囲気はソーション親子二代にわたって頑なに守られてきた。だが、壁や天井に代々の垢がこびりついてしまい、とうとう——ため息をつきながらも——ペンキ屋を頼むことになった。ルイ・ソーションが店を改装すると宣言した夜、常連は慌てた。改装など絶対に反対だ。ガラスの小型テーブル、趣味の悪い椅子、カウンター越しに輝くネオン、おまけに〈エスプレッソマシン〉の導入。結局六ヶ月後にエスプレッソマシンは撤去された。ジュークボックスに至っては——店の雰囲気に新しい風を吹き込もうと——ソーションが試みたのだが、たちまち客達に、自分達をとるか、そんな悪趣味な機械をとるかと迫られ、悪趣味な機械は翌朝に消えた。試運転のためのコインがひとつ入れられただけで。

グレゴワールはドクター・エスと一緒のテーブルだった。酒場の古株エスは下手な駄洒落が好きな男で、もとは植民地の軍医だったが腕の方は怪しく、もっぱら動物や気の毒な植民地兵を患者にし、十年ほどで帰国した。今はこの街に戻り、年金暮らしをしている。テラスの彼には神父の風格があった。ジュークボックスに対して最後通牒を言い渡す栄誉も彼に与えられた。彼は誰よりも早く酒場に現れ、レジのマダム・ソーションーーたいした仕事もないので蠟人形の上半身でも置いておいた方がましなくらいなのだがーーのところに立ち寄り、挨拶をする。エスは彼女に歯の浮くようなお世辞を欠かしたことがない。

「いつにもましてお美しいですな……わたしがあと二十歳、いやせめて十歳若ければ……」

「大勢の若者があなたに嫉妬するでしょうね、ドクター」

「おお！　そうでしょうね！……おっしゃるとおりです……いやいや！　お仕事の邪魔をして申し訳ありませんでした……」

そして嘲笑うような表情で席にたどり着くと、手を叩いてウエイターを呼び、彼のコーヒーと彼のラム酒をつがせる。彼のテーブル、彼のウエイター、彼のコーヒーとラム。深い自己満足にひたってエスはこう言う。「結婚したことはないね。自分の面倒は誰よりも自分が一番よくみられるのだよ」

だが、テラスに集まってくる連中は口憚《はばか》ることなく噂をしていた。彼の家では口うるさくて気の強い家政婦が全てを取り仕切り、そのうっぷんを晴らすにはここに来て同じテーブルのメンバーに対して偉そうにするより他に方法がないのだと。

「ここは王者のテーブルだ！」メンバーが次々と席に着くとエスは言う。

グレゴワール・デュバル、オペノ判事、ヴァラール警部、そしてヴァンソン、彼はデパートの支配人なのだが、人気俳優と共通点があるのが自慢で、まわりがその唯一の共通点であるファーストネーム〈ヴァンソン〉で呼ぶほどその俳優のものまねに徹している。メンバーが足りない時にはソーションが嫌な顔一つせずにゲームに加わった。

「諸君！」……エスのその一言でゲームは始まる。

彼はニコチンの染みついた指先でカードを持ち上げて配る。

「判事殿、先に引いてくれ」

オペノがカードを引き、後のメンバーがそれに続く。そしてそれぞれの席に着く。五人のうちの一人はゲームからはずれ、他の四人はそれを羨ましがる。ゲームからはずれたものは、背後から見て回り、各自の持ち札を分析し、アドバイスをしようと後ろでしきりに人差し指を動かして、ドクターの顰蹙《ひんしゅく》を買うことができるからだ。こんなに愉快なことはない！　ゲームの最中で行き交う世間話はもっと面白かった。

「ハートだ……」

「最近、面白い事件はあったかい？」

「切り札がないな。痴漢があった」

「そりゃいいや。笑える……」

「お、全部切り札だ……誰が捕まったんだ？」

「シャルニエ神父さ。これでどうだ」

「捜査は滑稽だった！……三枚シークエンスでブロットだ」

「四枚シークエンスだ！　警部さん、その話、して下さいよ」

「仕方ないな、ソーション。こっちに来い、まあ聞けよ……いいから、ヴァンソンさんよ、同色のカードで頼むぞ」

「でも、捕まえたことは捕まえたのでしょう？」

「もちろんさ……あのちびをどう思う？」

「厳しく罰さないと！　そういう奴は」

　これが人生、これが冒険、憂さ晴らしだった。ここにはジュヌビエーブも、口うるさい家政婦もいない。妻と同じように色あせた家庭生活もない。心は家庭によって少しずつすり減らされて不毛になっていく体を離れこのテラスの信仰に到達するのだ。

　自分の手だ。自分の手の仕業だ。何が起こったのかわからないうちに、この手は持ち主の想像もつかない向こう見ずなことをしてしまった。

　その手は持ち主が考えていたよりずっとアバンチュールが好きだったのだ。

　蠅がもう一匹、さっきの蠅のそばにとまった。二匹は瞬く間に体を擦り寄せ、重なり合った。ひそひそと感想でも述べ合っているのだろうか。

　テラスのテーブルは毎晩それぞれ決まったメンバーで占められていた。司令官エスのテーブル、ビリヤードをするデュートギャルドのテーブル、バックギャモンをするテーブル。夫達を送り出しながら妻達はその意味をちゃんと理解していた。平穏を守ること。しかもそれは自らに課した掟だ。男達の夢は形になるや、もうその翼を失うのだ。イカルスの蠟の翼を溶かすのに太陽などいらない。テラスの暑さで充分だ。男達はそれぞれの胸の内の敗北を決定的にするミノタウロス（ギリシャ神話に登場する牛頭、人身の怪物）を飼っているという訳だ。

午後十一時。男達はテラスを後にする。ひっそりと暗がりの中へ街の夜——色彩のない、事件も、情熱もない静かな夜の中を——皆それぞれの家へと散っていく。まるで目には見えない、いたずら好きの妖精が編み物の糸をほどいているかのように、右へ、左へ——北へ、南へ——ビクトル・ユーゴー大通り、ジャン・ジョレ通り——マン街、リヨン通りに——に沿って遠くまで、物寂しげに点々と立っている街灯。窓の灯りも消えた建物に控えめに掛けられた住所表示が、各階にガスが灯っていた昔を彷彿とさせる。

時折、暗闇の中から飢えた犬の影や、鳴きながら追いかけっこをしている二匹の猫が飛び出してくる。それを見てテラスの常連達は笑い声をたてる。自由な野良猫の姿が彼らの目にはなんとも滑稽に映るのだ。

「オペノ夫人がお待ちかねだよ！」

「嫌なこと言うなよ、ドクター」

「おやすみ、また明日！」

「明日はだめだ！　日曜だよ」

「日曜か！　それじゃ月曜に、かな」

「ああ、月曜に！」

編み目は次々とほどけ、ヴァラールとデュバル、警部と薬屋が通りに二人だけ残された。自由通りの新しい街灯が、〈モダン薬局〉のショーウインドウをこうこうと照らしていた。

「あんたの女房はディスプレイを変えたのか！」

二人でショーウインドウをのぞき込み、携帯用シャワーノズルとゴム手袋の組み合わせを観賞した。

「プラスチック製品を入荷したんだ」

グレゴワールはショーウインドウをちらりと見た。妻がどこかで聞いているような気がして、彼は声を落とした。

「おい、そのシャルニエ神父は……初犯じゃないんだろう？」

「そりゃそうさ！　だから見張ってたのさ。いやらしいじじいをな……」

ヴァラールはデュバルを引き寄せ、声を潜め、職務上の機密事項を「な？　それでな？」と時々区切りながらも雄弁に語った。そして急に口を閉じると慌てて言った。

「少し喋り過ぎたよ。じゃあな」

彼は暗闇に包まれたロング街へ逃げるように立ち去った。ヴァラールはこうやって話をはぐらかすのが好きだった。当局で情報を手に入れると、彼は微罪にもこの手を使った。その効果を知り尽くしているのだ。エスは歯に衣を着せずこう言う。「ヴァラールはハラジロ鳥を連れてきてもキジやカモシカに仕立て上げてしまうのさ」

グレゴワールは、しばしその場に立ち止まりシャルニエのことを考えていた。渓谷の森の入り口にあるほったて小屋に暮らすこの変わりものは、先日モダン薬局へやって来て恥ずかしげもなくこう言った。「小さくなったような気がするんだよ。何のことかわかるだろう？　精力増強剤みたいなのはあるかね？」グレゴワールは一人思い出し笑いをした。彼は無害な薬の棚にずっと置かれていた、ラベルの色あせた管の中の錠剤をシャルニエに握らせたのだ。

グレゴワールははっと我に返った。どのくらいの時間がたっただろう。ジュヌビエーブにどやされる。鍵を玄関の錠に差し込み、そっと扉を押し開け、敷居をまたいだその時、話し声が聞こえてきた。歩道に響き渡るヒールの音。ハイヒールを履いた女の声だ。グレゴワールは耳を澄ませて待った。誰だろう？　こんな夜中に迷惑も考えず、人々が寝静まった街を歩き回っているのは？

カップルが通り過ぎた。女が男の腕にしがみついている。かなり酔っているのだろう、千鳥足だ。慎みのない笑い声がとぎれとぎれに続く。声の主はすぐにわかった。彼はじっとしていた。街灯の光がカップルを照らし出した。

ローラ！　彼女にも姓はあるのだが、このファーストネームのおかげですっかり忘れられている。ローラ自身が選んだような、彼女に似合いの名前だ。この娘のためにあるような名前。彼女はとかく噂のある娘だった。街を歩けば男達が振り返り、食料品店にはいれば男の店員に誰よりもサービスされる。ある店員などはローラの買い物かごをいっぱいにしてやり、代金にビスケット一箱分しかもらわなかったというのでクビにされたという話だ。女達は、口から泡を吹くほどローラに激昂しており、街から追い出せと言うものまでいた。中世だったら淫らという名の罪のもと、あられもない姿で馬に乗せて引き回せと弾劾されたことだろう、レディ・ゴディバ（十一世紀英国の女性。夫レオフリックの圧政を諫めるために馬に乗って街を裸で行進したという伝説がある）のように、だが顔は馬のお尻に向けさせて。というのもローラが、魅力的な容姿に、天真爛漫な性格で、身体を惜しむことなく与え、男の方に疲れたと言わせるような女だったからだ。

今夜の相手はA・Sだった。グレゴワールは妻の言葉を思い出していた。若い男が洗顔石鹸を買って店を出たあと彼女は言った。「にきび面を治すクリームでも買った方がいいのにね！」街の人々の白い視線を浴びながらも、A・Sは少し前からローラと同棲していた。さらに悪いことに、彼は彼女のヒモだという噂もたっていた、少なくとも〈心の清い〉何人かがそう言い張り、検事局、警察、市役所、そして何を勘違いしたのか動産公売官に彼らの放蕩さを取り締まってもらえと言うもの達もいた。だが誰も実行する勇気がなかったので、これからはローラの方を憎んで、A・Sは無視することにしたのだ、彼は鼻で笑っていた、本名のアラン・ソートラルを誰がどう呼ぼうが知ったことではない。A・S！　エースとは同じ発音でも全くの正反対。反社会的な若者！　実際、街の住民の風評などどうでもいいのだ。彼は途方もないエンジンを搭載し、ライトピンクに塗ったビンテージカーのモーターをブンブン吹かし、仲間と女達を乗せて走り回っては街の連中を馬鹿にして喜んでいた。

夜の闇の中、長いガス灯がシューシュー音をたてている街灯の下でソートラルは立ち止まり、抵抗する気力も体力もないローラの肩をゆすった。

「酔っぱらい女が！」

「あたし……」彼女はそう言うとまた笑い声をたてた。

グレゴワールはその様子をじっと見ていた。二人は自由通りの歩道の上に降りてきた異星人のようだ。ローラ、A・S！　タブーを犯すことなど気にしない女と男、彼らの前には街の風紀など何の意味も持たない。

グレゴワールは知っていた。この二人が過ごしている無鉄砲な日々のせめて十パーセント位は自分も味わってみたいけれど、それは永久に無理だということを。二人は何の憂いもなく、今現在を欲望の赴くままに生きている。まるで時間が自らへの贈り物として捧げられたように。

ローラは泥酔し、男はそれを大声で笑い、ふらつく娘の体を突き飛ばす、突き飛ばされたローラは、こんな夜中の、こんなに人気《ひとけ》のない通りで、とんでもない大声を出す。ソートラルはよくローラに手をあげるという噂だ。だがローラはそんな彼によりいっそう惚れてしまう。現にグレゴワールの目前でもローラはしっかりとソートラルにしがみついているではないか。

眩《まばゆ》い光景、その仕草、誘うような身振り、人生を包む想い。グレゴワールの心にナディアとの思い出が蘇《よみがえ》った。過ぎ行く時とともに心の中で美しくなっていくナディア。四日間のアバンチュール。彼を本当の彼にしてくれたナディア。それでもグレゴワールはこの街を離れることはできなかった。彼にしょっちゅうナディアの話を聞かされているテラスの連中の間でこの親しきヒロインは、彼らの本当の知り合いか、共有している女性のような存在になっていた。だがナディアはグレゴワールの夢のような記憶の中に生き続けなければならない。彼女のイメージを後悔の色にあせさせてはならないのだ。彼は扉を押し開け、外の静かになったカップルを頭から追い払い、エレベーターで部屋に向かった。

ジュヌビエーブは待っていなかった。もう寝ていた。長い習慣で、あまりに長くて、固まってしまったセメントのような習慣で、彼女は不満を心に閉じこめ、そして寝たふりをするようにしていた。グレゴワールの鍵が鍵穴に差し込まれる音を聞くとジュヌビエーヌは灯りを消す。目を閉じ、彼がつま先立って部屋に入ってくると眠そうな声を出す。

「あなたなの、ダーリン？　遅いのね」

ジュヌビエーブが一週間に六日は口にする台詞だ。たとえグレゴワールがきちんと時間を守った時でさえ。彼は囁いた。

「十一時だよ」

これはすでに儀式となっていた。彼女はベッドの灯りをつけ、暖炉の上の置き時計をちらりと見る。置き時計は、時計と砂時計と鎌との見事な組み合わせで、二人の小さな天使が長針と少しゆがんだ短針の寝ずの番をしている。妹の方が体を縮めている。ジュヌビエーブのグレーの瞳が濃くなった。彼女は突然身を起こし、夫婦の大きなベッドの上に座った。

「グレゴワール！」

すでに上着を脱いでサスペンダー姿になっていたグレゴワールは震え上がった。あの声の調子では遅刻はばれている。十一時を十分過ぎていたのだ。彼は言い訳を試みた。

「ヴァラールに最近の事件の話を聞かされていてね。逃げ出せなかったんだよ……」

ジュヌビエーブは厳しい非難のこもった眼差しで彼を見ている。いまさらどんな言い逃れができよう。どんな口実も役に立たない。彼女にはわかっているのだ。まるで会話の場にいたように、ヴァラールがそそくさと逃げだしたあの場にいたように。それでも何も訊かないだろう。ジュヌビエーブは話に耳を傾け、寂しそうに「そうなの」と言う、それだけだろう。グレゴワールはまたもや決して癒されることのない罪の意識に苛まれるのだ。雌カマキリはまた少し、夫の肉をかじりとったのかもしれない。

ジュヌビエーブはため息をついた。

「そうなの……」

そしてベッドに深く潜り込んだ。重くなった瞼がグレーの瞳を覆い、顎が少し肩に食い込んだ。彼女は言った。

「おやすみなさい、あなた」

ジュヌビエーブは完璧な妻を演じていた。どんな犠牲もいとわない。子供達の父親がカード遊びをしても、酒を飲んでも、何かはわからないけれどもっと良くないことをしても彼女は耐え忍ぶだろう。とにかく何も言わないだろう。他人がそんな彼女の態度や反論をどう受け止めるかは気にせずに。

「おやすみ、ジュヌビエーブ」

グレゴワールは諦めていた。彼は受け入れ、耐え、安らぎを求めていた。自分自身の安らぎを。

第二章

〈本日定休日　ご用の方は赤十字薬局へ……〉

モダン薬局のドアの中央には休業を知らせる掲示板が――ゴム製の吸盤でぴったりと固定されていた。入り口の鉄の格子戸は閉まっている。調剤室では店員のフェルナンが薬瓶の蓋を閉め、器用な指先で紙をひだ折りにしていた。それを紐代わりに、ラベルをとめて包装する、一連の儀式だ。終わると彼はフケだらけの髪を後ろへのけぞらせた。開け放たれた窓からよどんだ空気が流れ込んでくる。暑さは増すばかりだ。少女が二人、遠い異国の童謡を歌っている。

キ　ブウ　ネ　リク
アン　テク　アン　タン
アン　レプウリク
アン　トウ　プウン　タン

フェルナンはひび割れの絶えない唇に笑みを浮かべ、ニキビ面を窓の方へ向けた。その時、彼の心を不安がよぎった。慌てて向き直り、大理石の作業台に置いてある処方箋をのぞきこんでから、包装を終えた薬瓶を穴が開くほど見つめた。心配だ。また調剤を間違えていたら？　紐を切り、薬瓶の中味を流し台に捨てた。やり直しだ。もう一度、しっかりと、薬品と割合を確認しながら。

「フェルナン！」

調剤師はあやうく瓶を落としそうになった。ポーリンヌが窓枠にぬっと顔を出したのだ。

「みんな待ってるのよ。あとは〈あなた〉だけなの！」

「すぐ行きます、お嬢さん」

彼は白衣を脱ぎ捨て、大慌てでドアへと向かったが、思い直して作業台に引き返し、調合を終わらせてから部屋を飛び出して行った——いつものことではあったが。

運転席にジュヌビエーブ、助手席にはグレゴワール、そして後部座席にはナタリーが座っていた。フェルナンは、大きな近眼の目で辺りをぐるりと見渡して聞いた。

「ポーリンヌお嬢さんは？」

「ローランがスクーターに乗せていったよ」グレゴワールは答えてくれたが、ジュヌビエーブはぶっきらぼうに言った。

「さっさと乗りなさい」

フェルナンがおずおずと笑みを浮かべ、何度も謝りながらナタリーの横に縮こまって乗りこむと同時に、ジュヌビエーブは乱暴にギヤを入れた。全く、うちの夫はどうしてこの店員に寛大なのかしら。さっぱりわからないわ！

やがてモーターが唸り、車が動きだすと各々はそれぞれの世界に浸っていった。ジュヌビエーブは頭の中で今日の費用を計算し、ナタリーは自分の広い空虚な世界を楽しくさまよい、グレゴワールはローラとナディアが重なり合った一人の女性像を思い描いていた。

車は街の外へ出た。道の両側には缶詰工場の従業員の家々が建ち並んでいる。子供達は遊び回り、女達はミサから戻り、男達は猫の額ほどの庭の土を掘り返していた。紐に干した洗濯物が風にたなびいている。釣り人がひとり、道具一式を自転車のフレームにくくりつけて出てきた。グレゴワールは彼を羨《うらや》んだ。その男の孤独を、気の向くままにペダルを踏み、好きな場所で自転車を止め、釣りをし、まどろみ、夢を見ることのできる男の自由を……。

「どこ見てんのよ！」

ジュヌビエーブが突然ハンドルを右に切った。車は一旦道を逸《そ》れ、再び車道へ戻った。彼女はドライバー達に向かってぶつぶつと悪態をついた。「この下手くそ、日曜ドライバーときたら、あんな奴らは刑務所にぶちこめばいいのよ」

車はレストランの中庭に到着した。ソステーヌ小父《おじ》さんのオーベルジュ（主に郊外や地方にある宿泊施設を備えたレストラン）は、ミシュランのレストランガイドにも隠れ家的レストランガイドにも載っていないのに、大繁盛している！　遠方をものともせずにやって来る客達と顔を合わせる心配のほとんどない、近場の客が内輪で集うのにもってこいの店だ。オーナーのソステーヌは客の好みをよく知っていて舌を楽しませてくれる。こうして、近場の漁師達で賑わっていた居酒屋が、ビストロそしてカフェになり、レストランになり、今やオーベルジュまでになったのだ。結婚パーティーやクリスマスパーティーも開かれ、客達は大いに飲み食いし、はめをはずして愉しむ。

　前日グレゴワールが電話をしておいたので、一家の席はあずまやに用意されていた。あずまやはこの店の魅力のひとつだ。蔓草の垂れ下がる格子にはバラの花が咲き乱れ、他の客の目は気にならないが孤立している風はない。ナイフ、フォークの触れ合う音、低い話し声、ボーイを呼ぶ声などが辺りに満ち、静かな言葉のざわめきと穏やかな人々の気配がないまぜになって食欲をそそる雰囲気を醸し出している。一方、オーベルジュには若者達のために、むやみにうるさい音楽や、やかましいスポーツ中継を流さない約束でスピーカーがしつらえられていた。若い客達はそこでダンスを楽しみ、まわりに集まってくる大人も時に照れた様子で足を踏み入れる。

　グレゴワールが声をかけた。「ソステーヌ、今日のお勧めはなんだい？」

「ちょっといいかしら？」ジュヌビエーブが、（あなたはそこまでよ）と言いたげに口をはさむ。

　彼女はソステーヌからメニューを受け取り、注文を済ませるとこう付け加えた。

「よろしくお願いね、それから料理は間を空けないで持ってきてちょうだい。わたくし達、待つのが嫌いなの」

　彼女は〈わたくし達〉（貴族は一人称でも複数を使っていた）を使った。それが家族全員の意向であるという自信に満ちて。貴族を気取りたい気持ちもあっただろう。一同は席に着いた。ローランとポーリンヌも汗だくで、髪を振り乱したまま、手を取り合って駆けつけてきた。ポーリンヌはフェルナンの横にどんと腰をおろした。

「ああ、おもしろかったわ」

「どこに行っていたの？」ジュヌビエーブが聞いた。

「ダンスさ。このちび野郎、うまくなったな」

「ローラン、自分の妹にもっとましな呼び方はないの？」

「この方が可愛いだろ？」

「わたしも気に入っているのよ！　ママ。で、メシは？」

グレゴワールがたしなめた。

「ポーリンヌ、口の聞き方に気をつけろ。汚い言葉は慎みなさい」

「いいじゃない、パパ！　日曜日なんだから……ねえ！　ナタリー！」

ポーリンヌはナタリーをこづいた。ナタリーは静かに微笑み返した。ポーリンヌは続けた。

「火星か金星からのお帰りね？　星の世界のニュースは？　オリオン座の最新ファッションは、星を散りばめた深い襟ぐりや彗星の裾のドレス？」

「そりゃいいや！」ローランが茶化した。「だろ？　フェルナン」

「そ、そうですね」フェルナンは口ごもった。顔が真っ赤だ。「ところで皆さん、ちょっと暑くありませんか？」

グレゴワールは答えるかわりに上着を脱いだ。

「まあ、あなた、風邪を引くわよ、汗びっしょりじゃないの！」

彼は聞こえないふりをしていた。ウエイトレスがやって来て、ハム、ソーセージのオードブル皿を並べると一家の目は料理だけに注がれた。あずまやの外では照りつける太陽に草木がぐったりとしていたが、人々は口をせわしく動かして料理を味わう。あちこちで会話が弾み、ワインが宴をいっそう盛り上げる。だが、食欲が満たされてくると、じっとりとした蒸し暑さが襲って来た。食事をたっぷり堪能したグレゴワールにも心地よい睡魔がひそかに忍び寄ってくる。彼は目を閉じた。満ち足りた気だるい渦の中へぐったりとした力のない体が吸い込まれていくようだ。ポーリンヌが立ち上がりローランの手を引っ張った。グレゴワールは思った。

「若さは疲れを知らないのだ」

どうしてだろう？――サン・ラザール駅の向かい側にあるカフェの丸テーブルに座ってひとり思い悩んでいた自分の姿が脳裏に浮かぶ。ナディアに手紙を書こうか、それとも黙って去っていこうか……ギャルソン、紙とペンを！……

「パパ、お散歩に行かない？」

「ナタリー、パパはほうっておきなさい。年を取ると疲れが出るのよ」

（年だと！　人を老人扱いするな！）

母と娘はあずまやを出た。ジュヌビエーブが日傘をさした。二人は腕を組み、立ち止まって景色を楽しんでいる。テーブルには空き瓶やコーヒーカップ、グラスが散乱し、まさに戦さのあとといった風情だ。傍らでは男二人が椅子に寄りかかっていた。フェルナンとグレゴワールだ。グレゴワールはまどろみ、フェルナンは食後の極上ブランデーがきいたらしく――主人が親切に勧める酒をどうして断れるだろう？――酔いつぶれて、口を半分開け、格子組みのブドウ網にだらしなく寄りかかっている。お世辞にもいい男とは言えない。

ジュヌビエーブは言った。「あれじゃ浜に打ち上げられた魚よね」

母と娘は川の方へ歩いていった、辺りは囁き声を枯らしてしまいそうな暑さだ。二人は土手に沿った小道を歩いた。川岸には土手で釣りをする人、恋人達、ピクニックを楽しむ家族連れなどがいたが、皆、まどろんでいる。ジュヌビエーブは急に気だるさを感じた。

「ちょっと座らない？」

ナタリーはおとなしく従った。彼女は母に逆らったことなどない。土手をきれいに掃いて二人で腰をおろすとどこからか鳥のさえずりが聞こえてきた。魚が水面《みなも》を跳ねる音が静けさの中で場違いに大きく響く。ナタリーは仰向けに身を横たえた。木々の枝や葉に遮られて細い縞に見える雲が空をゆっくりと落ちついた様子で流れて行く。

グレゴワールは少し体を起こした。鉄製の堅い椅子に長く座っていたせいで体に跡がついている。唇の間からため息が漏れ、胸の上で音を奏でた。彼は襟のボタンをはずした。腕時計は三時半を指している。

フェルナンはいびきをかいていた。力のない息が唇を、滑稽に見えるほど弱々しく震わせている。

「フェルナン！」

声が小さかったようだ。フェルナンは目を覚まさず、いびきの音階を一オクターブ変えただけだ。グレゴワールはこの薬剤師が好きだった。無意識のうちに自分と重なる部分を多く見出していた。奇妙に聞こえるだろうが、この共通点がフェルナンへの評価へとつながっていたのだ。まあ、無理に起こす必要もないだろう。グレゴワールは肩をすくめ、あずまやを出た。

一歩踏み出すと、灼けるような日差しが肩に照り付けた。慌てて森の木陰へ逃げ込むと、きらきらと線状に降り注ぐ木漏れ日の中に、埃や微生物が舞い散っているのが見えた。無風だ。川面《かわも》を波立てるそよ風すらない。ジグザグに滑るアメンボが一匹、水面と睡蓮を舞台に神秘的なダンスを孤独に披露している。

小舟が一艘通り過ぎた。誰も乗っていない。少なくともそう見えた。取り付けられたオールが川面に引き摺られた跡を残していたからだが、グレゴワールの目には、指を力無く船縁にかけた男の片腕がはっきりと映った。船底でカップルが抱き合っているのだろう。一瞬時が止まり、彼は穏やかに川下へと流されていく小舟を目で追った。ナディアが——白昼夢に蘇ってきた——ナディアと彼が舟底に横たわっている。歌うように船体を洗う水音、ナディアは彼の耳にこう囁く……。「世界で一番好きなわたしのあなた……」

グレゴワールはため息をこらえてまた歩き始めた。川岸のこちら側には誰もいない。ここは平和と非現実に支配されている世界だ。突然アオゲラが仕事にかかり、くちばしで木の幹をつついて静寂を破ったが、すぐにもとの静けさに戻った。グレゴワールは当てもなくゆっくりと歩き続けた。夢想さえせずに。彼はたちまち自然の一部になったような幻覚に捕らわれた。彼は木であり、葉であり、足が水に浸り頭が空に向かってそびえるこの自然の一部だった。

そして、突然やってきたそれを、嵐と呼ばずに何と呼ぼう。ハリケーンが木々や葉を揺るがすのなら彼を揺るがしてもおかしくないのに、グレゴワールは微動だにしない。嵐の標的は彼一人。体は木の幹に張り付き、キヅタの絡まった指はこわばり、こめかみは充血して音をたて、なのに眼だけがしっかりとその役目を果たしている。ローラだ！　全裸でいる！

そこは気まぐれな森が枝で作った、葉に覆われた隠れ家だった。好奇の目を遮るかのように、地上からも水上からも、森からも川からも死角になっている。近所のいたずらっ子達は皆知っていて、森林管理人に怒られて逃げ込む場所だが、こんなに暑い日曜日には誰も来ない。ひとりの女性を除いて、ローラだけを除いて！

彼女の衣服は小さく――本当に小さく――岸に積まれていた。花柄のドレスと下着、サンダルと貝殻のネックレス、全部合わせても三百グラムに満たないだろう。それにコンパクトと煙草一箱と口紅の入ったハンドバッグ。彼女自身は、ローラ自身は水浴びをしていた。

彼女がほとんど身動きをしていなかったので、グレゴワールは、何も気づかずにここまで来てしまったのだ。そこは浅瀬で、川の水はローラの肩まで届かず、手のひらのような水面が、物憂げに、華やかに咲いた花のような乳房を愛撫していた。その花心は茶色い。目は閉じたままで頬には拳で強く押したような痣が見える。彼女は唇を半ば開けて両手を広げ、生ぬるい川の流れに手のひらをかざしていた、いかにも心地よさそうに。グレゴワールは身動きひとつできなかった、理性も働かない。誰かに見られたら大スキャンダルになるだろう！　なのに、それにも思い至らず彼は見つめた。ただひたすら見つめ続けた。ローラ！……。

手を延ばせば届きそうなところに全裸のローラがいる。何という偶然だろう。昨日までグレゴワールの人生にとってほとんど意味を持たなかった、夢想の世界にも出て来なかったローラ。昨夜恋人と腕を組んで歩いていたローラ。夜の幻影がナディアに姿を重ねたローラ……。

記憶の底に沈んでいるナディア、未知のローラ……ナディア、ローラ……そしてローラは今一糸纏わぬ姿でグレゴワールの目の前にいる。

男達の心深くに住んでいる偽善者が囁く。これはコロー（フランス、バルビゾン派の画家）の世界なのだと。

彼の頭にヴェロネーゼ（イタリア・ルネサンス期の画家）やイネー（フランス宗教画家）の作品が浮かんでも、自分を「水浴するスザンナ」（旧約聖書の宗教画）に出てくるのぞき趣味の老人に例えるのはたまらなくいやだった。自分は老人ではない。確かに五十は過ぎていて、六十への坂を下っているかもしれないが、それでもやはり老人ではない。

ローラが川から出てきた。彼女は片手で低く垂れた木の枝をつかみ、土手の上に飛び乗った。グレゴワールはつばを飲みこんだ。

ローラは見られていることなど露ほども知らない、誰もいないと思い込んで恥じらいを捨て、伸びをし、草の上に体を横たえて手足を投げ出した。

グレゴワールは数歩進んでローラの傍らに寄り、膝をついた。彼女は不意をつかれ、目を開いたがグレゴワールの姿はもう眼の前に来ていた。

彼女の碧の瞳の中にきらきらした塵のようなものが踊っている。

グレゴワールは身をかがめ、口ごもった。何もかもがあっという間に流れて行く、速すぎる。まるで早送りの映画を見ているようだ。誰も登場人物の動きを止められない。

「ナディア！」

ローラは起きあがろうとした。しかし、すでにグレゴワールの両手が体に触れていた。高波が彼を呑み込み、押し流す。ローラは抵抗などしないだろう、そうじゃないか、誰にでも体を与える女なのだから。だが彼女は悲鳴をあげた。いや、何とか悲鳴をあげようとした、男の目を見て得も言われぬ恐怖にかられたからだ。ローラは力を振り絞って叫んだ。「やめて！……　やめて！……」

だが恐ろしさのせいで、また、咄嗟《とっさ》に出そうとした叫び声のせいでのどが詰まった。殺人者の両手が首を絞め付けていたのだ。

「やめて！　好きにしていいから……」

グレゴワールの耳にそんな言葉がどうして届いたろう？　何よりも強烈なパニックが彼を襲っていた。それは理性をうち砕き、頭の中を空にし、彼を一人の殺人者に仕立て上げようとしていた。一瞬の弱さを隠すために殺すのだ。スキャンダルを恐れる市民は犯罪を選ぶ。彼の頭にあったのは、誰にも知られないようにすること！　街が、彼の一瞬の気の迷いにずっと気づかずにいてくれるということ、グレゴワール・デュバルが、市民の手本として尊敬を集める薬剤師が、ほんの一時でもあの忌まわしいシャルニエ神父より下のレベルの人間になり果てたことを知られないようにすることだった。

彼は逃げた。

後ろは振り返らず、ローラの口が二度と開かないよう痙攣する喉を絞め上げた凶器、彼の両腕を持ち去って。

ナディア？　彼女のことはもう頭にはなかった。遠いアバンチュールの思い出は再び過去の霧の彼方へと消え去った。どうしてナディアが再び姿を現したのか、どうしてナディアでなければならなかったのか彼にはわからなかった。今はローラだけが残されている、自らが犠牲になった災いについて黙して語らないローラが。

グレゴワールは麻痺したように立ち尽くした。木々は静まり返っている。森は物言わぬ目撃者だ。誰にも何も語れない。彼は振り向いて辺りを見回し、どんな小さな物音も聞き逃すまいと耳をそばだてた。激しい恐怖に捕らえられ、混乱し、当惑しきっていた。もし誰かに見られていたら？……。

グレゴワールは息をひそめて辺りをうかがい、怯えながらどこからともなく告発者が現れるのを待った。誰も出て来ない、木々の間から姿を現すものも、曲がりくねった小道を迂回してくるものもいない。そう、誰もいない、彼が疑われることはないのだ……。

……急いでオーベルジュに引き返せばいい！　彼の不在に気づかれる前に。激しく生々しい恐怖で胸がいっぱいになり、体が震えた。自分の卑劣な行為を認めて自白してしまおうか。

しっかりしろ！　冷静になるんだ。こう考えればいい。ローラを前にして自分は与えられた使命を果たしただけなのだ、社会的地位、名前、過去、それらに命じられたことを実行したまでだ。自分は自分の行為にふさわしく堂々としていなければいけない。弱さからここで汚点を残すようなことがあってはならない。グレゴワールはオーベルジュまでの残り数百メートルの道のりをしっかりとした足取りで歩いて行った。

フェルナンはまだ寝ていた。椅子にぐったりともたれ、顔を真っ赤にして汗をぐっしょりとかき、口をだらしなく開けた様子はお世辞にも魅力的とは言えなかったが、グレゴワールの目には美しく、とても美しく見えた。難破船の水夫にとって流れ着いた島が鳥の糞だらけであろうがなかろうがそんなことは問題ではない！

数分が流れた。グレゴワールにとっては新たな苦痛を味わわなければならない、ゆっくりとした時間だった。もし彼がいない間にあずまやに誰か来ていたら、ウエイトレス、主人のソステーヌ、子供達の誰かが。だが、結局運を天に任せることにした。手術に臨む前の患者の心境だ。人事は尽くしただろうか？　妻が戻ってくる頃には、彼はぐっすりと寝込んでいた。

「ほら、無精なお二人さん！……」

彼女はグレゴワールを揺すった。どこからともなくポーリンヌが現れてフェルナンを乱暴に押した。ほどなくして車に乗り込む段になるとグレゴワールは確信した。誰も彼がオーベルジュを離れたことを知らない。片時も。全員が彼のアリバイを証明してくれる。

車を出す段になって、何を思ったかジュヌビエーブが優しく言った。

「あなた、運転したければ……」

ジュヌビエーブの思いやりだった。暑さ、昼寝、ご馳走などが彼女の心を和らげていた。グレゴワールは辞退した。妻に気に入られる術《すべ》を心得ていたのだ。ジュヌビエーブは夫の運転を下手だと思っている。それは逆だと思ったにしても、グレゴワールは顔には出さない、それに今日はとにかく静かにしていたい。結局ジュヌビエーブがハンドルを握った。

街はずれにさしかかった頃、サイレンをけたたましく鳴らして飛ばしていくパトカーに道を開ける小型トラックとすれ違った。「警察だ！」フェルナンが声を震わせた。

それだけだった。その瞬間だけ、グレゴワールは奇妙な感覚を覚えたが、良心の呵責はかけらも感じなかった。

第三章

ニュースは爆弾のように炸裂して街中に広まった。大統領が暗殺されても、市庁舎の前の広場で油田が発掘されても、ここまでの騒ぎにはならなかっただろう。まさに犠牲者が同じ街の人間だったことが全ての人々に衝撃を与えたのだ。

ローラが絞め殺された！

ローラ・ノルティエ、お針子でも帽子屋の店員でも舞踊アーティストでもない、その生業《なりわい》を真面目な仕事で隠そうともしなかったローラ。

ローラ、アラン・ソートラルとの仲を見せびらかしながらも、街でただひとつのクラブ〈バフォン〉で毎晩のように踊り狂っていたローラ。

警察や病院やクーリエ紙の印刷所などあちこちでニュースの導火線に火がつき、クーリエ紙の編集長兼編集者兼オーナー、つまり何でも屋がそれらをまとめて号外を刷った。

日曜の晩は街にとって倦怠感と同義語だ。朝の礼拝のあとの無気力感、豪勢な昼食、午後の散歩や気晴らし。そんな一日のあとには脱力感が残る。のんびり過ごそうと努めるのも疲れるものなのだ。最後の締めくくりが晩餐だ。長い間走り続け、やっとスタジアムが見えてきた自転車選手のように、誰もがほっとため息を漏らしそうになる。やっと！　やっと日曜日が終わり月曜からまた穏やかな気持ちでいつもの仕事に戻り、豊かな時間を送る許可が下りるのだ。

だがこの日、夕暮れがもたらしたものは、ただ混乱、不安、驚きのみ、一言で言えば大騒動だった。殺人事件が起こったのだ。それも街の目と鼻の先で！　殺人事件！　被害者は、女性が〈心底〉見下し、男性がこっそり色目を使い、思春期の男子が密かに夢見て――、女の子がその奔放な自由さにあこがれた女性だ。

ローラが、絞め殺された！

発見された遺体の状況まで、とてつもなくスキャンダラスな事件だった。猟奇の匂いが漂っている。

「あの女は全裸だった！」

街ではローラを〈あの女〉と呼んでいた。メイドのマリー・テレーズがパン屋でニュースを聞き、ジュヌビエーブに報告した。それが常軌を逸していたので、ジュヌビエーブはすぐさまバスローブを脱いで服に着替え、スリッパを靴にはきかえて噂を漁りに出かけた。獲物にはそれだけの価値がある。

「あの女は全裸だったのよ！」

スープ鉢の乗った楕円形のテーブルを囲み、一家はジュヌビエーブの話に耳を傾けた。彼女は仕入れてきた情報を小出しにして聞かせた。普段ならポーリンヌの耳に入れないように気をつける言葉も使ってしまったが、それでも要所要所は声をひそめ、〈全裸〉は耳打ちするように言った。死んだローラが街に対して働いた最後の不品行であるかのように。

殺されただけならまだわかる、首を絞められてもおかしくはない。だが全裸だった！　被害者の状況は常識の限界を超えている。

「いきさつを考えてもみてよ！　発見者はどんなに驚いたでしょう。静かに川岸を散歩していてこんな死体を見つけるなんて……。ああ恐ろしい！　子供が見つけていたらどうするの！……わたし達だって！……」

ジュヌビエーブは大真面目だった。興奮しすぎて息子の目の中で揺れている皮肉っぽい炎にも気づかなかった。ママは子供みたいだ！　何度も同じ話を繰り返すだろうな……。

「そうだわ！　ナタリーとわたしは下流じゃなくて上流に向かっていたかもしれなかったのよ。そうしたら……殺人犯と出くわす可能性だってあったわ」

殺人犯、その言葉がジュヌビエーブの口の中で特別に響き、旗のようにぱたぱたと音をたてた。殺人犯！　身の毛もよだつ言葉だが、一種官能的な興奮ももたらした。もし殺人犯を目撃していたら……なんてスリリングな経験だろう！　その呼び名は太字にしたい、特別に太字を与えよう。**殺人犯**！

「わたし達だって殺されていたかもしれない」ジュヌビエーブは続けた。「口封じのために……」

この言い回しが気に入って彼女は口の中で小さく繰り返した。

「……口封じのために……」

そこにナタリーが天上界から降り立ち、電話の主を尋ねるような醒めた口調で訊いた。

「いったい誰が殺したの？」

その静かな目には不安も、母の目の中で燃えているような炎も見られなかった。ジュヌビエーブは口ごもった。

「誰って？……」

皆テーブルに座ったままお互いをしげしげと眺めた。家族同士で疑っている訳ではない、だが突然殺人犯が一人の人間として意識され始めたのだ。もはやただの殺人犯ではない――顔のわからない――だが誰か、血も肉もある誰かだ。誰？　街中の家で皆が同じ疑問を持っている。誰が殺したのだろう？

ローラが死んでも、実のところ彼女のために泣くものがいるとは思えなかった。ローラが少女の頃出て行った小さな家は運河沿いにあったが、それ以来、彼女と両親とは絶縁状態だった。両親は娘と口をきこうともせず、近所の人々も気を使って娘の話には触れないようにしてきた。それでも今夜、彼女の母はむせび泣き、父はラム酒の瓶を開ける。だが内心二人ともほっとしているのではないか？　これから彼らは皆に同情されて〈両親〉と呼ばれ、殺されたローラは〈被害者〉になる。街では〈このような不幸な女性達を待ち受ける運命〉と言いながら、これからは犯人探しのために彼女の名を口にする。ローラの名前はそのために存在することになるのだ。

街に殺人犯がいる。

昔、遥か昔に遡《さかのぼ》っても殺人事件の前例はない。物をくすねたり、盗んだり、柵をよじ登ったり、ショーウインドウを壊したり、そんな犯罪はあるが、人々の記憶をたどっても街で殺人が起こったことはない。少なくとも法的に殺人といえることは。風紀上の罪を犯したシャルニエ神父が、それだけで街一番の重罪人だったのだから。

だが殺人が起こった！

その両手で人を絞め殺したほんものの殺人犯がいる。

一九四四年、街はドイツ軍とレジスタンスを怖れて震えていた。人々は自尊心との葛藤を抱えつつも、本来の気の弱さからただただ怯えているだけだった。隣の県で、巧妙な戦術を用いたレジスタンスがドイツ軍を攻撃し、その反撃でドイツ軍によるレジスタンス狩りが隅々まで行われた。そして解放の日、人々は喜びに包まれた、明日からは平穏な日々が送れる。密告されるものが出て、戦中、策士として立ち回ったもの、あくどく儲けたものが裁かれたが、中にはうまく逃れたものもいた。闇市は非合法ながら市民のために残り、みな恐る恐る利用した。それは市民に与えられたヒロイズムという安価な香水のようなものだった。そしてもう銃撃戦もなければ頭を剃られた女（ドイツ軍兵士の愛人など、ドイツ兵と近しいと見られたフランス人女性は迫害された）もいなくなった。

だが今日殺人が起こった！

犯人は女性ではない。以前から多くの女性達が、ローラを地獄送りにすると言っていた。〈男に色目を使うあばずれ女〉をこの手で絞め殺すとまで言うものもいたが、神経が高ぶった故の発言だったと彼女達は今夜慌てて殺意を否定した。

殺人犯は男だ。

「浮浪者だったら？」ローランは言った。

ジュヌビエーブが不機嫌な視線を息子に投げた。ローランは続けた。

「あり得ないことじゃない。道には浮浪者もいるし、ジプシーの男とかそういう一連の奴らもいる。あいつらはカモを探しているんだ。その中の誰かが水浴びしているローラを見つけたのかもしれない」

「変な推理！」ポーリンヌが吹き出した。

「あなたは黙ってなさい！」一言で娘を黙らせて、母はローランの方に向き直った。

「それで？」

皮肉っぽい口調だった。息子は肩をすくめ、重すぎるカバンを地面に放り出すように彼の推理をぶちまけた。

「男が欲情して……それで……ローラが抵抗して……」

ジュヌビエーブは甲高い声をあげた。

「馬鹿馬鹿しい！……抵抗する、あの女が！　あのね、もっとましな推理をしなさい。殺人犯を逃がすつもりだとしてもね！　そう思わない、あなた？」

彼女は夫の方を向いた。グレゴワールはだんまりを決め込んでいた。全く関心がないようで、穏やかな顔に静かな笑いを浮かべている。ジュヌビエーブはぴしゃりと言った。

「居眠りさん！……寝ている場合じゃないのよ！　あなた警部の友達でしょ、どうなの？」

四人の視線がグレゴワールに重くのしかかる。彼は頷いた。確かにヴァラールは友人だ。毎晩ブロットをする仲間だ。

「会いに行ってよ」

「ヴァラールに？　なんでだ？」

「殺人犯の名前を聞き出してくるのよ」

「おいおい、ジュヌビエーブ、ヴァラールは警部だぞ、捜査の真最中だ。何の口実で会いに行くんだ……それに捜査機密ってものがある……」

ジュヌビエーブは夫の言葉をきっぱりと遮った。

「昨日の晩、手柄話の自慢をしていたんじゃなかった？　きっと喜んで話してくれるわよ」

「そんなこと言われても……」

グレゴワールは取りすぎた皿一杯のキャラメルクリームを一気に飲み干そうとした！……。生きていた時のローラはキャラメルクリームが好きだったのだろうか？……。むせ返りながらも彼の頭をそんな考えがよぎった。

ジュヌビエーブは諦めない。

「むせてなんて言ったんじゃないわ！　暇なんでしょ……」

「わかった、わかったよ」彼はそう言いながら、今度は時間をかけ、スプーンを何度も皿から口へと運んだ。

「パパ、可哀想……」同情したポーリンヌは母親のように優しく父の手を握った。

ローランがふざけて言った。

「まさかパパじゃないよね、その……」

そして両手で首を絞める仕草をしたが、グレゴワールは身じろぎひとつしない！　身震いさえも。ただ微笑んでいるだけだった。ジュヌビエーブの方がいらついた。

「馬鹿なこと言うものじゃないわよ、ローラン！　たちの悪い冗談はやめるのよ。もっとパパを尊敬しなさい。パパが働いてくれるからこんな生活ができるってことを、心に止めて覚えておくのよ……」

「ごめんなさい、ママ……」

ジュヌビエーブはローランの後ろへ回り、その大きな威厳のある手で息子の髪を撫でた。ローランは彼女に体をこすりつけた。息子は母の操り方をよく心得ている。

グレゴワールは端を引っ張ってナプキンをはずし、折り畳んで〈パパ〉と書いてあるナプキンリングに丸めて通した。そしてかすかに微笑んで立ち上がった。

「くそくらえと叩き出されるさ」

「あなた！」

「わかった、言い直すよ。追い返されるのが落ちだよ」

「そんなことないわ。テラスで会えるわよ」ジュヌビエーブは自信たっぷりに言った。

「今日は日曜日だぞ！」

だから今夜は誰もブロットのテーブルは囲まない。家族で過ごす日なのだ。テラスのカフェに来るのは独りものか、常連客のいない間にビリヤードの腕を磨こうとする若者達くらいのものだ。

ジュヌビエーブは片腕で彼の言い分をかき集め、テーブルの上に放り出す仕草をし、こう断言した。

「今夜は全員テラスに来ているわ」

ジュヌビエーブは正しかった。常連客は全員、オペノとヴァラールを除いた全員がテラスに集まっていた。だがヴァラールも今夜中に来るだろう、今や時の人だ、こんな機会を逃すはずがない。

ドクター・エスがテーブルの特等席に陣取っていた。テーブルにはフェルトが敷かれ、カードとチップが置いてあったが、ゲームどころではなかった。全員が喋っていた。お互いに負けじと大声をはりあげている。いつもの静けさが嘘のような騒ぎだ。煙草の煙も——選挙の日のようにもうもうとたちこめ——客達は皆酒を飲み、ウエイターが走り回り、主人のソーションが自ら手伝いをしていた。レジではマダム・ソーションのまわりに大勢の客が群がっている。特別に艶めいた夜だ。誰が明日犠牲になってもおかしくない。

「サディストは必ずまた殺人を犯すものだ」ドクター・エスがぶっきらぼうに言った。

人々は密かに相手の様子をうかがっている。もしこいつが犯人だったら？

互いを敬う気持ちは薄れ、皮肉なことに、家庭で受けた躾《しつけ》、礼儀、社会のルールなどはどこかへ吹き飛んでいた。

「あんた、今日の午後どこにいたんだい、ヴァンソンさん？」誰かがデパートの支配人に鋭い口調で訊いた。

ヴァンソンはむっとした調子で、公の場にいて、証人もいると答えた。相手はうまくひっかかったとばかりに喜んで笑う。ふざけたふりを装いつつ、実は多少なりともお互いに質問を投げかけてみたいとみんなが思っているのだ。せめて誰かに聞いてもらいたい！　一刻も早く無実のものを容疑者リストから消去し、アリバイのないものを洗い出し、つるし上げるのだ。

エスが冷たい笑いを浮かべた。

「わたしは容疑者だろうな！」

「なんでそんなことを！」とソーション。

「容疑をはらしてくれる証人がいないのだ。寝ていたのだからな、誰が証明してくれる？」

エスは見るからに嬉しそうだった。注目を一身に集めたのだ。彼は世論に公然と挑みかかった。何であろうと容疑者ではないとは言えない人物がいる、そう思われることで彼の自尊心はくすぐられた。

グレゴワールが現れると、質問のシャワーが浴びせられた、何か知っていることはないか？　犯人は誰だと思うか？「ソステーヌの店に一家でいたという話じゃないか」誰かが言った。「近くにいたんだろう！　何か見たり聞いたりしなかったか？」

皆が彼に群がった。グレゴワールはいつもの席についた。マダム・ソーションはレジを離れてそばにやってきた。ドクター・エスは好奇心をあらわにして問いかけた。

「どうなんだ、グレゴワール？」

「別に何も」彼は肩をすくめた。

「何かあるでしょうが！」ソーションは興奮して言った。「ローラは抵抗したんですよ。それだけのいい身体だったんだから！」

どっと笑い声が起こった。いいぞ、ソーション！　マダム・ソーションは嫌な顔ひとつしない。何よりも現金売り上げが第一、店の評判は酒と店主の口のうまさで決まるのだ。ソーションは続けた。

「ローラが抵抗もせずに殺されたなんてわたしには納得できません！……」

ドクター・エスが冷やかすように自説を披露した。

「こういう場合、犯人は被害者の目に殺人者とは映らないことが良くある……犯人自身も自分の衝動がどこに向かうかわからないのだ。こんな言い回しもあるくらいだ。殺意は愛から生まれる」

彼は椅子の背にもたれ、一同を見回した。いかにも満足気に。テラスの店主はエスの精神分析説を吹き飛ばすように豪快に笑った。

「お好きに解釈して下さい、ドクター。でもね、ローラが全裸だったことを忘れてませんかね。一人きりだったら驚いて、身を守ったり叫んだりするでしょう。そんな格好で誰かと水浴びをしていたら、こんなこと言っちゃなんですが、そいつは男の知り合いですよ」

沈黙が流れた。その憶測の裏には人々に強い不安を抱かせるものがあった。ソーションは疑いの方向を街に向けてしまったのだ。殺人犯を指し示す疑いを。まずいことを言ってしまった、なんとか場の雰囲気を和らげなければ。たれ込み屋という存在は知っているが街にはいない。とにかく自分ではないのだ。

「デュバルさん、思い出して下さいよ、叫び声を聞きませんでしたか?」

「いや……」

グレゴワールは戸惑った。ひどく戸惑った。自分だけが真実を伝えられる、お互いが探り合うこの状況に終止符を打てる。たった一言で場の空気は一変する。ぱちぱちとはねる花火のような一言、それで皆犯人を知ることになる。だが自分に罪はない。そうだろう! ただ当然の要求に応えたまでだ——誰だって彼と同じように思う——ローラの叫び声を止める。スキャンダルを避けるためだ。そして自分はそうした。街の掟に従ったまでだ。

「いや……」彼は言った。「わたしは寝てしまったから……あの店の料理はいつも量が多くて……」

もう誰も聞いていなかった。なんてつまらない弁明なんだ? 証人を見つけたかもしれないと思っていたのに、グレゴワール・デュバル、街の人々の尊敬を集める薬屋が、ローラの最後の悲鳴を聞いたかもしれないと思っていたのに、それが、寝ていたとは!

確かにあの日は暑さにうだって寝ているものが多かった。

「そうなると起きていたのは二人だけということになるな」エスが嘲笑《わら》った。「ローラと殺人犯だ」

「今晩は、諸君!」

甲高い声に皆振り返った。オペノ判事が店に入って来たのだ。ソーションが走り寄り、皆が手を差し出した。オペノはいつものテーブルにたどり着き、椅子に座って仲間達に頷いてみせた。こんなに大勢の人間がいるとは嬉しい驚きだ。

「ゲームをしているのか？」彼はわざと訊いた。

「話をしているのさ」エスが不愛想に答えた。

オペノ達のまわりに人垣ができたが、あえて判事を質問責めにするのを控えていた。彼は司法の人間で、この事件の渦中の人となり、ローラの過去について問いただす権限を持つようになるかもしれない人間なのだ。誰もが、みぞおちが空になったような気分を味わっていた。エスが質問の口火を切る横で、ヴァンソンの青白い顔が興奮で真っ赤になっていた。

「あんたが担当なのかい？」

「ああ、わたしだ」オペノはあっさりと認めた。「検事訴訟開始の書類にサインした。もちろん殺人犯Xのね」

あちこちでため息が漏れた。犯人X、ひとまずは安心なようで、考えてみると不安は消えていない。殺人犯にはまだ名前がなく、誰であってもおかしくない。あとは張り切りすぎの警察と経験のない判事に頼るしかないのだ。

オペノは数を増していく無言の聴衆に向かって続けた。

「おわかりだとは思うが、事件について全てを話す訳にはいかない。知って欲しいのはわたしが一刻も早く事件を解決する決意でいることだけだ。殺人犯を街に野放しにして、明日新たな犠牲者を出すことは許されない」

戦慄が走った。グレゴワールが口を開いた。

「家内もさっき同じことを言っていたよ」

「そうか！」判事は得意気に答えた。「お宅の奥方は良識あるご婦人だからな。安心するように伝えてくれ、我々は事件の解明に全力を注いでいると。もちろんわたしのことではない、ベテラン警部ヴァラールのことだ」

誰も何も言わなかった。今この瞬間、警部は初めての殺人事件に取り組んでいることを思いついたものがいただろうか？

「判明したことは？」ヴァンソンが訊いた。

「いろいろある、それは確かだ。現場検証によると争った跡はほとんど見られない。遺体の側に積まれていた被害者の衣服は踏まれてもいないし荒らされてもいない。ローラは不意をつかれたに違いない」

ソーションは、優越感に満ちた笑いを浮かべていた。口の軽くなったオペノ判事の話は秘密事項にまで及んでいる。オペノに取り入る人々が店にあふれているのだ、黙っていられる訳がないではないか。

「気になる点は、彼女の右頬に殴打……」

グレゴワールの記憶はその場をさまよい出た。相変わらず椅子に腰をかけてはいたが、心はローラをのぞき見していたあの官能的な瞬間へと引き戻された。確かに女らしい頬骨の上に赤い跡があった。あの時何だと思ったのだろう？

「……の跡があったことだ。鑑識を任せたラリー・マルモン医師によると」

「あのやぶ医者か！」エスが苦々しそうに呻いた。

「殴打されたのは事件の前と断定した……少なくとも六時間は前だ」

「奴でも死亡推定時刻くらいはわかるのか？」エスは不満そうに呟いた。

「発見時、まだ遺体は温かかった」

「あの暑さだぞ！　死後硬直が遅れてもおかしくない！」

オペノはエスを遮った。

「ラリー・マルモンは専門家だ」

「ほう！　ずいぶんと患者を殺しているがな！……」エスは食いついた。

どっと笑い声が起こった。判事はむっとしてまわりを見返した。鑑識医を任命した自分が馬鹿にされた気がしたのだ。だがエスは身を乗り出して言った。

「それでローラは……」

彼は目を輝かせ、唇をいやらしそうにゆがめて、親指と人差し指で鼻をつまんでみせた。他の者達も顔を寄せてきた。オペノ判事は法医学的質問に答えるように言った。

「最初の検査で乱暴された形跡はないことが判明した」

「乱暴されていない？……」

意表をつかれてがっかりした顔、顔、顔。事件の興味が半減した。犯人像もわからなくなってしまった。この殺人事件の動機は明白だと誰もが思っていたのに。

それが肝心な点だったのだ――一番肝心な点！――が欠けてしまった。ではいったいどうして殺されたのだろう？

皆の疑問を代弁したのはヴァンソンだった。

「でもこの女性は確かに……」

「ローラと言えよ！」エスが遮った。

「わかったよ！　ローラは抵抗しなかった。これはいったいどういうことだ、オペノ判事？」

「違うんだ」オペノ判事はにべもなく言った。「襲われたんじゃないんだ。サディスティックな犯罪ではない」

一同は啞然とした。何が何だかわからない。推定も仮説も覆され、憶測は音をたてて崩れた。浮浪者だか街の人間だかはわからないが、とにかく殺人犯は、森の中にひとり全裸でいた美しい娘に欲望を抱いたに決まっていると誰もが考えていた。だが違った！

「ではどうして？」ヴァンソンがもう一度一同を代表して訊ねた。

オペノはいかにも判事らしい威厳をこめて答えた。

「捜査が進めば明らかになる」

「まだ黙っていることがあるんだろう！」エスが声をあげた。

「言えないこともあるに決まっている！　そうだろう？　わたしは予審判事だ」

全員が一斉に、相手に負けない大声を出して喋り始めた。マダム・ソーションが〈押しつぶされる〉と表現したくらいの大騒ぎになった。客達はドイツ軍から解放された夜のように酒を飲み、煙草をたくさんふかした。ドクター・エスの右隣の椅子にだらしなくもたれていたグレゴワールは――オペノはエスの左に坐っていた――心地よい気だるさに包まれてきた。もちろん話は聞いているが声は遠くから、ずっと遠くから響いてくる。

彼らは何に興奮しているんだ。何をそんなに騒ぎたてることがあるんだ。いい加減にしてくれないか？　ローラは死んだ。それが何だ？　それくらいのことでこんなに騒ぎたてる必要があるのか、動機や手段がそんなに大切か、死ぬ間際に彼女が抵抗したのか、身を任せたのか、要求をのんだのか、眠っていたのか、そんなことを詮索したいのか……それが何だ！……。

「きっと眠っていたんだ」

彼は声を張り上げた。エスが顔を向けて優しく微笑んだ。

「いいか、デュバル！　盗みの意図がない限り――人は眠っているものを殺しはしない――何も盗られてはいないんだ――それに……判事の話によると彼女は手つかずのままだ」

グレゴワールは弱々しい声で食い下がった。

「だが……」

「いや、眠ってはいなかった。そんなはずはないんだ」エスはきっぱりとそう言った。

「なるほどね……」

グレゴワールは引き下がった。好き勝手に、間違った憶測をすればいい。確かに、友人の間違いを仕方なく認めたり、皆が頑固さだけでなく無知までもさらけ出しているのを見るのは気に入らなかったが、異議を唱えてどうするというのだ？　こちらへ怒りを向けさせ、反感を買うだけではないのか？

こんな議論に加わって何の得があるのだ、グレゴワール・デュバル？　ローラが眠っている間に首を絞められようが、そうでなかろうが、犯人が顔見知りであろうがなかろうが、どうでもいいことではないか？

もちろんジュヌビエーブは待っている。ベッドの上に座り帰宅するや否や自分を質問責めにしようと待ちかまえているに決まっている。判事や警部や犯罪調査の責任者から仕入れた情報を微に入り細に入り引き出そうとあらん限りの手を尽くすに違いない。もし、ローラを襲った忌まわしい事件にいくらかでも同情的な言葉を述べたら、哀れなジュヌビエーブは肩をすくめてこう言うだろう。「全くあなたって人は……」それ以上言わなくても、沈黙が蔑《さげす》みの言葉を語る。「この役立たず！　あなたにできるのはデュバリンヌを売ることくらいね！　本当に取り柄のない人……！　わたしが経理を仕切っていてよかったわ。さもなければどうなっていたかしら？」

グレゴワールは目を大きく開いた。辺りをよく見るためにまるで瞼をひっぱりあげるようにして。話し声にも耳を傾けようとしたが、逆効果だ、まわりはますます騒がしくなっている。法の代弁者であるオペノの機嫌をとるものはもういなかった。皆、口を揃えて警察、行政そして政府を槍玉に挙げていた。殺人犯を野放しにするとは何事だ、何のための税金なんだ、血税を搾り取って、その上犯人の好きにさせるのか。

「こいつらは馬鹿だ……」グレゴワールは思ったがそれは不快さや辛辣さから出た気持ちではなかった。

感じていたのはむしろ愚かさに対する憐れみだった。事実、虫がわいて出たようなこの集団の中で、真実を知っているのは自分一人なのだ。だが立ち上がって告白したところで騒ぎが静まる訳ではないだろう。彼らに真実を受けとめるだけの器量があるとは思えない。グレゴワールは生物学の単位を取る時に観察した、細菌の世界を思い浮かべた。その数はもの凄く多いが、適切な物理的、または化学的作用を加えると勢い良く動き回っていた集団は、死ぬまでもがき、そして静かになる。しかし、街の人々は不毛で馬鹿げた渦を巻きながら回り続けるのだろう。

彼はため息をこらえた。帰りたくてたまらない。ジュヌビエーブが占領し、その体温の感じられるベッドの、自分の居場所で横になりたい。妻を優しく、静かにどけて、夢も見ない深い眠りに落ちるのだ。自分の店の睡眠薬に頼る必要などない。ぐっすり眠れるし、目覚めも気持ちよく、起きたての顔色もよい。明日――月曜日――店は開けない。ハーブを整理して、少し包みを作ろう。それから、デュバリンヌの宣伝文句も考えるのだ。売上は伸びている、宣伝し直すよいチャンスだ。全国に広告が貼られ、ラジオやテレビで評判になったら自分はデュバリンヌの生みの親として有名になるのだ。だめだ！　夢物語はやめておこう。今夜は全くそんな気になれない。何故だろう……。

店のドアが開いた。荒々しくではない。逆に、わざと慎重に、目立たないように開いたために、かえって全員の注意を惹くことになった。店内が静かになり、深い沈黙の輪は、力強い同心円をかいて今夜討論会場になっているビリヤード室にまで広がった。ビリヤード台に寄りかかっていたものや床の上に座っていたものにまで。全員の視線は戸口に浮かび上がる見慣れた姿に集中した。暑さにもかかわらず、これ見よがしに、緑がかったギャバジンのコートに身を包んでベルトを締め、フェルトの帽子を後ろに傾《かし》げている。まさに刑事そのものだ。ヴァラールは敷居を一歩またいで中に入り、静かに言った。

「ソートラルを逮捕した」

第四章

「ギロチンにかけてちょうだい！」

この強烈な一言で、グレゴワールは運命が彼にわざともたらした崇高な役割に、容赦なく気づくことになった。

一家は昼食のテーブルについていた。ブフ・ブルギニヨン（ブルゴーニュ地方に伝わる牛肉の赤ワイン煮）を皿に取り分けていたメイドが立ちすくみ、乳牛のような目を女主人に向けた。感嘆の入り交じった驚きの目だった。ジュヌビエーブは微笑んだ、母が末っ子にこう言っているような、静かで優しい微笑みだ。

「書き取りのテストで一番を取れるといいわね」

真っ先に――一番活発で、天真爛漫で、怖いもの知らずの――ポーリンヌが口を開いた。

「何のこと、ママ？」

「お父さんが裁判で陪審員になるかもしれないってことよ。だから……」

ローランが続けた。

「パパがソートラルを裁くの？　すごいや！」

彼はその先を言おうとして言葉をのみ込んだ。ナタリーが地上に降り、珍しく父親に尊敬の眼

差し を注いだのだ。

ポーリンヌはうろたえて言った。「ああ、パパが、そんな!」

「そんなって何が?」ジュヌビエーブは驚いて、フォークを持った手を口と皿の間で止めた。

「パパが陪審員だなんて。もし被告が有罪になったらって考えるとぞっとする」

「有罪じゃないみたいなこと言うのね!」

ポーリンヌは感情を高ぶらせて言った。

「どうでもいいことよ、ママ! 関係ないわ、わたし達にはね!」

彼女は〈わたし達〉という言葉に純真な情熱をこめた。「わたし達はデュバル家よ。デュバル家は特別なんだもの、大切に守らなきゃならない、守っていかなくちゃならない一族なの。絶対にどこの馬の骨かわからない人達と一緒にしちゃだめ。裁判とか判決とか、そんなのデュバル家のすることじゃない。警察や裁判官、検事や弁護士みたいな専門家がやればいい。〈パパ〉じゃない!」

ジュヌビエーブは肩をすくめた。その仕草にはどこか気高ささえ感じられた。ポーリンヌとは正反対の態度だ。ジュヌビエーブの考えはこうだった。一族にはリーダーと裁き手が必要で自分はその両方だが裏方であり、表舞台に出るのはグレゴワールの役目だ。彼は裁判に出席しなければならない。陪審員としてソートラルに有罪を宣告するのだ。

「でも……」黙って聞いていたグレゴワールが情けない声を出した。

全員の注目が集まり、戸惑ったが、それでも家長だ。彼は異を唱えた。

「何も決まっていないよ」

「お言葉ですけどね」ジュヌビエーブは言い返した。「ルフェビュールの奥さんと話したのよ。奥さんの言うことは間違いないと思うわ」

そして子供達に向かい、まるでユトレヒトの講話条約（一七一三年スペイン王位継承戦争講話条約）か、カルノ法（フランスの政治家カルノが定めた教育に関する法律）について講釈する教師のような口調で説明した。

「陪審員の準備リストは毎年治安判事や市長達が作成するの。そのリストにパパが載っていたのよ。数日のうちに裁判所長の――ルフェビュールさんが――最終リストを作る委員会を召集するわ。グレゴワール・デュバルの名前をリストからはずそうとする人なんかいないわよ。パパがあいつを裁いて――有罪にすると言ったのにはこういうちゃんとした理由があるの」

開いた口が塞がらない。そう言えば以前、治安判事に――忌々しいマニエール！――準備リストに載せるつもりだと告げられた覚えがある。その時は教育功労賞か農事功労賞でももらって偉くなったような気がしていたが、あとはもう忘れていた。それがこんな形で話題にのぼるとは。まさに晴天の霹靂《へきれき》だった。なにしろ彼の心の空は真っ青に晴れ渡っていたのだから。例の件も全く影を落としていなかった。

グレゴワールは初めから敗北を覚悟しつつ、おずおずとはかない抵抗を試みた。

「断ることもできるさ」

「あなたが？」

その短い一言には辛辣さと非難、不名誉と恥辱がこめられていた。

「あなたにはがっかりだわ、グレゴワール」

「だって大変な仕事じゃないか。審問には時間がかかるし、重罪裁判所はよその街にある……家や仕事や……子供達や…君のことだってほうっておく訳には……」

藁《わら》にもすがる思いだった。ジュヌビエーブはにっこり笑って静かに答えた。

「あなたって優しいのね、でもわたしのことより市民の義務の方が大切よ。陪審員は市民の義務でしょ……」

「まあな……」彼はため息をついた。困ったことになった。

「考えてもみて、グレゴワール」ジュヌビエーブの勿体ぶった様子に、彼は背筋を震わせた。

「あなた、宣誓するのよ。〈神と万人に誓って〉……神に誓うのよ！　ずっと大切で崇高な使命でしょう？」

「テレビで見たわ！」ポーリンヌが叫んだ。

テーブルの上を厳《おごそ》かな一陣の風が吹き抜けた。ジュヌビエーブは少し姿勢を正して目の前に置かれた大きなスプーンをつかむと、メイドが持ってきたデザートの上で振りかざした。

「今日はオレンジスフレ、あなたのために用意したのよ、グレゴワール。どんなに大切にされているか、わかるでしょ！」

何と説き伏せたら、どう言い逃れたらよいのだろう？　スフレの登場により、神と万人の前で誓う崇高な使命から逃れる望みは遠のいた。

ヴァラールによる捜査は大きな進展を遂げた。彼は全身全霊を事件解決に注ぎ込んだ。一時代を画す事件、この事件には自分の名を付けるのだ。事実と小説を若干混同しているきらいのある彼は思った、のちに自分は、ルコック（フランスの小説家エミール・ガボリオの生み出した、世界初の刑事探偵）やシャーロック・ホームズと肩を並べて語られることだろう。

ヴァラールにとって偶然も大切な要素だった。捜査上一番の助け神だとどこかで読んだことがある。天が幸運な偶然を恵んでくれる限り、彼の才能を誰が疑うだろう？　天は四人の容疑者を与えてくれた、事件当日の夜すんなりと一人逮捕し、次の日これも何の問題もなくあと三人を拘束した。

この簡潔なやり方は申し分のない成果を収めた。誰にも逃亡の隙を与えなかった。偶然が微笑んでくれなかったらそうはいかなかっただろう、翌日逮捕した三人のうちの二人目には警察を避ける理由があったのだから。

「いいか」ヴァラールは机をたたいてどなった。「お前は目撃されているんだ！……」

前に座っている痩せこけた浮浪者の破けた衣服の間からは胸毛の生えた上半身が――ぼろを縫い合わせて作った靴からは――垢だらけの足がのぞいていた。彼はぎこちなく髪をかきむしりながら、うつろな眼の中に恐怖の色を浮かべてヴァラールを見つめていた。ホームレスの彼が手渡した、油だらけの身分証明書にはジャン・アドルフと記されていた。通称ヨナと呼ばれている男だ。

「森の中でお前を見たものがいる。走っているお前をだ。あの娘――きれいな娘――を見て自分のものにしようとした。だが声をあげられたので首を絞めた」

ヨナは泣きだしそうに顔をゆがめた。叱られた子供のようだ。ヴァラールはここぞとばかりに強く揺さぶりをかけた。シャツの袖を肘の上までまくりあげ、汗をかき、息を切らし、さらに、むさくるしいパイプの煙を煽いでヨナを圧倒し混乱に陥れた。そう、ここが肝心なのだ。

「お前がやったんだな……」

「違いますよ、旦那」

「見られているんだ！」

ヴァラールは部下に目配せした。部下はさらに畳みかけた。

「娘の上にかがみこんだろう！」

「逃げるところを見たものがいるんだ！」

「しかも隠れていたな！」

「逃げようとしたじゃないか！」

ヨナは首を左右に振った。怯えきった彼には、そうやって否定する他なかったのだ。ヴァラールは言った。

「連れて行け」

だが、がりがりに痩せたヨナの背中でドアが閉まるとヴァラールは呟いた。

「奴からは何も引き出せないだろう」

「警部殿は奴が犯人だと思いますか？」

「違うに決まっている」

部下は目を丸くして驚いた。彼にはわからなかった。理解の範疇を超えていた。――せいぜい――土曜の夜のおとなしい酔っぱらいを取り締まるくらいが仕事の彼は、この込み入った捜査の運びにはついていけない。全くヴァラール警部はたいしたものだ、刑事の中の刑事だ、初日に拘束した第一容疑者の目撃者を捜しているだけなのに、ヨナを容疑者のように扱えるのは彼くらいのものだ。

「目撃者が必要なんだ。だが見つけてやる」夜、ヴァラールはテラスの常連にそう言った。

オペノは感心して馬のような頭を左右に振った。

「すばらしい働きだよ、警部」

ソーションがブロットのテーブルの上に身を乗り出し、その端を拭きながらウエイターにそっと――彼の奢りで――飲み物のお代わりを合図し、切り出した。

「で、あの二人は？」

エスが笑いだした。ソーションの腹を見抜いていたのだ。

「親愛なるソーション君！　君は関わり合いになるのを怖れているんだろう！」

「わたしが？」

「そうさ、君の言う二人はここの常連じゃなかったっけ？」

店内に気まずい沈黙が流れた。エスは純真なものの心にまで心配の芽を植えつける才能の持ち主だ。しょっぴかれた街のどら息子二人、良家の息子で将来が約束されている二人が明日やって来て衆人の目を引いたら、愛想よくサービスする店主は罪に問われるのだろうか？

「大げさなことは言わないで下さいよ、旦那。テステュはろくでなしだけどそんなことはしないし、レジだってそうですよ」

ソーションはオペノに目配せしたが、オペノは黙っていた。それが無難だ——特に街中の目が裁判所に向けられている今は。テステュの父は市会議員で不動産業を営んでいる。レジの父、オクターヴ・レジはドイツと通じて一儲けしたが、罪を逃れた資産家で手広く商売をしていた。有力な政治家にコネがあると囁かれている。

ヴァラールは不満そうに呟いた。あの二人は証人が欲しくてカトー（古代ローマの政治家）のまねをして引っ張っただけなのだ。

「二人を現場付近で見かけたものがいる。それは間違いない。二人とも被害者とは顔見知りだ。それに事件前夜の〈バフォン〉での口論のこともある」

ソーションは気取って肩をすくめて見せた。彼の言いたいことはここにいる誰もがわかっている。どうしてあの店を閉店させないのか？　あれは街の汚点だ。何か言いたそうにしていたヴァンソンが口を開いた。

「わたしはソーションに賛成だ」

だがエスが噛みついた。

「いい加減にしろ。人には息抜きが必要なんだ。かゆいところをかきむしるようにな。〈バフォン〉は若者達全員の不満のはけ口だ。奴らがローラを争った、それがどうした？」

ヴァラールは全て心得ているという顔で言い返した。

「じゃあ当日、事件の起きた時刻に二人は森で何をしていたんだ？」

「デュバルもあそこにいたんだぞ。彼は逮捕するのか？」

視線がグレゴワールに集まった。肝心のグレゴワールは聞き手に徹し、耳を傾け、馬鹿げた推理や陰口をまるで作物でも収穫するかのように頭に取り込んでいた。ヴァラールはさしずめ昼の間に血膿を採集し、毎晩、テラスで吐き出す配水管だ。大量の細菌がうようよと繁殖して、街中に伝染し、人々の皮膚の柔らかな部分をめざとく見つけ出し、そこから芽を出そうとしている。レジ？　テステュ？　この二人の不良はヴァラールの部下と悶着を起こしてばかりいた。そこいら中の家のベルを鳴らしたり、窓ガラスを割ったり、そしてすぐに遊び半分で盗みを企んだりするのが癖になり、その度に仕方なく親が顔を出し、不良達は誓約書を書かされ、一件落着となるのだった。

「で、二人は何と言っているんだ？」

ヴァラールは落ち着きを失い、両手両肩を忙《せわ》しなく動かして絞り出すように声を出した。彼もまた、表には出さないが、街のことを考えているのだ。

「否定はしなかった」

「何だって？」

一同は驚き呆れた。まるで水平線から波が押し寄せ、街を、通りを、金持ちを、一般市民をのみ込もうとしているようだ。人々はフロイトやカフカやサルトルなどは非難していたが、〈バフォン〉の若者の行きすぎた振る舞いには目をつむってきた。だがそこから殺人犯が出るなど！　それはありえない！　街の若者から犯罪者が出るわけがない。

「容疑を認めたのか？」ヴァンソンが口早に聞いた。彼の店のショーウインドウもよく二人に荒らされてその都度親に弁償してもらっていたのだ。

　ヴァラールはオペノに目で問いかけた。しゃべり過ぎてはいないだろうか？　オペノは大丈夫という風に笑みを作った。今までのところ問題のある発言はない。判事は頷いた。ヴァラールは安心して続けた。

「実を言うと、あの二人はかなり手荒に取り調べたんだ。わたしにも君らと同じく納得のいかない点が非常に多かった。奴らの親や家庭は誰もが知っている。そんな二人が節操のあるとも思えない娘を絞め殺したりするだろうか？　事実を言わせるため、わざと嘘をついて一人一人徹底的に締め上げた。結局吐かせたよ」

〈吐かせた〉一呼吸おいてその言葉は出てきた。

「奴らは作り話をして喜んでいたんだ」

「自分達で楽しんでいたのだな」エスが付け加えた。

「〈バフォン〉の連中ときたら！」ソーションは苦々しくため息をついた。

　ヴァンソンが言った。

「で、二人は無関係なのか？」

「無関係だ。二人は森で女友達と一緒だった……」

ヴァラールは一同を見回した。彼らはもう相手の名前を聞こうと身を乗り出している。女友達！　おやおや！　新しいスキャンダルだ。あの日曜に二人とデートする娘達、脅せば何か聞き出せるかもしれない。しかし残念なことにオペノが咳払いをし、ヴァラールは態度を硬化させた。

「申し訳ないが名前を明かす訳にはいかない。事件とは関係のないことだ」

オペノは頷いて同意した。まわりから残念そうな声が漏れた。ヴァラールは続けた。

「二人の不良達はどうやら女友達と別れて煙草を吸っている時にローラと出くわしたらしい。現場検証で半分ほど残した吸い殻を見つけた。その吸いかけを注意深くかき集めてそこから推理した。気取り屋のテステュはイギリスの煙草しか吸わないからな！」ここで彼は聴衆の賛辞を仰いだ。期待は裏切られなかった。

「すごい推理だな！」ヴァンソンがため息をついた。

「凄いぞ　ヴィドック！（ウジェーヌ・フランソワ・ヴィドック。一七七五―一八五七。フランスの犯罪者で後にパリの密偵となる）」エスが言った。「吸っている煙草で誰かわかるとは」

「まさしく！」ヴァラールが自賛する。

「で……」ヴァンソンが聞いた。「ローラは死んでいたのか？……」

「すでに死んでいた」

「それで……あいつらは死体に触ったのか？」

「そうだ」

身震いが走った。誰もが生唾を飲み込んだ。あの不良達はどんなことでもするのだ、全く！

「どうして人を呼ばなかったんだ！」

「それは……」ヴァラールは大げさに腕を広げてみせた。

エスが口を挟んだ。

「警察をこけにするためさ。そりゃそうさ！……こう言っては何だが絶好の機会だからな」

「何ということだ！」口々に怒りの声があがった。

誰かが言った。

「危険をおかしたという訳か……」

「その通り！」エスがまた嘲笑《わら》った。「家族を困らせたかったらそれくらいするだろう？」

異を唱えるものはいなかった。丸薬が大きすぎて飲み込めないような感じだ。テラスの常識を越えている。だがオペノはヴァラールの手に触れて何か耳打ちした。見逃すものはいなかった。

「構わない、言ってもいい」そこで、ヴァラールは続けた。

「テステュは川に小舟が浮かんでいたのを見ている。岸からは離れていたらしい」

オペノ判事はもったいぶった様子で付け足した。

「岸からは離れていた」

「小舟？　誰が乗っていたの？」マダム・ソーションが開いた胸元を興奮で震わせながら訊ねた。

「誰？」ヴァラールは繰り返した。「誰も乗っていなかった」

失望の声、声、ヴァラールは意表をつくラストを周到に準備した演出家の満足感を味わいながら一同を見回した。サスペンスの雰囲気は盛り上がった。その時を待っていたかのようにグレゴワールがはっきりと言った。

「空っぽの小舟……」

問いかけの言葉ではなかった。だがヴァラールを始め、まわりのもの達は、彼が驚いたのだと思った。この言葉が、忘れていた光景をグレゴワールに蘇《よみがえ》らせたなどと誰が知るだろう？　偶然に目にしたけれど、ほとんど注意を払わなかった光景を。

今、煙草の煙と熱っぽさに満ちたテラスで、グレゴワールの記憶はあの日曜の午後へと遡《さかのぼ》っていた。食べ過ぎたランチ、椅子で寝ているフェルナン。ジュヌビエーブとナタリーは出かけて行き、彼は寝ぼけ眼でゆっくりと川岸を歩いていた、一人だった。暑さと食べ過ぎた食事のせいで足取りは重かった。そしてその時小舟が川を下っていたのだ。一見無人のようだったが、船腹から腕が垂れていた。誰かが乗っていたのだ。間違いなく男の腕だった。つまり誰かが船底に横たわっていたということだ。川の流れに身を委ね、のんびりと……。

「身を隠していたんだ」

グレゴワールは夢想の世界から目覚め、テラスの現実へと引き戻された。彼の視線は、鮮やかな推理とその結果を教授気取りで披露しているヴァラールに注がれた。

「わかるか？　ソートラルの奴はローラと一緒だったんだ。前日〈バフォン〉で最初の口論があり、その日の朝また言い争って奴はローラを殴り、ローラの頬に殴られた痕跡が残る……」

殴られた痕跡！

ヴァラールは課題作文を読む優等生のように現在形を使って語り続けた。

「森の中で何が起こるのか？　ソートラルはどうしてローラを責めるのか？　それはわからないが」

囁くような声、紅潮した顔、乾いた唇で、彼は意気揚々と自説を押し進めた。明日は街中が知るところとなるだろう。

「ローラは裸で水浴びをするほど奔放な娘だ。恋人を嘲《あざけ》り、馬鹿にして横柄に扱う。ソートラルは本気で怒り出す。争い、ローラの首を絞める。我に返って動転し、小舟に飛び乗って……稚拙な考えを抱き、誰にも見つからないよう舟の底に横たわる！」

ヴァラールは反り返り、小道具のパイプに火をつけると顔をしかめた。

「と、いう訳だ」

「そういう訳だ」判事も確信をもって繰り返した。

まわりも同じように繰り返した。そういう訳だ！　そういう訳で、テステュやレジでもなく、どこにでもいるような浮浪者のヨナでもなく、ソートラルが犯人だったのだ。ソートラル犯人説はほぼ間違いない。本名も洗礼名も忘れられるほどの嫌われもので、イニシャルのA・Sの二文字で呼ばれるアラン・ソートラルこそ犯人にふさわしい。

「確かにそうだ、ソートラルしかいない！」ヴァンソンが言った。

警察が集めた証拠、オペノ判事の満足した様子、街の大きな恐怖は和らいだ。

オペノが言った。「拘留状をとって奴をぶちこんだ」

「自白したのか？」グレゴワールは聞いた。いつものよく響く声だったが、自分には喉を絞められて上ずった声のように聞こえた。

「まだだ！」オペノは肩をすくめた。エスはにやにや笑いを浮かべた。

「ああいう奴らはいつも否認するものだからな」オペノが言った。

「奴に間違いない」ヴァラールは言い切った。「岸から遠ざかる小舟を見たのはテステュだけじゃない、川を下る小舟を見たものはたくさんいる。舟の底ではソートラルが寝た振りをしていたんだ」

証言の聞き取りをし、証人の署名ももらっているという。ヴァンソンは汗ばんだ両手をこすり合わせた。ソーションは満足そうな笑みを浮かべた。

「奴の仕業に間違いないさ」

ヴァラールはますます悦に入り、自分に重ねた名探偵の決まり文句で締めくくった。

「一件落着だ！」

エスが頷いた。

「ヴァラール警部、お見事！」

世を拗ねたそぶりを見せていても彼は常に街の人間だった。街中が、犯人を挙げた捜査の成果を歓迎している。完璧な勝利だ。パリの特別捜査班に助力を仰がずに済んだのだ。ヴァラールの手柄だ！　素晴らしいヴァラール、最高の警部。人はその緻密さ、技量、そして迅速さを後々《のちのち》まで讃えるだろう。他の容疑者を疑う振りをしてアラン・ソートラルを追いつめた、比類なき才能だ。これで枕を高くして眠ることができる。

「一刻も早く奴を裁判にかけてもらいたいものだな、判事さん」

オペノは難色を隠しきれなかった。提出すべき書類が山のようにあり、決められた手順をひとつ残らず踏まなければ裁判にはかけられない。

「何とかしてくださいよ！　判事さん！」オペノは激しい攻撃にさらされた。

正義とは、目には目を、歯には歯を！　だ。慎重に事を運んでどうするんだ。そんなことをしていたら精神科医どもがソートラルに情状酌量を、などと言ってくるに決まっている。

「ラリー・マルモンのやぶ医者めが！」あごひげの奥からエスが唸った。

「絶対に釈放などさせるものか！」

「それは無茶だ。わが国には法律というものがある」

「高い税金をとって殺人犯を野放しにすると言うのか」

オペノはまわりを見回し、手入れの行き届いた両手を上げて言った。

「ソートラルの運命は諸君が握っている……全員が陪審員と言っても過言ではない……明日誰が任命されてもおかしくないのだ」

眼鏡の下で光るオペノの眼差しが、じっとグレゴワールに向けられていた。少なくともグレゴワールにはそう思えた。今度は彼が、待ち受ける義務と使命を自覚して、襟を正す番だ。自分はこの街にふさわしい人間ということなのだろうか。

第五章

犯人が挙げられたのに、手続きが遅いと街の人々はいらだっていた。アラン・ソートラルはローラ殺しから遅くとも一週間後には裁きの場に立つのが当然で、翌日には人生最後の煙草とラム酒を味わうことになってしかるべきなのだ。

だがそれどころか、証拠固めは手続きという泥沼に足を取られて難航し、時はいたずらに過ぎていった。証人の出頭、尋問、容疑者と証人達との対質《たいしつ》（証人相互または証人と容疑者の間の証言に食い違いがある時、対立させて互いに弁明させること）、司法委員会開催、共助（裁判事務について裁判所が互いに必要な補助をすること）の依頼、あらゆる分野の専門家の意見聴聞、現場検証、犯行の再現等、オペノは毎晩テラスの聴衆に新たな言い訳をするはめになった。歯に衣を着せぬエスははっきりと不満を口にした。

「全く馬鹿げてるな、判事！」

オペノは唇を噛みながらダッソー、ラモアニヨンや、検察会のルールを頭の中で引き合いに出していた。〈上告の余地を残さないこと！〉特に彼の場合は、弁護側の上告要求をのんでしまう傾向があったのだ。

「君達はアブリュー・ラボリ弁護士を知らないからそう言うのだよ！」

ヴァラールやオペノ同様、ラボリ弁護士もこの裁判を手ぐすね引いて待っていた。ありふれた弁護士人生で初めての大舞台だ。三十年余りにわたって遺産相続や遺言詐取、不正経理などの案件に明け暮れてきたラボリの未だ果たせない夢、弁護士会会長の地位に、あと一歩でたどり着く。今こそソートラルと同じに——同じくらいに——名を馳せる機会がやって来たのだ。

容疑者がアブリュー・ラボリを弁護士として指名したこと自体がその吉兆ではないのか？　刑事に逮捕され、警官に乱暴に扱われ、人々に罵倒されて気が動転しているソートラルが弁護士リストの最初に載っている名前を指名するとは、ラボリも思い及ばなかった。アルファベット順のリストが幸いしたのだ。

翌日、いくぶん落ち着きを取り戻したソートラルは弁護士を代えようとしたが、看守長に諭された。

「アブリュー・ラボリは優秀な弁護士だぞ！　お前を何とか助けてくれるさ。ラボリと言えば……」

看守長はその名前を口の中で何度も呟いた。弁護士登録の折、まだ若かったラボリは父方の苗字と母方の苗字をハイフンでつなぐ際に、さして目立たない綴りのミスを犯した。父方の名前の最後の綴りを間違えたのだ。たいしたミスではなかったが、それがエミール・ゾラ（フランスの小説家で自然主義文学の定義者。一八九四年に起きたドレフュス事件で軍部を告発し、名誉毀損で訴えられ有罪判決を受ける）の有名な弁護士ラボリと同じ綴りだったので、以来彼はその後継者——弟子——だと囁かれてきた。

アブリュー・ラボリがこの事件を担当することになったのにはこういういきさつがあったのだ。

昨日は判事達を恨み、刑事達をののしっていたソートラルだったが、一夜明けると判事の洞察力を信じ、当局の緻密な捜査に望みをかけるようになっていた。近いうちに犯人が、真犯人が挙げられ、彼は無罪放免になるだろう。そうしたらせめて誤認逮捕の損害賠償くらいは請求してやろう。ソートラルは一貫して罪を認めない態度をとった。

「僕は無罪です」彼はオペノ判事の前に出頭するたびにそう主張した。「確かにローラとは多少喧嘩しましたが、どうして殺さなければならないんです？　勘弁して下さい。ローラが舟遊びをしたくないというから岸に残してきたんです。陽にあたってそばかすができるのがいやだと言ってましたからね、全く、勘弁して下さいよ！……」

これがソートラルの口癖だった。質問責めにされても彼は「勘弁して下さい」を繰り返して判事をいらだたせ、弁護士をうんざりさせた。書記はといえば、そばかすの学術用語を調べようと辞書を繰っている。

オペノ判事は言った。

「で、なぜ恋人を絞め殺したか言ってくれないか？」

「僕はやっていません！……ボートに乗りに行ったんです。少し漕いだら大汗をかいたんで、ボートの底に寝そべりました」

「言うとおりだとして、君はどのくらいその状態でいたのか……衝突したり浅瀬に乗り上げたりする……つまり事故の危険を犯して？」

「知りませんよ！　時計とにらめっこしていた訳じゃないんだから、勘弁して下さい。うとうとしていたんだと思います。それから岸に上がって……戻ってみると……」

「戻ってみると？」

判事と弁護士は——敵同士ではなく共犯者同士の——視線を交わした。

「戻ってみると、ローラが死んでいました」

「ほう！　いつ死んでいるとわかったのかね？　どうやって？　遺体に触れたのか？」

「一目見ただけでわかりましたよ。念のため手を持ち上げてみましたけど反応はありませんでした。ローラの、彼女の人生というドラマは終わり、幕は閉じました。僕は慌ててそこから立ち去りましたよ」

「それはつまり、逃げ出したということ……」

「逃げ出した？　そうじゃありません。近くにいない方がいいと思ったんです。前に警察といろいろあったんでね、もう勘弁して下さいよ！」

「そうだろうな」判事は言った。

ラボリ弁護士が出番とばかり口をはさんだ。

「お言葉ですが、判事！　いくら過去に警察沙汰を起こしたことがあるからといって、このように忌まわしい事件の犯人だと決めつける権利は誰にもありません。法は証拠を必要としています」

「そのために手を尽くしているのだ」

「しかし、この不幸な若者だけがここに引きずり出されて審問されています！」

「我々の努力に疑いを差し挟むことは許されない！　我々は真実をつきとめるべく最大限の力を尽くしている」

「しかし挙動不審で疑われた浮浪者のヨナは釈放されたじゃないですか！　二人の不良もシロと見なされて……」

「よくご存じですな」

二人は論争を始めた。お互い、判事と弁護士という役割をきちんと果たし、この場面で欠かすことのできない台詞の応酬をする。歯車のかみ合わせ方は事前に決まっているのも同然だった。立派な言い回し、すぐれた諸説の引用などが交わされた。議事録と全く同じ顚末になることがわかっていたので、書記は天井を見つめ、クロスワードパズルの完成に必要な九文字を考えていた。つまりこれは容疑者と看守に見せるショーだ。

激しい言葉の応酬は急に途切れた、二人とも満足し、疲れ果てたのだ。オペノ判事はもとの穏やかな口調に戻って言った。

「ソートラル、君は被害者がその魅力をもってして稼いだ金で暮らしていた」

「そこですよ！」勝ち誇ったように弁護士が言った。「金の卵を生む鶏を殺す理由がどこにありますか？」

なかなかいい台詞だ、弁護士は思った。書き留めておこう。もし無罪を主張するようなことがあれば使える、とは言っても彼の目に容疑者は有罪と映っていたのだが。出頭の度に同じ言葉での応酬が繰り返され、事態の進展は見られなかった。弁護士は言った。

「判事殿、専門家による依頼人の精神鑑定を要求します」

「僕がおかしいっていうんですか？　勘弁して下さいよ」

弁護士はソートラルの腕を強く握った。オペノ判事は要求を認め、許可書に署名をした。「監視人は被疑者を留置場へ戻すように」

判事と弁護士だけが判事室に残り、この事態について打ち合わせをした。二人は込み入った利害関係で結ばれていた。毎日街の人々に新しいゴシップを提供しなければならないことは暗黙の了解だった。ラボリもテラスでしばし時を過ごすことがある。彼は脂ぎった肉付きの良い顔を左右に振り、店内を全く無表情な目で眺め回し、そして立ち去るのだ。オペノは言った。

「一流の弁護士なのだ！　ソートラルにとってこれ以上の味方はあるまい！」

グレゴワールは黙っていた。不安が胸の深い部分に忍び寄ってきた。不思議な感覚だ。さっきまでの、得も言われぬ快い無関心さを浸食する寄生虫のようなものだ。木の根が病に侵されるのと同じだ。誰も気づいたり注意を払ったりするものはいないが、健康だった木はその時から、あちこちで、病に侵されていく。病は地下に留まっているので傍目では気づきにくい、せいぜい理由もなく葉が落ちたり、花が早く枯れすぎたりする程度だ。庭師も全く注意を払わない。そしてある日突然、絡み合う根に潜んでいた病は地表に現れ、木全体を覆い尽くしてしまう。そうなったら手の施しようがない。もう遅いのだ。

グレゴワールが気づいた時、植物に例えた事態は病に感染し、死期が近づいていた。それでも、山のような書類と容疑者の調書がソートラルを手の届かないところへ連れて行く前になんとか彼を自由にしなければならない。

だがどうやって？

まずはテラスが最初の反撃の舞台だ。心もとない反撃ではあるが！

「他にも容疑者がいないのか、正直なところを聞きたいのだが」彼はオペノに言った。

メンバー達はあきれてカードをテーブルの上に放り投げた。エスが声を張り上げた。

「おいおいデュバル、デュバリンヌを飲み過ぎて頭がおかしくなったんじゃないか！」

ヴァンソンは口をぽかんと開け、その喉仏は壊れたエレベーターのように激しく上下に動いている。店主として公平な態度を保とうと努力しているソーションまでもが口を挟んだ。

「デュバルさん、それはないですよ！　ソートラルが無罪とでも考えているんですか？」

「そんなことは言っていない」グレゴワールは否定したが、急に口の中が渇いてきた。

彼は様子をうかがった。憤りの波は彼を襲いのみ込もうとしている。その反動で助けようとしているソートラルまで危ない。ここではどうにもならない。

そう、無理なのだ！　なぜなら彼は無実の人間を救うために自らが罪を負おうとはさらさら思っていないからだ。グレゴワール自身と犯罪の間を壁が隔てている。強固で、乗り越えられないほど高くて、この先どんな爆弾を使おうとも崩れるとは思えないほど厚い壁が。

それでも彼は言った。

「誤解しないでくれよ、オペノ……」

まわりでは、観衆が猛獣使いを見るような目つきでグレゴワールを見ていた。ちょっとでも油断すると食べられてしまう。

「ソートラルが無罪であって欲しいなどと思っている訳じゃない」

気が咎めたので婉曲的な言い方をした。彼が否定したのでメンバー達はほっと胸をなで下ろした。

「だが万一彼が……いや、万一他に犯人がいたら」グレゴワールはすぐに言い直した。「どうなるんだろう？」

オペノはごつい顔に静かな笑みを浮かべ、片手で逆上寸前のヴァラールを制した。

「デュバル、警察はそういうケースも充分に予測している……」

安心感が少しずつ広がっていった。何もかも吟味され、検討されている、ここはテミス（ギリシャ神話の法を司る女神）の支配する素晴らしい国なのだ。

「アラン・ソートラルは不起訴となり、自由の身になってどこかよそで首を吊るだろう……」

オペノは笑い、皆も笑った。グレゴワールも笑った。悪意のある笑いではなく、心から安心した笑いだった。問題は解決した。確かに、留置場での暮らしは快適とは言えないだろうが、そのあとに待っているのが断頭台でなければソートラルも文句は言えまい。

だが、グレゴワールがテラスの常連達に投げかけた疑問は、池に投げられた小石の描く波紋のように大きく広がっていった。そのすぐ次の日にマダム・ソーションはデュバリンヌのチューブを買いに行き、無垢なナタリーにそれを告げたのだ。

「じゃあ、パパ」彼女は昼食のテーブルで言った。「パパはソートラルが犯人じゃないと思っているの?」

ナタリーは夢をつむぐ天使やトランペット吹きの住む心地よい雲の上から珍しく舞い降り、ストレートに質問をぶつけた。ジュヌビエーブは木星の嵐のように怒り狂い、容赦なく雷を落とした。家族全員がバナナの皮をむいている時で、グレゴワールは椅子にもたれ、目立たないようにしていた。

「可哀想なパパ」ポーリンヌが優しく言った。

ジュヌビエーブは肩をすくめ、椅子を後ろへやった。短すぎる袖からはみ出ている二の腕が怒りに震えている。彼女は立ち上がると必死に感情を抑えて言った。

「安心しなさい。ママにはどういうことかわかっていたのよ」

彼女はかすかな笑みを浮かべ、片手で愛する息子の頭をなでた。ローランは母親に視線を向けて、答えを待っていた。ジュヌビエーブは言った。

「パパが陪審員の予備リストに載っていることは忘れないでね。疑問を挟んだのはパパがこの役目を成し遂げるための高い自覚を持っているということの証拠なの」

非の打ち所はなかった。テラスでの失言が引き起こした動揺は収まった。ジュヌビエーブはブリッジの切り札を出し、完勝をねらった。彼女はキャッシュボックスを携え、部屋を出て薬局に向かった。デュバル家の将来を確信して。グレゴワールがヘマをやらないでくれれば、彼は市議会選挙に推されるかもしれない。市長夫人?　それも夢ではない!

翌週、グレゴワールはデュバリンヌの包装用の箱を作っている業者を訪ね、帰宅の途中ガソリンを満タンにするためスタンドに寄った。店員がガソリンを入れている間、彼は電話ボックスに入った。危険を伴わない直通ダイヤルだったからだ。

「もしもし？　アブリュー・ラボリ弁護士さんかい？」ジュヌビエーブがこの会話を聞いたら卒倒しただろう。グレゴワールは卑俗なまりを交え、声色を変えた。そして細心の注意を払い、何度も手直しして頭にたたき込んだ台詞で本番に臨んだ。

「はい、ラボリはわたしですが、どちら様ですか？」

「あんたの知らないもんさ。ソートラルは無実だってこと言いたくて電話したんだよ」

短く重苦しい沈黙が流れた。ラボリは考えていた。この告発を分析していた。無視するべきか。そうはいかない。驚いてみせるべきか？　大げさな態度はいけない！

「わたしは無実を信じていますよ」

グレゴワールは辺りを心配そうに窺《うかが》いながら続けた。大丈夫だ、誰もいない。

「聞いてくれ、奴は本当に無実なんだから」

「わたしだってそう思っていますよ」

「ちぇ！」グレゴワールはののしった。これは予定の台詞だ。「ソートラルはローラを殺してはいない、犯人は別にいるんだ！……」

今度は「なんと！」と押さえたような叫び声が聞こえ、沈黙が訪れた。さっきより長い、雄弁な沈黙だった。やっとラボリが口を開いた。

「犯人が別にいる?……証拠があるのですか?」

「もちろん!」グレゴワールは喉の奥から声を絞り出した。ここがこの電話の、風味のあるおいしい部分だ。

「それでは証拠をお見せいただけますか?」ラボリ弁護士は口早に言いながら戦略を練っていた。最後の切り札である証人、裁判所で巻き起こるセンセーション。

だが電話の向こうの声はこう答えただけだった。

「犯人を知っていると言ってるんだよ」

「誰が犯人か知っているのですね?」

「ああ」

グレゴワールには弁護士が受話器にかじりついている様子が想像できた。大喜びで息を切らせている、やったぞ! 大成功だ! だがもし秘書を呼び、何らかの方法で電話の発信元をつきとめたら? 急がなくては!

「真犯人を知っている。単独犯だ!」

「名前を教えてくれますか?」

「それが何になる? ソートラルは無罪だと言っている、それでいいじゃないか」

「彼を無罪にするには真犯人を知る必要があります。誰ですか?」

「わたしだ」

わたしだ! たったそれだけの短い言葉だが世界をのみ込み 街を根底から揺るがし、嵐を巻き起こす。わたし、つまりそれは薬剤師グレゴワール・デュバルなのだ！

だが何も起こりはしない。そこには壁が立ちはだかっているはずなのだ。グレゴワールが危険というものを知らない硬質ゴムの受話器に向かって「わたし」と言ったのは、ただ救いの手をさしのべたい、無実の人間を罪に陥れたくないだけであって、自分が代わりになるつもりはない。「わたしだ」とは言ったが、「わたし、グレゴワール・デュバルだ」という気はないのだ。

「あなたが？」ラボリは飛び上がった。

「ああ」

「あなたは誰です？」

「ローラを殺した犯人だ」

「まさか！」

「なぜだ？　あなたはソートラルの無実を信じていると言った、違うのか？」

「それはそうです」

「では真犯人がいるはずだ。それがわたしだ」

「では来て下さい。お待ちしてます！」ラボリは口ごもった。

「行ってどうなる？　わたしがそう言ったのだからそうなんだよ！」

グレゴワールは受話器を置き、電話ボックスを出た。すっきりと晴れ晴れした気分だ。ソートラルの嫌疑は晴れ、起訴は取り下げられるだろう。ガソリンスタンドの店員が彼に声をかけた。

「終わりました、デュバルさん、四十五リットルです」

彼はチップをはずみ、鼻歌交じりでハンドルを握った――ジュヌビエーブが今日は特別に運転を許してくれたのだ――不安はない。電話と彼を結ぶ糸は何もないのだ。

しかし、弁護士の方は黙っている訳にはいかなかった。法服と同様ひげも戦闘状態でオペノ判事を訪ねた。

「判事殿、内々で電話通報がありました。重大な内容なので判事殿にお知らせするのが義務と考えまして……」

そして台詞を言う前の三文役者のように一息おいた。

「ソートラルは無罪だと言うのです」

「ほう？　君は今まで信じていなかったのかね？」判事は皮肉抜きで聞き返した。

「もちろん信じていますとも！」ラボリの憤った声が法廷に響き渡った。「しかし、今日は証拠を持ってきたのです」

彼はまた言葉を切って、オペノを見据え、判事が執務を執り行う机の上に、強く両こぶしを押し付けた。

「真犯人を知っています」

今度はオペノ判事が戸惑う番だった。わたしの功績、証拠をひとつひとつ積み上げてきたこのわたしの功績を、ぶち壊すつもりなのか？　ソートラルが無罪などということになったら判事としての先行きはなくなる。上級裁判所判事への道は永久に絶たれてしまう！　彼は素っ気なく反論した。「説明してもらいたいのだが。気の毒なローラ・ノルティエを殺した犯人を知っているというのかね？」

「そうです」

「誰なのだ？」

ラボリはちらりと書記の方を見たが、書記は大好きなクロスワードパズルに夢中になっていた。

彼は判事へと視線を戻した。

「誰ですって？」ラボリは繰り返した。「男です」

「それはそうだろう」敵に回った判事はヒューと口を鳴らした。「名前を聞いているのだ」

「それは明かせません」

「言えないというのかね？」

「職業上の機密ですから、判事殿……」

判事はすでに立ち直っていた。はっきりしている。これは作戦だ！　弁護士は脅しをかけている。彼の前でありもしない司法の過ちを言い立てようとしている。

「ラボリ弁護士、弁護士は慣習として……」

「わたしを信じて下さい」

「綿密な調査は……」

「今の時点では信じて下さいとしか言えません……」

「納得できる証拠は……」

「わたしの聞いた自白です……」

二人の間の敵愾心は消えた。書記は顔を上げないままだ。ラボリ弁護士は声をひそめて言った。

「実は、知らない男が自分が単独犯だと言い張るのです。わたしは思うに……」

「その男を連れて来なさい」判事はきっぱりと言った。

「それはできません」

「できない?」オペノは心からほっとした。「幽霊だとでも言うのかね?」

「それは……聞いて下さい！　わたしは電話を受けたのです。しかし、あの口調からすると間違いありません！」

「つまり君はその目で〈君の犯人〉を見た訳ではないのだね」

「違います。でも自白の信憑性をわたしは信じます……」

判事は嬉しさから思わず微笑んだ。悪意はないが嫌味っぽさは隠せない。

「君は素晴らしい弁護士だよ。わたしも危うく乗せられるところだった。さて」──判事は手をさしのべた──「わたしには仕事があるので」

ラボリ弁護士は最後のカードを切る賭けに出た。自分自身でも心の底では容疑者の仲間が仕組んだ罠だと思っているのではないのか?

「できれば……せめて仮釈放を……」

「それは無理だろうね」

この話は、しかしながら、街中に広まった。どこから漏れたかはわからなかったが、実際、その日の夜までには判事と弁護士の口論、そして特に弁護士の話は誰もが知るところとなった。意見は二つに分かれた。

もちろんラボリ弁護士の話をまともに受けるものはいなかった。あれはただの弁護士のスタンドプレーで、それがうまくいかなかった、それだけのことだ。分かれたのは判事の毅然《きぜん》とした態度に拍手を送るものと弁護士の巧妙な作戦を誉めるものの二派だった。ソートラルの有罪を疑うものはいない。犯人はわかっていて、しかるべき場所に留置されているのだ。

グレゴワールの決心は、今回が期待はずれに終わったことでますます固くなった。失敗したからには明日はさらなる反撃に出るしかない。無実の人間を救う目的は二の次になった。救うのはソートラルではなく、司法だ。正しかるべき、大文字で始まる、司法なのだ！

確かに彼自身がそっと裁判所に赴き、曲がりくねった古めかしい廊下を通ってその先にある予審の一号室に行けばそれで済む。彼は静かにドアを叩き、未来の重罪裁判所の大釜がコトコトと煮えている巣窟に入ってこう言う。

「犯人はわたしです」

それで秩序がもとに戻るのだ。司法は正しく機能し、ソートラルは死刑を免れる。

しかしこの夢想はそこまでだった。裁判所の門の前でグレゴワールは我に返った。

「わたしはここでいったい何をしているのだ？」彼は現実に引き戻された。

途端にジュヌビエーブの泣きわめく声がはっきりと聞こえてきた。からかうように、しかし心配してこう言ってくれるローラン――「違うよね、パパ」――ポーリンヌは泣き崩れ、ナタリーはデュバリンヌのショーケースから転落する。フェルナン、メイドのマリー・テレーズ、メッセンジャーのラウル、研修生のシモンヌの反応は言うに及ばず。そしてテラスの連中は！

街の人々は！

自分にできないことをする必要はない、というのが街の賢い教えだ。グレゴワールが教えに従い、裁判所の階段できびすを返した、その時まさにビストロへ入るラボリ弁護士が目に飛び込んできた。

二人は近づいて、お決まりの挨拶を交わしてから事件の話をした。調査の進行状況を知っているグレゴワールは詳しい情報が欲しかった。ラボリは彼にベルモットを一杯おごり、手短かに犯罪法の講義をしてくれた。

「もう手間取ってはいられません。医者は遅滞なく精神鑑定書を提出してくるはずです。最終的な共助の依頼書が判事の手に戻ってくるはずですし、最終尋問が行われて、そのあとに最終判定が下されるはずです。そして検事が告発書を検察庁に提出し、検察庁は告発書を裁判所へ送る手はずになっています。そして我々は……」

こうなるはず、ああなるはず、その言葉はコップに閉じ込められた蠅のようにグレゴワールの頭の中のあちこちにぶつかった。ぶんぶんと心地よい響きだ。

「で、気の毒な容疑者の裁判はいつになるんです？」

気の毒という言葉にラボリはぴんときた。いいぞ！　この男は寛大な陪審員になってくれるだろう。名前が選ばれたら忌避するのはよそう。彼は声高に答えた。

「四月の開廷期には裁判にかけられるはずです」

また〈はず〉だ！　そしてまだ十月の終わりだ。

「拘留期間が随分長くはありませんか？」

弁護士は牧羊神のような頭を左右に振った。

「オペノ判事に保釈の話をしたのですが、耳を貸さないのですよ」

「それで、その」グレゴワールはうまく取り入り、言葉巧みに聞き出そうとした。「自白をしたとか言われている人物は？」

「自白した人物です！」低いが力強い声でラボリは訂正し、肩をすくめた。「だがそれが誰かはっきりしない限りは……」

グレゴワールは生唾を飲み込んだ。

「顔も知らない人物を信じているのですか？」

「彼が鍵を握っています。わたしは依頼人の無罪を証明するために、電話の一件を充分な確信と証拠を持って主張するつもりですから」

「それまで彼は拘留されたままですね」

ラボリは短い両腕を広げた。まるでペンギンのようだ！

「どうしようもないのです！　せめて自白でもしてくれれば……」

その言葉には彼の切なる願いがこめられているようだった。確かに形勢の悪い裁判の弁護をするのはアブリュー・ラボリの弁護士人生にとってチャンスには違いない。しかし！　川の流れに逆らって上ることはできない！　逆にソートラルが罪を自白し、悔恨の情を示してくれれば死刑は免れる。つまり依頼人は有能な弁護士に救われたことになる。

グレゴワールにとってラボリの思考回路は謎だったし、理解する気もなかったが、自白すればソートラルが助かることだけはすぐにわかった。だがどうやって自白に持っていこうというのだ？

テラスの人々も自白が一番だという見解で一致した。声高に〈弁護士のやり方〉を非難していても、オペノの心は、法の暴力を受けた市民の頭の中に何世紀もの時を経て堆積してきた正義感に悩まされていた。ソートラルが自白さえしてくれれば釈然としない点は全て消え去ってくれるのだが。グレゴワールは耳をそばだて、いろいろと情報を仕入れた。そして家に帰ってジュヌビエーブの隣に身を横たえ、ソートラルを救い出すための貸借対照表を作成した。借り方を書き、貸し方を書き入れる。釣り合いをとってみて利益の出る方法を考えた。つまりソートラルを助ける方法を。

夜が思いもかけない名案を、彼に授けた。潜在的な危険が伴わないとはいえないが、この線で行ってみよう。そうだ、この方法が妥当だ。それでまずい結果にはならないだろう。オストラ健康サービス学会に参加するためパリに行く機会があるので、そこで実行に移すことにした。使うことに決めた毒は無害だ。

グレゴワールはサンテティエンヌ・デュ・モン教会を選んだ。理由はわからない。宿泊先のホテルから遠く、用心し過ぎるに越したことはなかったからか、あるいはそこにセント・ジュヌビエーブの聖遺物箱が祭られていて、妻に守られているような気になったからか、それとも計画は決まっているのに実行をためらっていた彼の目の前に現れた教会だったので、それ以上はためらわずに足を踏み入れてしまったのか。

グレゴワールは信仰深い方ではない。教会は儀式の際、街に強制されて行く場所だった。洗礼の時、最初の聖体拝領の時、結婚式、そして名士や友人の葬儀、もちろん子供達三人のための儀式の度にも行った。だが、教会に入ると突然裸にされて巨大な顕微鏡のスライドの上に乗せられ、巨大な生物学者に生態を観察されているような気になって落ち着かないのだ。

彼は忍び足で中央広間を歩いていった。美しいステンドグラスから差し込む光を避け、影を選んで歩いた。告解室にかかった名札が見える程度の光が必要なのは仕方なかったが。ジョウベネ神父、アベット神父、ジェソン神父、デネショウ神父……彼はためらった末、名札のかかってない告解室を選んだ。

その部屋の右半分にかかった黒い平織りのカーテンの下から靴がのぞいていた。グレゴワールは低い椅子を見つけて腰掛けた、待たされた、思ったよりずっと長く。待っている間に心が落ち着くかと思ったが逆だった。グレゴワールはいらついた。どういうことだ！　正義のために、大いなる正義のためにこの身を捧げているのに、つぶされるほどの不安に身を晒しているのに、この苦悩に価しない者のためにあえて運命を賭けているのに、わたしは何で報われるというのか？

「告解室の入り口で待ちぼうけを食わせるのは勘弁してくれ！」

今度は彼がソートラルと同じく焦りを感じる番だった！

もう止めよう、せっかくの決心だったが放り出してしまおう、そう思って立ち上がった瞬間、カーテンが開き、告解者が出て来て彼に罪で湿った場所を譲った。

座りたい位置に座ろうとすると膝が痛い。木製の格子の間から囁く声が聞こえた。「告白の祈り」という言葉が曖昧に聞き取れたが、昔覚えたものを思い出している暇はなかった。もっと他にやるべきことがある。自分はリレーマラソンのランナーのようだ。どうしてもこのメッセージを伝えなければいけない。そのあとは、そう、人生を失うことなくさっさと走り去るのだ。

「神父様、申し訳ありません……これ以上祈りの言葉がわかりません。それでもお聞き下さい」

「神はお聞き下さいます」

「神？……　わたしは神父様に聞いて欲しいのです。ある男が逮捕され、殺人罪で告発されています。彼は無実です。あなたは彼を助けることができます。あなただけが……」

「わたしが？……」

「はい、その男の無実を主張して下さい。わたしが真犯人なのです」

長い沈黙が流れた後、神父が囁いた。

「話して下さい……」

突然無力感がグレゴワールを襲《おそ》い、包み込んだ。理由は、はっきりしないが、この試みは失敗だと確信した。彼は無力感に包まれた。話す？　無駄だ。この名もない神父は下っ端のしがない聖職者で、教会の使用人や、未亡人や、界隈の子供達の小さな罪の告白には慣れているが、グレゴワールの言葉には適当な答えが見つけられないだろう。いらついた告解者の告白を信じているだろうか？　それより犯人の仲間が仕組んだ仕業だと考えてはいないだろうか？

「あなたの言葉に間違いはありませんか？」

「ありません。誓います」

「気をつけて下さい。神がお聞きになっています。嘘は神の耳に届きませんよ……」

「繰り返してお願いしますから、神父様。判事と検事へ知らせて下さい」

「あなたが真犯人なら……」

「わたしが犯人です！」

真面目に話していていいのだろうか。この試みは馬鹿げていたのではないだろうか。告解者の声にも同じくらいに説得力が欠けている。

「自首なさい」

「しかし……」

「人間の下す裁きを信用するのです」

「どうして自首するのですか？　わたしは何もしていません」

その言葉はグレゴワールの心の底から出たものだった。彼はいかなる罪の意識も感じていない。罪と言えば、せいぜい水浴び中のローラをのぞき見したことくらいだ。そして……あの娘が、葉に覆われた隠れ家に横になって男性の欲望をかき立てたのではないか？　彼が姿を現した時どうしてすぐ声をあげたのだ？　責任があるのはローラ——ローラ——だけなのだ。

神父は考えていた。どうやってこの窮地を切り抜けよう？　この告解者は殺人を認めているのに、自分に罪はないという！　このような理屈では神の裁きは下せない。神父は、彼は、明らかに混乱をきたしていた。

「気を落ち着けて下さい」

「わたしは正気です！」

口にしてはいけない言葉だった！　告解者は、明らかに精神科医の治療を必要としている。名もなき律儀な神父は……唇から安堵のため息を漏らし、心を落ち着かせた。一時は動揺し、大変な問題に直面して苦しんだが、今は自分を取り戻した。もとの道に戻ればよい。先輩の神父達の著してくれた地図には落とし穴も進むべき道も示されている。

パンテオン広場に戻ったグレゴワールには香の匂いと、重くありがたい忠告とそれに何度も繰り返した祈りの言葉が染みついていた。彼は大急ぎでサン・ミシェル通りの角にあるカフェ・カプラードの化粧室に飛び込み手を洗い、くらくらする香の匂いを払った。これで失敗した作戦の不愉快な記憶も振り払えるだろう。そして、彼と同じく会議に参加する仲間達と合流し、パリ訪問を記念して料理やワインを愉しもう。何よりもまず、デュバル家の平和を、デュバリンヌの注文が増えることを願って。


グレゴワールのサンテティエンヌ・デュ・モン教会訪問と告解は、しかしながら彼が考えたより効果があった。名もなき神父……は後になって不安になってきたのだ。自分は神との仲介者の役目を果たしたのだろうか？　判断を急ぎすぎて真面目な悩みを精神錯乱と決めつけてしまったのではないだろうか？　彼はまだ神父になりたてのほやほやだったのだ。

名もなき神父は賢者と仰ぐ年上の神父に相談し、ともに祈りを捧げ、一通の手紙を送った。彼は肩の荷を降ろし、勝ち誇った気分でいたオペノ判事は激怒した。

判事殿

小さな教会の聖職者として、先日、わたしは不幸な一般人の女性を殺したという告解を受けました。わたしには告解を公にする権限はありませんが、現在貴公がアラン（姓は存じません）という若者を容疑者とみなしているということを知り、この告解をお知らせする義務を感じた次第です。

彼の告解が事実でないこともあり得ます。その理由はわかりません。しかしながら司法の過ちを正すための事実ということもあり得ます。

このような事情で筆を取った次第です。この哀れな告解者に神の裁きに甘んじるのではなく人の裁きに身を委ねるよう、強く嘆願したことを書き添えます。

敬具

ある聖職者より

「いやはや全くもって！」いつもの仲間とテラスで会ったオペノは怒鳴り散らした。とても内密にはしておけなかったのだ。我慢の限界を超えている。捜査の段階では必ず自分が犯人だと名乗り出て喜ぶ人間がいる、新聞によれば、大事件が起こるとパリ警視庁にはその種の手紙が山のように届いて警察は頭を抱えるそうだ。だが、この街はパリではない。それをまねるとはなんという趣味の悪さだ。予審がこれほど綿密になされている今、疑わしいことは何もない。それなのにソートラルを無罪にしようと古くさい偽の告解のまねごとをするものがいるとは！

「わたしは告解など真に受けていない」

「判事は正しい！」エスが言った。

「正直言ってわたしにはわからない、どうして……」ヴァンソンは声をどもらせて憤った。

まわりの注意を惹こうと、これ見よがしに意味ありげな笑いを浮かべていたヴァラールが言った。

「パリ警視庁に首をつっこまないよう要請した」

穏やかで簡潔だが、重々しい一言だった。この街の警察がパリ警視庁に、調査が手際よく迅速に結論の出た事件に介入しないよう伝えたのだ。

「凄いわ！」レジにいたマダム・ソーションが褒めそやした。

だが、調和を乱す発言が飛び出した。グレゴワールがあえて一石投じたのだ。

「そうは言っても！」

それだけだったが、一同から白い目で見られるには充分だった。

「なんだって？」オペノが聞き返した。皆の非難を代弁するのが自分の義務と心得ているのだ。

グレゴワールはきっぱりとした調子で言った。オペノが見つめている。

「ソートラルはまだ否認している……」

「絶対に認めたりしないさ」エスが繰り返した。

「だがこの神父は……」

オペノはこれみよがしに寛容な態度を示した。

「たったひとつ、行き過ぎた良心だけが誤りだった立派な神父を責める気持ちはない……」

まわりは、その通りと言わんばかりの顔で視線を交わした。オペノ判事は司法の高官だ。彼の寛大な態度は皮肉以外のなにものでもない。

「わたしが神父だったらすぐに作り話だと嗅ぎつけただろう。アラン・ソートラル氏は」――オペノは横柄にさげすんだ口調で言った！――「よく働いてくれる友人をお持ちのようだ。少なくとも一人はな。サンテティエンヌ・デュ・モン教会で告解芝居をした友人は賢い考えだと悦に入っているだろう」

皮肉っぽい笑い声が小さく起こった。

「カルティエ・ラタンの真っ只中といえば、諸君！　かのヴィヨンと仲間達が〈ペ・ド・ディアブル〉の標石を動かす騒ぎ（詩人フランソワ・ヴィヨンが二十歳の時パリ大学で他の学生達と起こした暴動）があったところだ！」

今度はもっと辛辣な笑い声が起こった。非難の雪崩の下でグレゴワールは肩をすくめた。注意を惹こうと言い返す言葉を考えたが思いつかない。全くだめだ！　彼は自分の中にぞっとするほど恐ろしく大きな空洞を感じた。それが不吉な空洞なだけに、彼の反論がどんな反響をもたらすかは想像に難くない。オペノは出来事を夫人に報告し、オペノ夫人は話に尾ひれをつけてルフェビュール夫人に喋り――裁判所長夫人に！――ルフェビュール夫人は間髪を入れず、だがそれとなくジュヌビエーブの耳に入れるだろう。

「可哀想に！」

なんと　ジュヌビエーブが憐れむとは。最悪だ。彼女は不機嫌そうな顔をしていたが、すでに昨夜の出来事に仮説の一撃で反論していた。もしグレゴワールが陪審員だとしたら！

「あらかじめ良心的な気配りをしておいたのよね」

彼女はいらつきが和らいでいるかのような不自然な表情をしている。漠然とした警戒心がグレゴワールの心に頭をもたげた。陪審員、陪審員！　ああ、今まで真剣に考えてみたこともなかった。持てる知識からすると、手続きには時間がかかるし自分の前にたくさんの名が連なっている。予備リストから、最終リストに絞り込むまでにはかなりの手間がかかるはずだ。それにソートラルの無実をほのめかす発言をしたグレゴワールの名はリストからはずされる。

「気の毒だわ、あなた……」

どう考えても、ジュヌビエーブは彼のことを〈気の毒な〉夫にしようとこだわっている。ポーリンヌもそうだ、同情の証に手を押し付け、態度で優しい気持ちを表している。この子は何を知っているのだろうか？　そしてローランはなぜ皮肉っぽい目つきでこちらを見ているのだろう？ナタリーまで夢から舞い降りてきて優しく微笑みかけ、フェルナンは感激で顔を輝かせている。その上に！　見習いのシモンヌまでが便の分析を放り出して哀願するような声を出した。

「わたしが代わりたいくらいです」

「だがどうして、くそ……」

「グレゴワール！」

ジュヌビエーブが芋虫を一刀両断にするようにグレゴワールの汚い言葉を遮ったが、すぐに優しい表情に戻ってこう言った。

「県の委員会はあなたを陪審員リストに載せたのよ」

「わたしを……わたしを……まさか？　どうして知らせが来ないんだ？」

「これから来るのよ、グレゴワール、これから来るの！」

ジュヌビエーブは、真ん丸な目に悲しそうな色を浮かべると、口を覆って抑えていた、ため息を漏らした。

「あなたの名前は特別なリストにしか載ってないの」

「何だ、それは？」

いい加減にしてくれ！

こいつめ！　妻は、彼を仕入れたての情報で驚かせようとしている。ルフェビュール夫人から今朝聞いた話をひけらかすのが嬉しいのだ。

「特別なリストよ、あなた、補欠のリストのことよ」

グレゴワールはほっとして息をついた。〈補欠〉の二文字が頭の中で響いた。結構だ、これで陪審員の役目は免れたのも同じだ。補欠とは他の誰か――正規の、いわば陪審員という禁固刑を受けた人々！――に何かあった場合にのみ必要とされる。

「いろいろ聞いてきたようだから、ジュヌビエーブ、本リストに何人載っているかも知っているだろう?」

彼女は口をとがらし、ひどくがっかりした表情で言った。

「二百人よ……」

前に二百人もいるのか、助かった。

「で、補欠は?」

「四十人」

確率は二百四十分の一だ。ますます安全だ。まあこれからは失望したふりでもしよう。

「残念だ! 役に立ちたかったのに」

「そうだと思ってたわ」ジュヌビエーブは嬉しそうに言った。「ルフェビュール夫人にもそう言ったのよ」

「そうだよね!」ローランがからかうように口を挟んだ。

皮肉るのはやめるように叱ろうかとジュヌビエーブは思った。笑い事ではない。父親の気概《きがい》はわがモダン薬局の誇りなのだ。

「陪審員が皆そういう気持ちでいてくれたら、アラン・ソートラルみたいな犯罪者は減るのにね!……」

そして嫌悪をはっきりと顔に出して付け加えた。

「ローラみたいな女性も!」

「なんだって！　どうしてローラもなんだい？」ローランが不満をあらわにした。「挑発的な胸と誘うような微笑みがどうしていけないかな。ルフェビュール夫人が被害者だったらそんなこと言わないよね」

「ローラン！　ポーリンヌの前よ」

「ポーリンヌを幾つだと思っているんだよ！」

「お黙りなさい！」

　ローランはふざけてシモンヌに同意を求める目配せをした。ナタリーは夢の世界にいた。グレゴワールもそうだった。なんと嬉しいことだろう。

　長い間、正しく言えばローラの一件から、自分で作り出した素晴らしい、スリリングな夢想の世界で楽しむことができなくなっていた。もう超音速飛行機のパイロットでもなければ、保安官でもなく、まして代議士や世界を股にかけた詐欺師や女たらしでもない。何にもなることができなかった！　だが今や、その世界にまた浸れる……自分は陪審員、いや陪審員長だ。胸に手を置いて……こう言う。（わたしの名誉と良心に賭け、神と万人に誓って……）

　もちろんソートラルとは全く関係がない！　有名な裁判……マダム・ラファルジュ事件（十九世紀、夫を毒殺したかどで終身刑になった）やポール・ルイ・クーリエ事件など有名な裁判だ、他の裁判は取るに足りない。夢想の世界の出来事なのだから法的手続きの心配などいっさいない。

　それならむしろ弁護士だっていいではないか……花形弁護士……鬼弁護士のルネ・フロリオ（弁護士、小説家）……今は亡き偉大なシャ・デスト・ダンジュ、アンリーロベール（アカデミーフランセ会員）、ヴィヴィアニ。

「諸君、法廷ですぞ！」

グレゴワールは現実の世界へ引き戻された。ローランがふざけて、テーブルクロスを纏《まと》い、彼の前に立っていた。

「馬鹿なまねはよさないか！」いらついたグレゴワールはそう言い捨て、ドアをばたんと閉めて出ていった。

残された家族は顔を見合わせた。ジュヌビエーブは安心した様子で理解に満ちた笑みを浮かべた。

「パパにとっては大変な役目なのよ」

ジュヌビエーブもまた夢を見ていた。グレゴワールの守護神に蠟燭を捧げて祈るのだ。グレゴワール・デュバルにエネルギーと活力を吹き込んでください。ひとかどの市民になるように、それを足掛かりに市長に……そして更なる高みに……代議士夫人に！　ジュヌビエーブの夢は膨らんだ。

ジュヌビエーブの受けるショックはいかばかりだろう！　もし夫の企みを知っていたら！　グレゴワールは万難を排してもアラン・ソートラルの無実を勝ち取ろうとしているのだ。

反旗を翻した時、最も世間を知らない人間こそ、己の中に策略にたけた非凡な才能を見出すものだ。グレゴワールも例に漏れずそうだった。しかもこの策略を知っているのは彼だけだったから尚更だ。俳優と観客の一人二役。どんなことがあっても絶対に成功させるのだ。彼はヴァンソンをデパートに訪ねた際に封筒を一枚失敬し、ポーリンヌの友達のカバンから白い紙を一枚くすねた。あとはクーリエ新聞の活字を切り抜き紙に貼り付けるだけだ。

万が一のことを考え、グレゴワールは納入業者へ行った折を利用し、急いでコブの森に寄り、車を人目につかないところに停めて作業を始めた。そして一時間ほどで匿名の手紙を完成させ、穴だらけになった新聞を燃やした。

綴りが多少怪しくても、内容は簡潔そのものだった。

ソートラルはローラを殺していない。犯人は他にいる。わたしは目撃した。しっかりと探せば犯人は見つかる。わかったらさっさと捜査に取りかかれ。

目撃者より

街のポストに投函したくはなかった。危険すぎる！　ヴァラールが鈍いとはいっても、警察にならば差出人をつきとめる方法がいくらでもあるだろう。誰かに姿を見られて通報されるかもしれない。

仕方なく身につけておくことにした、ヘマをやらかすのではないかと背筋が震えることもあった。妻の詮索にあう不安。秘密の手紙を隠しているポケットの位置に手を触れる家族への挑戦。口を開けば出てくるのは嘘ばかり。ローラのことがあってから、自分は一家の裏切りものだ。今まではデュバル一族の長という役割を演じていたのに今はひとり芝居を演じている。グレゴワールはその味に酔っていた。

それで必要以上に長く手紙を持っていたのだ。街の外で投函する機会は二度あったのにしなかった。そしてある夜、いつものブロットからの帰りを選び、彼は駅へ忍び込んだ。駅のポストはその設置場所からいっても、郵便物が列車に託されることからいっても安全だった。手紙を投函してから彼は心穏やかに待った。すぐにオペノは、見込み違いの捜査だったとテラスに知らせに来るだろう。ソートラルは不起訴になるはずだ。


実際には予審室において、判事と弁護士の間で静かな話し合いが行われた。

「君の意見は?」

オペノ判事はラボリ弁護士に匿名の手紙を手渡した。ラボリは手紙を読むと眉をつり上げ、あごひげを触りながら言った。

「穏やかじゃないですな」

「君の依頼人には献身的な友達が何人もいるのだな……」

「するとこの手紙の目的はあなたの確信を揺るがせるためのものだとお考えなのですね」

「もちろんだとも」

「当局はこの事件を徹底的に……更に徹底的に捜査すべきだというのがわたしの意見です」

今までになく雄弁になって、ラボリ弁護士はこれまでのいきさつを繰り返した。

「犯人だと主張する男からのわたしへの電話、神父の聞いた告解……そしてこの手紙……これらを証拠として取り上げることを頑なに拒み続ける判事殿の信念にわたしは感嘆していますよ……」

オペノ判事の葛藤は二週間近く続いた。その間テラスでは機嫌が悪かった。誰かがその話を持ち出してくるのを嫌がっているようだった。オペノは街に見張られているような気がしていた。もし間違いを犯していたら？　ソートラルが逮捕されてから数ヶ月になる。彼は無実の主張を曲げていない。ソートラルは一番の容疑者だし、状況は彼の有罪を示している。だが決定的な証拠がない……オペノを満足させて心の荷を降ろすような証拠がなかったのだ。この事件が重罪裁判所行きのものであろうことを忘れてはいけない。何かあれば予審判事にとばっちりが来ることになる。容疑者が無罪放免となったら、自分の昇進の望みは永久に断たれるのだ。

「つまり君の依頼人が自白すればいいのだ！　自白は罪を軽くする。君の技量を持ってすれば自白の一言や二言は引き出せるはずだ。ちょっとくらい策略を使っても構うものか……」

彼はそう言ってため息をついた。

「心神喪失で責任能力欠如の精神鑑定書はどうだろう……陪審員はそういうことに反応しやすい。そこで君の依頼人が悔恨の情を多少なりとも示せば、なんとか丸く収まるだろう」

「すでにそれは提案しました」

「それで？」

「聞く耳持たずです」

「その頑なな態度は危険だ」

ラボリ弁護士はここでもう一押ししてみた。

「仮釈放すれば……」

「世間が黙っていない……」

結果的に街で爆弾が破裂することになった。ソートラルが仮釈放になったのだ。その夜テラスはすんでのところで破壊を免れた。オペノは捨て鉢になってテラスに姿を現した。恐ろしいほどの沈黙が彼を迎え、それから大騒ぎになった。ベテラン航海士の一人として、オペノは平然とした顔で嵐に立ち向かった。

〈王様のテーブル〉の仲間達は次から次へと責任者に怒りの波をぶつけたが、彼はどんなに荒れ狂う海に襲われようと身じろぎひとつしなかった。

「いったいどういうことだ！」

「誰の差し金だ？」

「我々に対する裏切りだ！」

「もう外に出られないわ」マダム・ソーションが震え声を出し、集まった客が声高に賛同した。

オペノは一人で矢面にたった。ヴァラールが来ようとしなかったからだ。〈カトーは嵐などものともしなかった。今はわたしが大物の勇気を示す番だ〉

「法の決定に口を差し挟むべきではない」彼は言った。

「わたし達には口を挟みたいことが山ほどある」エスが言い返した。「これはあの馬鹿なラリー・マルモン医師の考えに決まっている！　心神喪失という口実をでっちあげたのだ」

「そうじゃない」オペノは答えながら思った。本当に最後まで持ちこたえられるだろうか。「ソートラルには責任能力がある」

「じゃあどうしてだ？」一同は叫んだ。

「はっきり言って推定できても証拠がないのだ」

彼らに真意を言うべきだろうか？　仮釈放することでソートラルが自白する方向にもって行こうとしていると？　だが、ソートラルは判事の深い意図など知る由もないのだ。オペノは毅然とした態度で沈黙を決め込み、訳ありげな態度をとり続け、やっとテラスの連中を静めることに成功した。こうして嵐は過ぎ去り、騒ぎも激しい地震がだんだんとおさまるように沈静化していった。

男達はこの決定を受け入れた。だが女達は違った。街での表立った騒ぎこそなかったが、水面下で声を潜めて喋り合い、頷き合い、合言葉を交わし合った。彼女達はすぐに仮釈放の隠された意図に気づいた。オペノ夫人がいわくありげな態度とそれにふさわしい言葉で一役買ったのだ。ある夜、ベッドでジュヌビエーブからそれを聞かされたグレゴワールは奈落の底に落ちた！

仮釈放の知らせに彼は勝利のときを告げる鐘の音を聞いた。無罪の人間を結託して陥れようとする権力と戦った結果の勝利だ。ソートラルが仮釈放されたことで司法の過ちは正された。それはローラの事件以来、グレゴワールを駆り立ててきた思いだった。不起訴が成立するのも間近だろう。抗議の嵐が吹き荒れる中で彼だけは沈黙を守り、だが下手に注意を惹かないよう深く考え込んでいるふりをしていた。

ジュヌビエーブに話を聞かされたのは、そんな折だった。

「あのオペノは思っていたほど馬鹿じゃないわね」

「ほう!」グレゴワールは全く反対の意見だったが。

「どうしてソートラルを仮釈放したと思う? 泳がせて証拠をつかむためよ」

何かを言いたくてたまらない口元にはそれでも言えないもどかしさが見て取れる。彼女は肩肘をついて夫を見つめた。暗澹《あんたん》とした不安にかられたグレゴワールはその不安を気取られないようにできるだけの努力をした。「いったい何を聞き込んできたんだい、ジュヌ?」

妻を丸め込んで話を聞き出すためには若い日の愛称で呼ぶのもやむを得ない。何も気付かないジュヌビエーブは揺れる胸を突き出した。

「誰にも言わないと約束してくれる? 特にテラスの連中には」

「約束するよ」

「じゃあ言うわ、ソートラルは自由になってもその運命からは抜け出せないの。そういう行動に出るのよ」

「行動に出る……」グレゴワールは呟くように繰り返した。

「あなたって、ほんとに鈍いのねえ! でも犯人の行動は知ってるでしょう。犯行現場に立ち戻るのよ。都合の悪い犯罪の痕を消して、何とか、アリバイを証明してくれる証人を作ろうとするの……」

翌日はグレゴワールにとってつらい一日だった。薬の調合を間違えて犠牲者を出さなかったのはひとえに運命が街の病人を守ってくれたからだ。調合室ではフェルナンが、いらついているグレゴワールの様子を気遣っていた。見習いのシモンヌはアルブミンの分量を測っている最中に誤って試験管を割ってしまった。困惑していたのだ。

「ああ、申し訳ありません」彼女は呻いた。

グレゴワールはぶっきらぼうな言葉を投げつけた。

「それを片づけて、わたしには構わないようにしてくれ」

薬局はぴりぴりとした雰囲気に包まれた。ナタリーは夢見ることを妨げられ、ローランは論理学の試験の成績が悪かったことで叱られた。ポーリンヌが父の機嫌を損ねずに済んだのは、断固とした口調でこう言えばいいと知っていたからだ。

「パパはどうしたのかしら？　デュバリンヌを飲んだ方がいいわ……」

とにかくなんとか手を打たねばならない。だがどうやって？……　手紙を書く？　電話をする？　会う約束をする？　いや、まわりに見られたら危ない。奇妙なことに、グレゴワールにとって危険と自分の罪の間には何の関係もなかった。彼にとって唯一危険なことは奔走しているのを嗅ぎつけられて街の顰蹙《ひんしゅく》を買うことだ。

判事に効果のあった手紙だ、ソートラルもきっと反応するのでは？　グレゴワールは匿名の手紙を出してみることにした。

気をつけること。見張られている。仮釈放は証拠を固めるための罠だ。君の不用意な一挙一動は全て君の不利になるだろう。

友より

結果は期待を裏切った。グレゴワールは絶望の淵へと追いやられ、オペノは有頂天になった。ソートラルが逃亡したのだ。二日後に彼は県境で捕まった。捕まってから人の手による裁きを怖れたと主張しても、無駄だった。「陪審員の間違った判決に立ち向かうより逃げた方がましだ！」「皆そう言うのさ」オペノは嬉しそうにせせら笑った。「君の逃亡はな、ソートラル、自白と同じだよ。思った通りだった」

「判事さん、それは違います……」

「まだ強情を張るのか、残念だな。その首を肩に乗せておきたかったら弁護士の言うことを聞くように勧めたはずだ。今回は……」

判事は言葉を切ったがその沈黙はまさに雄弁だった。ラボリ弁護士は、あごひげを顎に生えた旗のように振りかざしている。絶体絶命だ。ソートラルは考えた。犯していない罪でも自白した方が得策なのだろうかと。当局からの正式な発表を受け、クーリエ紙はソートラル逮捕の報道をし、街の人々を安心させた。

グレゴワールは病に倒れた。

第六章

主治医の強い勧めで田舎に転地療養したグレゴワールは、療養先で夢想をどんどん膨らませていた。自分がソートラルを裁いてもいいものだろうか？

ほんの少し、例え一、二分でも陪審員の役どころを演じるのを想像しても構わないだろうか？

良識ある十二人の市民の一人として席に着き、ソートラルを裁く使命を担って、課せられる質問に、イエス、ノーと答える自分を想像するのはどんなものだろう？

十二人のうちの一人！　十二分の一の影響力は、確かに大きいとは言えない。誰が考えてもささいな、一割にも満たないわずかな力だ。だがそれでも充分、いや充分すぎるほどだ！

ごくありふれた庶民の、合計で十二人のうちの一人、その肩に同じ人間に対する生殺与奪の責任がのしかかる。

グレゴワールの刑事裁判に関する知識は初歩的なもので、頭の中には十二人の男性という古いイメージがあった――そうだ！　今は女性も参加できる――つまり十二人の男女が他人の有罪、無罪を決定する。生身の人間、不遇な状況が重なって目の前に引き出された一人の人間の運命を！

しかも今度の被告は無罪だ。全くの濡れ衣だ。自分にはわかっている。

だが、それを知っているのはグレゴワールただ一人なのだ！　有罪の判決が出ても他に異議を唱える街の人間はいない。

陪審員室でのシーンを思い描くのは簡単だった。十一人が『有罪』一人が『無罪』。

膨らんでいく夢想の世界では、彼に何の躊躇《ためら》いもなかった。グレゴワールは陪審員席に着くことになるのだ。すっかり夢に浸りきっていたせいで、法で定められた正式な通知が本当に届いても、彼は全くと言っていいほど驚かなかった。運命なのだ、仕方がない。通知は、直接手渡すのが良いと考えたジュヌビエーブが持ってきた。彼女は頷いて言った。

「これが一番の薬よ」

「そう言われても……」

「デュバル家の誇りだわ」

「そんな大げさな」グレゴワールは気乗りしない様子で口を歪めた。

ジュヌビエーブは言い直した。

「デュバル家とデュバリンヌの！」

薬剤師の爵位でも授かったような言い方だ。

「もちろんわたし達も傍聴できるのよね」

「でも……それは何も……」

「もう、じれったいわね！　あなた！　嬉しくないみたいじゃない」

グレゴワールは困っていた。そうだ。夢想はあくまでも夢想だ、彼は薬局の仕事から、口うるさいジュヌビエーブから、そしてテラスの仲間からも離れた田舎の療養所生活を満喫していたのだ。なのに、一瞬にしてもとの苦境に引き戻された。いや、まだ望みはある。

「わたしが……リストに載ったからって何も決まった訳じゃないだろう？……四十人の補欠と二百人の正式な登録者がいるじゃないか、確率はほとんどないよ」

ジュヌビエーブは無知な夫の目の前で「違うでしょ」とでも言いたげに、静かな微笑みを浮かべた。

「あなたは遅れてるわ。もう四十人の補欠でも二百人の正式登録者でもないの。条例第三百九十一条……」

彼女はゴムの御馳走をゆっくり味わうように発音した。もっともそれが何の〈条例〉であるのかは知らなかったが、とにかく〈条例〉であってその呼び名はデュバル家の名を高めるものなのだ。

「条例三百九十一条ではね、開廷期陪審員候補は二十一人に定められているの」

二十一人！　グレゴワールが選ばれる可能性——まずい可能性——の割合は急激に高まった。それだけではまだ不足だったのか、ジュヌビエーブはほんのちょっとだけ見下した調子で彼に一撃を加えた。「陪審員の予備は四人しかいないのよ。あなたが選ばれる確率は高いわ」

高い確率！　たった四人！　グレゴワールの前に深い溝が口を開けた。「二十一人と四人で二十五人。そして最終的に選ばれるのは十二人か」

「違うわ」ジュヌビエーブが悔しそうに訂正した。「七人だけよ。あなたって何も知らないのね……」

目の前が少し明るくなった。刑の宣告性――彼自身が陪審員として判決を下す可能性――は少し遠のいた。グレゴワールは神の加護を熱心に信じることにした。神は見放さないだろう。彼を野獣の檻に投げ込んだりはしない！

だがことはそれで終わりではなかった。他にもニュースがあったのだ。夫が聞いてくれないのでジュヌビエーブは自分から切り出さなければならなかった。

「裁判はここで開かれるのよ」

つまり、この街で。

「まさか……」

「ルフェビュール裁判所長は自分の役割をよく知っているわ。ソートラルは自分が大罪を犯した街で裁かれるべきなのよ。最高裁判所から監視が来るなんて馬鹿なことがないように、その前の二つの裁判もここで開かれることになったのよ」

ジュヌビエーブは、裏事情をよく知っている、話を聞いたグレゴワールは、事の次第をすぐにのみ込んだ。これは全て女達の秘密の企みと暗黙の計略の結果なのだ。彼女達は自分達の裁判の開催を望み、それは街で開かれなければならない。求められるのは華々しさだ。任命された上級裁判官の赤い衣装、警官の隊列、厳戒下の法廷、予約済みの傍聴券、新聞の見出し、弁護士の衣装の広がった黒い袖、自己弁護する被告の饒舌と不安。被告の顔に浮かぶパニック、怒り、反抗の表情を目の当たりにし、そして死や検死報告の醸し出す悪徳の香りを嗅いで味わう戦慄。

　こういう刺激を人々は望んでいたのだ、街の気だるい静けさに投じられた一石。それは永久に歴史に残り、忘れられない出来事になるだろう。街では将来こう言われるだろう。〈裁判前〉または〈裁判後〉と。この見せ物を盛り上げるために大がかりな共同謀議が行われた。その結果シャルニエ神父のささやかな風俗犯罪は暴行未遂となり、モルフォール食料品店のただの押し込み強盗は、合い鍵を使った夜間のプロの窃盗事件になってしまった。というわけで、街では重罪裁判が開かれるに足る凶悪犯罪ばかりが並ぶことになった。

　グレゴワールは、免れる望みを捨てた。芝居は苛酷なほどシナリオ通りに進んでいる。どうあがいても、入念に巻かれ、結ばれた縄をほどくことはできない。逃れられないだろう。

　だがここで屈する訳にはいかない。無実の人間を見殺しにするだけならまだしも、その上彼を裁くことができるのか？

「行こう」グレゴワールは言った。

「どこへ？」ジュヌビエーブは驚いて訊いた。

「家に帰るんだ。もう具合はいいよ」

「養生してちょうだい。あなたは疲れ過ぎなのよ」

「大丈夫だ。陪審員になる前にどうしても店に出ておきたいんだ」

　彼は妻を真剣に見つめて言った。

「陪審員には義務がある、忘れてはいけないよ」

ジュヌビエーブは夫の腕を握りしめ、感嘆の眼差しを向けた。グレゴワールも自分に感心した。うまい嘘がつけるものだ。

グレゴワールは犯罪訴訟手続きのコピーを手に入れて必死に理解しようとしたが、すぐに混乱をきたしてしまった。

紙の山の中で第三百八十二条が特に彼の注意を惹いた、陪審員欠格の条項だった。彼は隅々まで何度も読み返し、ひっくり返し、またひっくり返して最初からそして最後から目を通してみた。だがしかし！　そのうち九項は該当しなかった。有罪判決を受けているという不名誉な抗弁もできないし、破産もしていない。罷免された公務員でもないし、前年に陪審員を務めてもいない、一度も経験していないのだ。少し工夫すれば、うまく禁治産者として認めさせたり、未成年、心神喪失者などの財産の財産管理人をつけることもできるのだろうが、そういう小細工には時間がかかる。

第三百八十三条にも欠格の条項があったが、ひとつもグレゴワールに該当するものはない。大臣でもなければ代議士でもないし、県会議員でもない。知事でも司法官でも国有林の監視人でもないし教師でもない！　軍隊に入ったら？　いや向こうから断られるだろう。郵便配達員、収税吏、税管吏？　街の笑いものだ！

何か証明するものを出したら？……だが何の証明を出す？

最後の欠格、第三百八十四条。だがグレゴワールはまだ七十歳ではない！

一筋の光明があった。自分と家族が生きていくために日雇いの肉体労働に出なければいけないと言い張ったら？　だがまさか、薬剤師のグレゴワール・デュバルが！

病気はどうだろう？　第三百九十七条が闇を照らした。〈指定された日に病気か怪我で法廷に赴くことが不可能であることを証明するものは除外する〉自分は薬剤師だ。主な病気を特定する充分な知識は持ち合わせている。やっと！　方法を見つけた！　ドクター・エスが、片棒を担いでくれるだろう。間違いない。

「病気だって？……。馬鹿も休み休み言え、健康そのものじゃないか。まさか心臓が悪いなどと言わないでくれよ……」

「いやそうだと思うんだ……呼吸が……心筋梗塞かも……」

「そうか、そうか、わかったよ。ちょいとばかり家を出たいんだな……」

彼はかがみこんだ。もじゃもじゃのひげ面を近づけ、いやらしい目つきで唇を突き出した。

「パリにでも行くのはどうだ？　そうだな、専門家に診てもらうとか言って……一肌脱いでやるぞ」

「つまり……ええと！……もっと普通の言い訳が欲しいんだ……わたしが田舎で療養していたから薬局が大変で。ここでまた裁判に出たりしたら……」

「何だって？」

エスは目を光らせ、とげのある言葉と激しい口調で〈王様のテーブル〉仲間を責めた。

「そんな人間だとは知らなかったよ、デュバル！……　信頼できる友達だと思っていた奴が、こそ泥のような真似をするとは……」

それから長々と説教が続いた。

「きみの裏切り行為にわたしが手を貸すなどと思わないでくれ。言っておくが、よそに行ってもだめだぞ。ラリー・マルモンの馬鹿野郎ならなんとか言い訳してくれるに違いないが、そうなったら、わたしは、二人を告発してやるからな……わかったな？」

部屋を出ようとするグレゴワールに彼は声高に叫んだ。

「わたしの名も陪審員のリストにあるんだ。そう、わたしもだ……診療費はいらないよ」

グレゴワールは転げ落ちるように階段を下りた。うしろでまたドアが開いた「おい、デュバル！　わたしの願い通り二人とも陪審員になれたら、友よ、それにふさわしい投票をしてくれよ……」

「ああ」彼は口ごもるほかなかった。

「ギロチンだからな！　この街でギロチンが見られるんだ。この裁判はすごいぞ、わたしが保証する！」

バタンとドアが閉まった。グレゴワールは再び通りにたたずんでいた。何に、誰に頼ったらよいのだろう？　ルフェビュール裁判所長や検事総長に頼んでも無駄だろう。市長？　このグレゴワール・デュバルが、街で名の知られた名士、尊敬に値し、実際に尊敬を集めているデュバルの言い訳をどうやって受け入れてくれる？　デュバルの名は市民の代名詞なのだ！　誰も彼が義務を逃れるなど夢にも思わない！　彼の迷いは尊敬に値すると思われる。それは陪審員という職務を誠実に務めるための念のための保障としかとられないのだから。

「陪審員がみんな君のようならその決定に不服を唱えるものはいないだろう！」

偶然が微笑んだ。オノレ・バルジョル議員がちょうどグランドホテルに来たのだ。このほやほやのニュースを知らせてくれたのはヴァンソンだった。

「バルジョルは街に一週間滞在する」

グレゴワールはホテルへと急いだ。バルジョルはすぐに彼を部屋へ通した。デュバルと言えば議員にとって大切な人物だ、街のナンバーワンである薬剤師の発言は選挙を左右する、彼の一言で、形勢が逆転することもあるのだ。

「これは、これは……」

バルジョルは瞳を潤ませてグレゴワールの両手を握った。

「会えて本当に嬉しいよ！　奥さんは元気かい？……　上のお嬢さんは？　ご結婚かな！　確かナタリーだったね？……」

ポリネシアンが観光客を歓迎して首にかけてくれるレイのように、言葉が連なって出てくる。

「かけてくれたまえ、いいから、いいから！　一緒に一杯どうだい……」

「バルジョル議員……」

「遠慮しないで言ってくれよ！　わたしは何の役に立てるのかな？」

「その……うまく言うのは難しいのですが、心ない人間がわたしを悪く言うかもしれないこと……なので……」

「気にしないでくれ！　僕は君をよく知っている。君の見識の高さも、もって生まれた誠実さも、つまり立派な市民という君をね！」

「実は……はっきり……手短に言いますと、わたしは次回の裁判の陪審員リストに載っていまして。議員もその件についてはご存じでしょうが……」

「ああ、多少は……耳にしている」

彼の細めた目にはわずらわしそうな影が浮かんだ。（この薬屋はどんなめんどうを頼みに来たのだ？）

「あの……うちの店のことなのですが……ちょっと前に店員が調剤を間違えまして……」

フェルナンには可哀想だがこれもまあいい薬だ！「病人のためには……お客のためには……わたしが店にいた方がいいと思うのです」

「なるほど？」

お決まりの愛想笑いは顔に張り付いていたが声はそっけなかった。代議士の職にあるものは何事にも我慢して耳を傾ける技量が望まれる、が、だからと言って愚かな有権者の言うこと全てを受け入れる訳ではない。

「要するに陪審員を免除されたいのかね。具合が悪いのかな？　医者の診断書が必要なのかな？」

「残念ですが……そういうことじゃないんです」

（片田舎の奴らはどうしてこう鈍いのだ！　だがこういう男が得てして対立候補になったりする）

「仕方ない、なんとかしよう」

「本当ですか？」

「そんなことくらい！　任せてくれたまえ。ルフェビュールもわたしの言うことは断れないよ」

これだ、バルジョルは晴れやかに笑った、うまい解決法が見つかった。

「この方がずっといいし確実だよ。陰口をたたかれる心配もないだろう　サビナ検事がうまく君を忌避してくれる。これでいい、安心して眠れるよ、良心の呵責に胸を痛めることもない……たまには模範市民も息抜きをしないとね。やはり心苦しいかな？」

「それは……ええまあ……。ではもうわたしは本当に、バルジョル議員、選ばれる危険は……」

「枕を高くして眠れるよ。だが何度も言うようだが正しいこととは言えない。実は奥さんの思いつきなんだろう？　女性というのは皆優しさと寛大さの権化だからね」

話し好きなバルジョルの間違いを正す必要はない。それにグレゴワールはもう上の空だった。彼は、ソートラルが仮釈放の時味わったであろう解放感に浸っていた。彼と同じような結末が待ち受けていることなど、どうして予想できただろう？　その夜、思わしくない選挙結果の知らせを受けたバルジョルは急遽《きゅうきょ》パリに戻り、内閣が倒れて彼はそのままパリに留まった。検事との短いやりとりでグレゴワールは確認した。だめだった！　バルジョルはより差し迫った事態に直面して、薬剤師の陪審員忌避の件にかかわるどころではなくなったのだ。

だが議員と話したことでグレゴワールの目の前に新たな視野が広がった、陪審員を確実に忌避される方法は必ずある。彼は犯罪訴訟法手続きの小冊子に手がかりを求めて目次を引き、わからなくなるともう一度全部を読み返し、とうとう頼みの綱を探り当てた。第四百条。助かった！　一晩あれこれやった結果、不意に解決法の糸口が向こうから飛び込んできたのだ。まるで子供じゃないか！　あんなに動転していたのに、願ってもない武器は自分で持っていたとは。何よりもいいのはあとで人から後ろ指をさされないことだ。自分で投じた一石が、ブーメランのように戻ってきて彼に当たり、皆に同情されるだけだ。そう、助かったのだ！

自分は天才ではないだろうか。呼吸も楽になった。解決法が見つかるまでの夜は長かった。早く計画を実行に移したい。アウステルリッツの夜明けを待ちかねるナポレオンのような心境だ。

サビナ検事は得意満面だった。彼の栄光の日が来た。検察官を務めるのだ。サビナは自分からこう繰り返していた。

「検察総長殿に、代行をするようにと懇願されたのだ。重大な責務だが逃れる訳にはいかない」

だが実のところ、彼はこの任務につくためにあらゆる手を尽くしたのだった。比喩的な意味合いも込めて言えば、人の足に口づけをし、手を握り、ピュセルダン出身の夫人は実家や親戚、仲の悪い知り合いにまで尽力を仰いだ。人々がこう噂し合ったのもあながち的外れではなかった。

「サビナも大変だ。求刑は容易なことじゃないぞ。こりゃ滅多に見られないお楽しみだな」

こうして夫妻は望みをかなえることができた。

「赤い法服を着るのですね、検察官殿」

サビナはため息をつき、優越感に侵り、好意をこめて言った。

「人の能力は衣装できまるものじゃないよ、君。かまわなければ、わたしは黒い法服で臨むつもりだ。その後は紫だ」

「もちろん最後の仕事でという意味ですよね」

そういう期待には応えないのが無難だ。黙ってさえいれば控えめさと自信の証となる。

という訳で、グレゴワールはまずサビナ検事からとりかかろうとしていた。行政官というのは、論告の準備をし出すと、いつもよりさらに外出の機会が減る。かといってこんな作り話をするのにわざわざ会いに行く訳にもいかない。時は迫っていた。

「どうしたの、あなた？」ジュヌビエーブが心配して訊いた。

「別に」

「今度の裁判のことね。あなたは役目を深刻に受け止めすぎるのよ。大丈夫、うまく行くわ、気に病まないで……」

妻に対して悪気はなかった。（可哀想に。妻がもしわたしの計画を知ったら……）だがやはりサビナ検事と会わなければならない。今まで三回失敗していたが、四回目は吉と出た。

グレゴワールが彼の姿を見たのは街の社交場だった。毎晩ブリッジのテーブルを囲んだ人々が、話に花を咲かせながらカードのいろいろな手の内を披露する場所だ。グレゴワールが見かけた時サビナは一人だった。アームチェアに深く腰を掛けてル・モンド紙を広げ、検事にふさわしい表情を浮かべている。つまり新聞を手にしていても、目は遠くを見つめているのだ。彼は自分に人目が集まっているのを知っていた。今や注目の的なのだ。街のフーキエ・タンヴィル（一七四六―一七九五、革命裁判所の検事）といったところだ。サビナは今朝買ったばかりのべっ甲縁の眼鏡を鼻の上に乗せていた。いつもと違う眼鏡をかけていると威厳が増して見えるような気がしたのだ。

グレゴワールは急いで近づいた。羞恥心はこんな大胆さをも併せ持つ。サビナ検事から一メートルほどのところまで近づき、彼は言った。

「作戦を練っているのですね！」

サビナ検事は地上に、より正確に言えば、街の社交場へと舞い戻って来た。口を堅く結んだまま浮かべる笑みには、威信さえ備わって見える。グレゴワールは勢いに乗り、少し前かがみになって言葉を続けた。

「それは大切なことですね……」

「なんのお話ですか？」

「あらゆる作戦が必要になりますからね。あの男には……」

「デュバルさん、何のことをおっしゃっているんです？　誰のことを？」

「気の毒なソートラルの裁判のことですよ」

グレゴワールは声を押し殺しながら一語一句を強調した。サビナ検事は、言葉の意味は理解した、と言うように彼を見つめ、頭を左右に振ると眼鏡を取り、またかけた。やや間を置いてサビナは言った。

「確かに」

グレゴワールは小刻みに震える体を抑えられなかった。勝利は目前だ。彼の勝ちだ。検事は被告に寛大なこの陪審員を忌避するだろう。

「するとあなたはあの男の無罪を信じているのですか？　それは変わったご意見をお持ちですね。あなたの名前は陪審員リストにありましたね、デュバルさん……」

　もはや彼の声に親しみは感じられなかった。

「はい、おっしゃるとおりです……」彼は良心の咎めを感じているかのように答えた。

「わかりました」検事は会話を打ち切った。「ではまた！」

　今度こそグレゴワールは厄介ごとから解放された。うまくいったのだ。だが、この計画にはもう一枚確実な切り札が必要だ。アブリュー・ラボリ弁護士を用心させるようにし向けるのだ。彼をつかまえるのはそれほど骨でないことはわかっている。サロンへ出入りしたり、通りを闊歩《かっぽ》したりする彼の姿はどこでも見受けられた。もはや弁護士と言うより、狐火（闇夜に山野などで見られる正体不明の怪火）かエルフ（北欧神話の空気・火・地の精）または己の美点を讃えて笛を吹きながら飛び跳ねるファウヌス（ローマ神話の半人半馬）のようだ。

「よかった！」薬局の入り口に張り付いていたグレゴワールは歩道をこちらに向かってやって来るラボリ弁護士の姿を見てほっとため息をついた。

「何か？」ラボリは無意識のうちに自分の敵である検事と同じような反応を見せた。

「ちょうど弁護士さんのことを考えていたんですよ。これからなさるお骨折りやいたずらに無駄になさるその才能のことなどをね。ソートラルは運命を逃れることはできません。厄介者は打ちのめさないと」

弁護士のひげが自由通りを吹いてくる風になびいた。彼はグレゴワールに近づいた。どう解釈すればよいのかよくわからない。

「つまり死刑判決が……妥当とおっしゃるのですか？」

グレゴワールは、ここ一番で沈黙を守った。こみあげる喜びを押し隠し、この数週間の不安の中で過ごした時間を遠くへ投げ捨てて、弁護士を見つめた。

「あなたの名前は陪審員リストにありましたね、デュバルさん……」

「はい、おっしゃるとおりです」彼は前日、街の社交場で検事に言ったのと同じように答えた。

すると弁護士も同じような言葉を返した。

「ご意見は拝聴しました。ではまた近いうちに！」

双方で勝利を収めた。検事から忌避され、弁護士から忌避されれば、グレゴワールにはもうなんの心配もない。この瞬間から彼は息を吹き返した。もとのグレゴワール・デュバルに戻ったのだ。薬剤師であり、モダン薬局のオーナー兼経営者であり、ジュヌビエーブの夫であり、ナタリー、ローラン、ポーリンヌの父親であり、デュバリンヌの発明者であり、街の名士、尊敬の的であり、皆が誉めそやすグレゴワール・デュバルに。なんと！　デュバルを忌避するとは！　それからどうなる？　ある人達の目にはグレゴワールは正義の鑑《かがみ》、他の人の目には英雄シーザーと映るだろう。苦難を乗り越え、彼は一回り成長を遂げた。

アラン・ソートラルのことは自分に関係する点からしか見ていなかった。彼の運命に関してはあまり気にならない。法の過ちから無実のものを救うべくできるだけのことはした。失敗はしたが、これはソートラル自身の過ちではないのか？　今までの不行跡が災いし、それにグレゴワールが——匿名で！——あれほど気をつけるように忠告したのに逃亡した。ソートラルは自分自身の不運をその手で仕上げたことを悔しがるべきだ。

今グレゴワールの頭にあるのは陪審員を忌避すること、そうでなければ耐え切れない責任を負わされてしまう。陪審員には選ばれないと確信した今やっと一息つけた。またもとの自分に戻れたのだ。

今のところ彼とローラとの間のこと、彼自身の手と女性の首との間にあったことは関連があるとは思えない。森の中を流れている川のほとりでの、のぞき見に始まり殺人で終わった事件は、彼にとってまるで現実味がなかった。あたかも映画の見所の一シーンのように感じられる。観客はショックを受けたり感動をおぼえたりするが、自分とは隔たりがあり実人生には関係がない。

何はともあれ、気がかりから解放されたグレゴワールは思った。人生について考えてみよう。運命のいたずらで昆虫人間の偽善に満ちた人生に迷い込んでいたのが、あの時、あのローラの瞬間までのグレゴワールだった。あの事件がなければまだ巣の中の名もない一匹のアリのままだったのだろうか？　上から命令される、しがない仕事の砂を嚙むようなつまらない役割。通りをせかせかと歩き回り、他の昆虫達とすれ違うが、彼らもただ仕事を与えられ、抗うこともなく、希望もなく、運命に従って代々課せられた仕事だけに専念し、生き延びるために食べ、繁殖のために性の営みを行う、……今まではそうだった。そしてローラの事件が契機となった。その一瞬は日常の中に埋没し、グレゴワールにとっては何の現実味ももたず、彼の人生には関係がないと思われたが、それでも心の奥で何かが囁いていた。

今、ローラについて知らなければならないことがある。ソートラルを通して。現在は囚われの身であり、法の裁きで死刑になるかもしれない彼を通して二人の生活がどのようなものだったか知るべきだ。警察が立ち入りを禁止している彼女の部屋の代わりに、人となりを知るのに行く必要な場所がある。街から非難を浴びながらも、掃き溜めとして大目に見られている場所〈バフォン〉だ。

「一度行ってみたいんだがね、ローラン」

グレゴワールは息子に〈バフォン〉に行ってみたいと漏らした。ローランにとってこの店はちょっとした、大人への入り口のようなものだった。常識を知る街の人間かもしれないが、十九歳の彼にはそれなりの自由を謳歌《おうか》する権利があった。ローランの部屋は昔の使用人部屋で、裏階段に向かって開かれており、夜抜け出すこともできた。彼はそぶりこそ見せても、実際にそんなまねをしたことはない。不良ぶっても口だけのこと。思春期の青年として期待される姿を演じなければならないだけなのだ。そうしなければ仲間の目に腰抜けと映ってしまう！

「〈バフォン〉にかい、パパ？　あんな所つまらないよ」

「なんでもこの目で見ておかなければならないんだよ。ソートラルに判決を下すかもしれないんだから」

大嘘だった！　陪審員に選ばれる恐れから解放されたからか、口から簡単に出任せが出てくる、家族をからかったり、無造作に優位を保ったりするのはなかなか楽しいものだ。（結構やるじゃないか！）グレゴワールは悦に入っていた。

「ママも連れていくの？」

「まさか」

「その方がいいね。で、ママには……言うの？」

父と息子の間には得てして暗黙の了解がある。グレゴワールは片目をつむった。

「テラスに行くふりをして出るよ」

「テラスか……」ローランはぶつぶつ言った。「僕は大人になっても絶対に行かないよ。刑務所に入っているのと同じだよ！　毎晩同じ顔ぶれ、使い古しのジョーク。エスおじさんのほら話に、俳優のまねばかりしているヴァンソンさん、オペノさん、ヴァラールさん達……それに目の前で胸を揺らしてみせるソーションのおばさん！」

「それはちょっと下品じゃないか、ローラン？」

「僕は弁護士になりたいんだ。ひげ面でうすのろのアブリュー・ラボリみたいなのじゃないよ。ひげは大嫌いさ！　あの有名なフロリオみたいな弁護をするんだ。庶民的な言葉を効果的に使ってさ、依頼人に格好良く見えるだろ。陪審員にも信頼される。もし僕がソートラルの弁護をすることになっていたら、たくさん使ってやるよ。被告と同じ言葉遣いをすれば、被告は人が言うほど悪い人間に見えないいんじゃないかな」

「お前が未亡人や孤児の弁護士になるのもいいがその前に、今晩行ってくれるかな？」

「いいよ、パパ。あ！　ワッフルを食べるのに正装する必要ないからね！」

ローランは父親との共犯関係に有頂天になり、必要以上に自制がきかない。だが、それをどうしてやれるというのか?

〈バフォン〉は狭いサンギー通り——選ばれた場所——にある汚いドアの、年月で朽ち果てた建物の地階にあった。階段は地下へと続き、なめし革の倉庫だったその場所は、安っぽいコンクリートの打ちっぱなしの展示会場へと、改造されていた。まさにそのための場所。展示されているのは無気力な態度、白けた会話、クスリで朦朧となった視線、壁に刻まれた落書き、空のボトル、ダンス、そして規則に慣れていくと同時にヒステリックになる先住民族や自殺志願者のうつうつとした諦めなど。一言で言えば初めて来るものがショックでたちまち吐き気を催すような光景だった。蠅の幼虫の這い回るディスコに飛び込んだような気がする。もちろん大きな幼虫だがやはり青白く、同じように不潔で汚らわしい臭い、墓場での腐敗と同じような臭いを漂わせていた。天井から吊るされたスピーカーが耳をつんざく音楽を流しているが、あまりにも音が割れていて耳障りだ。「ううん……」グレゴワールはそう感想を漏らした。

「何?」ローランは聞き返したが、その曖昧な口調はばつが悪いからだろうか、それとも得意になっているからなのだろうか?

「こんなところなのか?」

ローランは映画で見たように髪を上下に振って頷いた。若者には反抗が唯一、身を守る態度のように思えるのだ。彼は父を連れて進んでいった。誰にも見つからなければいいが、見つかったら仲間の笑いものだ。

「やあ！　元気？……調子はどうだい！……今晩は……やあ、君か、ゴヤは？　シフォンは？」

あだ名での呼び合い、決まった仕草にウインク、手での会話が〈バフォン〉の常連の習慣だった。娘が二人お互いの腕の中で眠っている。グレゴワールはそれがメイド達であることに気づいた。さらに奥では汚いテーブルの上に横たわり、力のない手でグラスをひっくり返し、アルコールをぽたぽたとこぼしている意識朦朧《もうろう》となった女がいた。女の服は破けてせり上がっている。ブラウスは、昔は高級品だったのだろう、だがどのくらい前だ？　ジーンズをはいて黒く小汚いセーターを着た背の高い痩せた男が女の側に崩れ落ちるように座っている。

「よう、ダメねえちゃん、踊らないか？」

彼女は豊かな赤い髪をゆらすこともしない。女の何もかもが惨めで悲しい、堕ちていく寸前だ。

「生きている、だから存在しないのだ！」どこかで馬がいななくような声がした。

グレゴワールは空いているテーブルを見つけて座った。ローランも座った。音楽はやかましく鳴り響き、唐突に風変わりな音を奏でる。アメリカンブラックが哀愁に満ちた歌詞をリズムに逆らうようにゆっくりと歌っている。カップルが立ち上がり、テーブルの間の狭いスペースで酔いとも儀式ともつかないステップを同じ間隔で踏んでいた。

ある光景が平手打ちのようにグレゴワールを襲った。水辺のローラを思い出したのだ。こんな風にローラが記憶に蘇ったのは初めてだ。あの濃厚な悩ましさは〈バフォン〉のいかがわしい雰囲気が多少なりとも育んだものだと言えるのだろうか？　この吐き気のする汚らしい場所からあの完璧な肌を、魅力的な腰を持つ美しい女性が生まれたとは信じられない。

「あそこ見て」

ローランがグレゴワールの肘をつついた。クロークと化粧室が一緒になっている狭く汚らしい隅から人影が浮かび上がった。シャルルバルだった。薬の愛好家で、オルセドリン、マキシトン、その他いろいろな薬を飲み過ぎている男。

「これは、これは……」

彼は間の抜けた笑いを浮かべ、挨拶をすると、やや離れた椅子に崩れ落ちるように座った。年は幾つだろう？　せいぜい三十歳位だろうが、憔悴した顔立ちのせいでもっと老けて見える。作家、少なくとも自称作家で、街ではそれなりに一目置かれていた。たまにクーリエ紙にちょっとした記事や難解な詩、切られた首や血や夢を題材とした、よくわからない短編小説を書いていた。貴族の称号エドガー・ド・シャルルバルの署名入りで。

「ローラとあいつはね……」ローランが上半身を父の方に寄せて、手短に説明した。

「え？……ローラはソートラル一筋じゃなかったのか……」

「パパは何もわかってないみたいだね！　確かにそれはそうさ」ローランは言い直した。「ローラなりの貞操観念があったのさ。ソートラルが本命だからって、他の奴を拒んだ訳じゃないよ」

ではなぜ森の中で叫び声をあげたのだろう？　グレゴワールは思った。なぜ身を守ろうとした？　なぜ怖がった？　自分は彼女を傷つけるようなことはしなかっただろうし、事態も変わっていただろうに。

彼は今、おそらく幾つもの夜をここで過ごしていたであろう、ローラの姿を思い浮かべた。テーブルに腰を掛け、笑い、大きな声で話し、ダンスもしながら、はちきれんばかりにはしゃいで。そんな娘と、ここにいる顔色の悪い、死んだニワトリの白い肉のような娘達が同じだとは、どうしても思えない。

「彼女は陽気だったんだろうな?」

「ローラかい? ディスコでは大騒ぎしてたよ。カフカを読むのが嫌いでね。馬鹿馬鹿しいって。人生は楽しむためにあるって言っていた」

彼女はあの瞬間、川岸で恐怖に怯えて死んだのだ。

「テステュとレジもここにはよく来るんだろう?」

一時は容疑者と疑われた二人だ。ローランは肩をすくめた。この因習でがんじがらめのいまいましい街から逃げたいと思ったら、他にどこへ行けばいいのか?

「馬鹿げているけど仕方ないさ」

「行こう!」

「もういいのかい、パパ?」

グレゴワールは小銭をカウンターの上に投げると階段へと向かった。通りすがりにシャルルバルが青緑色の目で彼を見上げた。

「ちゃんと見たかい?……」

グレゴワールが無視すると、シャルルバルは特に嫌な顔もせず、立ち上がってよろめく身体をテーブルについた手で支えた。

「娘をこんな場所に来させるんじゃない……」

そう言うと彼はまた椅子に腰をおろした。

「明日薬局に行くよ」

表に出るや否や、グレゴワールは息子の腕を強く握り激しく揺すった。

「今のは何だ？　何のことだ？　ナタリーが来たのか？」

「馬鹿言わないでよ、パパ。ナタリーが〈バフォン〉へ？　ママがビキニを着るようなものじゃない？」

「まさか！」

彼は動きを止め、凍り付いたようになって、ローランを穴のあくほど見つめた。ポーリンヌ！あの小さな末娘がこの腐った場所に来たとでも言うのか？　そうだあの子はダンスが好きだ！だがそれだけの理由で？

「お前が連れて来たのか？」

「パパ、聞いてよ！　あいつがしつこくてさ。どうしても行ってみたいっていうんで根負けしたんだ。でも一度だけだよ！　一時間もいなかった。僕と踊っただけで他には……」

「ポーリンヌ……」

彼らが何に心ときめかせているかも知らずに、こんなにそばで生活できるものなのか？　子供の成長にも、子供の考えていることにも、気づかないものなのか？　子供とは汚れに手を染めていながら純粋で、神聖で、人並み以上で、誰よりも優れているように見えるものなのか？

「ポーリンヌ……」

「ねえ、パパ！　ポーリンヌが死んだ訳じゃないんだから」

死んだ！〈バフォン〉に通い詰め、男から男へと渡り歩き、気に入った男と寝る、それが最高の、はじけるような確かな生の証だったローラのように。ソートラルという男が遊び半分でそのローラの活力をそぎ、台無しにしていたのだ。

ポーリンヌ……ローラ……。ポーリンヌもいつか犯罪者の手で首を絞められ取り乱すような目にあうのだろうか？

「パパ……」

「いや、何でもない。もう二度とするな。それだけだ……」

二人は黙ったまま家に帰り着き、何も言わずに薄暗い階段を昇った。グレゴワールはローランの肩を強く握った。愛しい息子は父親があんなに動揺した理由がわからない！　グレゴワール自身も重い足取りで階段を昇っていくこの自分がわからない！　ローラ殺しの真犯人がそこに、ローランのすぐそばにいると知らされたら、息子はどんなに驚き落胆するだろう！

呼び出しに応じ、グレゴワールは開廷のため裁判所へと赴いた。不安は全くなかった。陪審員に指名されることはないと知っていたが、人々の手前やはり出席していた方がよい。それに召喚状には出頭しない時の罰金があらかじめ記してある。たった——千フラン——だったが、それでも責任ある市民としての意志をはっきりと示すためには大きな金額だった。それに、もし逃げ出したとしてもジュヌビエーブが自ら彼を屠殺場へと引っ張って行っただろう。

審議は会議室で行われた。裁判長に任命されたバブラール判事が、ルフェビュールと、存在感が薄くて名前もわからない、頬のできものを隠している判事の間に座っていた。サビナ検事は、このたいして意味のない手続きの席に超然と座って称賛の的になるように、我関せずを装っている。

「皆さん」バブラール裁判長が鼻につまった声を出した。法廷は陪審員の最終リストを作成します。名前を呼んだら答えて下さい。

「シャロタン、ギュスタープ」

「はい」

「ラーピエ、ヴァンソン」

「はい」

「エス、エクタール」

「もちろんいます!」ドクターが声を上げた。

「セルメズ、アンドレ」

答えがない。検事がぶつぶつと呟いた。

〈罰金〉で終わる規定が早口で読み上げられたあと、点呼が続いた。二十一人の中から十五人の名前がこうして壺に入れられた。グレゴワールの方を睨み、身じろぎもせず黙って隅の方に坐っていたサビナが言った。

「補欠の陪審員二名をリストに追加されますように」

バブラールは頷いた。

「デュバル、グレゴワール」

「はい」

彼の名前が書かれた小さな紙が壺の中に消えた。驚くことはない。自分にはもうわかっている、運命は最後まで行くのだ。最後の瞬間に忌避で救われるはずだ。グレゴワールは正しかった。バブラールがその後、壺から紙を取り出し開いた時にそれは証明された。

「デュバル、グレゴワール」

ギロチンの刃のような、冷たい検事の声がした。

「忌避」

よしよし狙い通りだ！　何と心地の良い響きだろう。だが嬉しそうな表情を見せてはいけない、グレゴワールはできるだけ落胆したような顔をして、黙って立ち去った。法廷で彼はジュヌビエーブと落ち合い、彼女はたちまち顔色を変えた――まるで――エンダイブ（ヨーロッパ原産の野菜）のように。

「忌避なの？」彼女はため息をついた。

彼は頷いた。運命の定めたことだ。どうにもならない。グレゴワールが策略を用いて栄誉を逃したことなど彼女は知る由もない。残念だ、ジュヌビエーブの名前がどうして補欠リストになかったのだろう？

だが彼女には助けの命綱が必要だった。

「たいしたことじゃないわ！　今日は食料品屋の泥棒の裁判よ」

「それで？」

「あらあら、よく調べたんでしょう？　陪審員は裁判ごとに変わるのよ」

そうはさせない。サビナは彼を一度忌避した、まして殺人事件の公判となればなおさらだろう。だがグレゴワールは思い切って負けっぷりの良さを見せたではないか。

「君の言う通りだね、ジュヌ」

どよめきの中、守衛が甲高い声で叫んだ。

「開廷！」

最初に、赤い衣装を着たバブラール裁判長が厳かに入廷し、続いて少し突いたらはち切れそうに膨れ上がったルフェビュール判事、それから頬にできもののある判事の順に入ってきた。壺から名前を引かれ、忌避されなかった七人の陪審員の列がその後に続き、その後、満足感と胸いっぱいの野心でいつもよりずっと青白い顔をしたサビナ検事が続いた。（まるでバフォンから出て来たようだ）グレゴワールは思った。検事のあとからは祭事の後ろに続くコーラス隊の少年のような検事代理。彼はミサ用の瓶の代わりに、ひよわな体には重すぎる書類を抱えていた。行列の最後を締めくくったのは書記だった。皆それぞれの席に着いた。裁判官達は演壇に、検事はその左側に、書記はその下に。演壇の前には被告用のボックス席がしつらえられている。

「審問を始めます。被告を入廷させて下さい」

そしてうんざりするような単調さと、気の滅入るような倦怠のうちに儀式は進行した。傍聴に群がった街の人々は不安そうに尋ね合った。彼らは闘牛を見に来たのに、行われているのは見せ場のない茶番劇だ。裁判に詳しい連中が囁いた。「辛抱するんだ!」そこで、傍聴人達はまわりの人々を観察したり、素敵な女性の帽子や衣装に目をやったり、一握りのごろつきの運命を握っている陪審員達、緊張したり、リラックスしたりしている男性六人と女性一人、そして三人の司法官の様子に気を配ったりした。

「ねえ、ソーションを見た?」ジュヌビエーブが落ち着かない素振りで訊いた。「何様だと思っているのかしらね。あなたが忌避されたのにあの人が……」

実のところ、陪審員席にどっかりと腰をおろしたソーションは、傍聴人の中の知っている顔を探していたのだ。陪審員に選ばれたのは店のまたとない宣伝になった。客は増えるだろう。

グレゴワールは妻の肘に触れた。

「店に帰るよ」

ジュヌビエーブは引き留めようと口を開いた。だが彼はすでに遠ざかっていた。こんな裁判などに、もったいぶった道化芝居などに、グレゴワールはなんの興味もなかった。自分にはもう関係のないことだ。それに疑う余地はない。

三日後がソートラルの裁判の日だった。街の過熱度はさらに上がり、沸点に達して、まさに手に負えなくなっていた。それには理由があった。シャルニエ神父の強姦未遂事件の審問の傍聴禁止、陪審員達の秘密保持、そしてとどめはソートラルの裁判を取材するため、前夜に来たマスコミ陣だった。街は興奮の渦に包まれていた。

テラスは満席状態だった。昼は最新のゴシップをウエイターから仕入れようとする人々で、夜は国民的英雄になったソーションを一目見ようという人々で埋まった。陪審員に選ばれてからというもの、同じ名前の俳優のものまねを、更に頻繁にするようになったヴァンソンほどの人気者ではなかったが。

グレゴワールは？　そう、グレゴワールは穏やかに、人々の興奮、おしゃべり、すぐ街中に広まるようにわざとらしく耳元で囁かれる内緒話、を楽しんでいた。彼はうまく逃げた。危うくシロアリの恐怖に巻き込まれるところだったのだから。彼はジュヌビエーブの苦々しい顔もどこ吹く風で、解放された気分を満喫していた。彼女はますます失望の淵に沈んでいったが、激しい復讐心にも似た気持ちで一縷《いちる》の望みにすがっていた。グレゴワールはデュバリンヌにかかりきりで在庫をチェックし、包装を見直し、新たな宣伝戦略を考えていた。また、以前の静かに夢見るグレゴワールに戻ったのだ。彼は製薬界のナポレオンで、競争相手をものともせず、デバを倒しルウセルにうち勝つ。ローヌの工場ももうない。石鹸とシャンプーの分野に進出し、パルモリーヴにもちかけられる提携話を蹴る。逆に破産に追い込むために……。幸せだ、彼は自分に、理解のある優しさをこめて言った。（グレゴワールは素晴らしい……）

いよいよその日の朝が来た。グレゴワールは裁判所へ、薬局の白衣を着ていこうかと考えた。

そう、ただ手続きの問題だけなのだから！　最初の裁判は忌避され、二番目の時は壺から名前も取り出されなかった。今日はもう決まったようなものだ……。

「グレゴワール！」

彼は自分だけの幸福な世界に浸っていて、ジュヌビエーブのことを忘れていた！　だが妻の方は逆に、この決戦の場での勝利を逃す気はなかった。夫が検事や弁護士に話したことは耳に入っていた。なんて馬鹿なことを！　だが夫をどやしつける代わりに彼女の方は驚くほど巧みに言葉を操って、相反する、彼女にとっては気にいらない評価を逆転させた。検事には夫の一徹さを説き、弁護士には彼の寛大さを訴えた。彼女は双方に働きかけたのだ。どんな犠牲を払ってもグレゴワールには陪審員席に座って貰わなければならない。ソーションやエスのように。どうして予備リストに載ったのかわからないマダム・ホルツのように。

「縞のスーツを着るのよ、グレゴワール」

グレゴワールは言われた通りにした。これが最後だ。ジュヌビエーブの好きにさせよう。あとでたっぷりこきおろされるのは目に見えている。彼は白いシャツを着て濃い色のネクタイを締め、妻の用意したスーツを着た。ジュヌビエーブはその姿にざっと目を通すと、大事な時に見せる優しい仕草で、前を向かせ、ネクタイの結び目をまっすぐに直し、襟の折り返しのボタンを留めた。十歳の時、優等生表彰式に出席した彼そのままだ。

「行きましょう！」

出かけるまでに二人は三度足を止めなければならなかった。一度目はローランだ。彼は笑い出して言った。

「男前だよ、パパ」

二度目はポーリンヌだった。彼女は片足でくるりと回り、駆け寄ると両腕でグレゴワールを抱きしめた。

「わたしのパパ、大好きよ！」

三度目は店中のスタッフだった。全員がグレゴワールを感嘆の眼差しで見た。ナタリーでさえ、雲の上から降りてきて微笑んだ。フェルナンは言った。

「厳しい判決を下すのでしょう？」

それはソートラルのことだったが、グレゴワールは無責任の気楽さを味わいながら答えた。

「任せておきなさい」

ジュヌビエーブがせかせた。「さあ、今度こそ行くわよ」


皆は裁判所の手順に、もうすっかり馴染んでいた！　そして迷うこともなく前の二回と同じ席についた。バブラール裁判長は、前日運命に選ばれた陪審員達に微笑みかけ、彼らはその傲慢さと優越感を受け止めた。彼らにはその意味がわかっていたのだ。

しかし、今日は別の空気が流れていた。傍聴者達は足をならして、前評判の高い芝居の幕開きを、レストランでメインディッシュが供されるのを、今か今かと待ちあぐねていた。それまでは前座とオードブルだ。誰もが、今、待ち望んだ岸にやっと到達するのだとわかっていた。この瞬間のために数ヶ月も航海し、幾多の嵐を乗り越えてきたのだ。そう考えると、街のために殺されてくれた寛大なるローラに感謝の念さえ抱きそうになる。

「皆さん……」

幕は切って落とされた。検事は姿勢を正し、ラボリ弁護士はひげをなでた。グレゴワールの側にいたエスが身を乗り出した。

「おや！　おや！　病気じゃなかったんだな？　言った通りじゃないか！」

いやな奴だ！　そんな嫌みは言うだけ無駄だ。

グレゴワールは何気なくキャプテン・ピューの方を見た。かつての病院経営者でごわついた口ひげを生やしており、大ぼらを吹くのが大好きだが、少なくとも、友人を裏切ったりはしない。

点呼が終わった——十五名の陪審員候補と二名の予備陪審員候補——裁判長が早口でぼそぼそと細則をいくつか述べた、審議の長さ……第三百九十四条……重罪裁判の審理……予備陪審員……。

ラボリ弁護士が覚え書きに目を通した。

ソートラルが連れて来られ、弁護士に体を寄せ、何事か指示した。身なりはきちんとしていても——グレゴワールと同様に！——彼のまわりには、追いつめられた獣のような雰囲気が漂っていた。彼は十七名の顔の中から彼の運命を決める者達を探し出そうとした。弁護士はソートラルに質問責めにされ、いらだちを隠せなかった。（自分の仕事は心得ている！　うるさい！　審問が始まれば被告がいくら口をはさんでもまだ許せるが、今は適当な時ではない。陪審員を決めるのは専門家の仕事だ。被告は口をつぐんでいろ！）

「シュケ、アデル！」

大げさな身振りで――ここ数日で街の興奮に感化されたのだろうか――バブラールは壺の中から最初の名前をとりだした。

「弁護側は忌避します」依頼人に先んずるように弁護士は素早く声をあげた。

その女性は唇を――糸のように薄い唇だったが――見えなくなるまで噛みしめた。シュケ、アデル夫人は決して寛大な態度を示したりはしない。

「ショケ、ポール」

「忌避します」検事が手に持ったリストを見ながら言った。

「ラーピエ、ヴァンソン」

沈黙……ヴァンソンは忌避されなかった。

「ソーション、ルネ・ルイ」

検事は動かなかった。ソートラルは素早くかがんで弁護士の耳に口を寄せたが弁護士は首を振った。ソーションは忌避するより陪審員にしておく方が無難だろう。

「ヴィルトー、シャーロット」

「弁護側は忌避します」

「ガスタール、ルネ」

「検事側は忌避します」

「ピュー、シモン」

キャプテンは通った。次に通ったのはルロイ、エルミニー、引退した教師だ。

「マシュレ、モーリス」

「検事側は忌避します」

検事はこれ見よがしにリストを折り畳み、裁判長は彼にちらりと賛同するような視線を投げた。

グレゴワールはその様子に気づき、結果を見て石のように固くなった。球状のようなものが喉に上がってきて耐えられない。あれはどういう意味だろう？　だめだ！　落ち着くんだ。

「エス、エクタール」

エスは一歩前に踏み出した。確信に満ちた一歩だった。彼はどちらからも忌避はされないだろう、エスめ！

「ダリマール、ノエル」

「弁護側は忌避します」

「ヴィグルー、ガブリエル」

この郊外の農夫に忌避の声はあがらなかった。箪笥のようにがっしりとした体格、血色の良い顔をして、手はハムの一切れのように大きくてピンク色だ。

「ナダル、マリエ」

弁護士が口を開くより早く、被告の荒々しい声が響いた、悪意のほとばしり出た——恨みと失望、怒りの感情のこもった声だった。

――「忌避」

ラボリ弁護士は肩をすくめた。こいつは自分で自分の首を絞める紐を編んでいる。結局のところどうしようもない！　いや好都合か？　負けた時の責任をいつでも依頼人に転嫁できるだろう。

「オルテ、オーガスティンヌ」裁判長は続けた。

検事側からも弁護側からも動きはなかった。今度はさっきの二の舞をしないよう、ソートラルはラボリ弁護士の方へ身をかがめた。彼は女性を信じていなかった。この女も忌避しなくては。弁護士は首を振った。「だめだ、だめだよ」ソートラルは譲らない。（それなら独りで戦うがい！）ラボリは思った。ソートラルは自分でオルテ、オーガスティンヌ――市会議員の未亡人でうっすら口ひげを生やした太った老婦人――を忌避しようとした、その時、バブラールが聞き取りにくい早口で警告した。

「第四百一条により弁護側の忌避はもうできません」

「でもわたしはどうしても……」

「弁護人！　被告に忌避権限は四人までと説明してください」

それはソートラル同様グレゴワールの耳にも聞こえた。だが同時に、大きな安堵も感じていた。ということはつまり彼が窮地を脱したことを意味する。彼の名前がオルテ、オーガスティンヌの代わりに壺から選ばれていたらラボリ弁護士は忌避できなかったのだから。重罪裁判の審理規定第四百一条。運良く彼は……。

「次に予備陪審員を決めるくじ引きに入ります……」

バブラール裁判長の白い手が黒いレースに縁取られた広く赤い袖からするりと伸びた。

「デュバル、グレゴワール」

グレゴワールはサビナ検事と視線を交わした。サビナ検事は微笑んだ。弱々しい微笑みだった。彼もまた被告に寛容だと言っていたデュバルを退けられない、検事の忌避権は三名までなのだ。

グレゴワールは動かない。思い切り平手打ちをくらわせられたような気分だ！　あれだけ力を尽くした結果がこれとは！　エスが皮肉たっぷりな笑いをたたえて肩を叩いた。悪魔の笑いだ。

「結局補欠だったたって訳だ……おやおや！　わたしが神を信じていたら喜んで蠟燭に火を灯すがね」

「なぜだい？」

「陪審員のうちの誰かが君にその座を明け渡すようにさ……ははは！……」

「皆さん後に続いて下さい」

大きなどよめきの中、皆はバブラール裁判長を先頭にして、一列になった。グレゴワールもその中の一員だった。彼は何が起こったのかよくわからないまま、陪審員達の一番後ろ、サビナ検事の前を歩いていた。二段上って、敷居をまたいだ。法廷に出た彼を眩暈が襲った、立ち上がっている傍聴人と浴びせられるカメラのフラッシュ。人々の顔は曖昧でその瞬間にグレゴワールが見分けられたのは最前列にいたジュヌビエーブだけだった。夫を陪審員にするためにどれほど手の込んだ策略を弄し、何をとりつけ、どんな保証を手に入れたのか。彼女は勝利に顔を輝かせていた。朗報は何よりも早くジュヌビエーブの耳に入っていたのだ。補欠、仕方がない、だが陪審員席の半分は彼のものなのだ、ゼロよりはいい。うまく行くように何とかしよう。評決を下す立場にいなくても公判には参加する彼の忠誠を称賛するのだ。

そう、これこそ市民の良心ではないか！

「被告を入廷させて下さい」

傍聴席は後ろを向いた。カメラは向きを変えた。ソートラルがフラッシュを一斉に浴びて被告席につくとあちこちで囁き合う声がした。女達は戦慄を味わっていたが、男達はローラの愛人としては冴えない男だと感じていた。

「苗字、名前、年、職業、住所を言って下さい」

「ソートラル、アラン、ルイ、ピエール、二十四歳、学生……」

「学生？」バブラール裁判長は疑わしそうに繰り返した。「その点についてはまたあとで」

笑い声が起こった。バブラールはその年老いて疲れ果てた馬のような顔を傍聴人に向け、甲高い声を出した。

「いかなる示威行為も許されません。これは最終通告です。ここは裁きの場であって、見せ物小屋ではありません」

「その通りです！」ラボリ弁護士が賛同の意を示した。

バブラールは彼にちらりと――感謝と暗黙の了解の意をこめた――視線を送ると言葉を続けた。金切り声をあげ、まるでネジを巻きすぎた機械のように早口に言葉をかみ砕きながら。

「陪審員の方々は宣誓のために席を立って下さい。わたしは神と万人に誓って」

（神と万人に誓って！　ジュヌビエーブが言っていたことだ）

「被告ソートラルに問われる罪を細心の配慮をもって吟味すること、罪を課せられた被告の利益も罪を課した社会の利益も損なわないこと、評決が出るまでは外部の者にこれを漏らさないこと、憎しみ、悪意、怖れ、好意などの感情に左右されないこと……」

（怖れ？……）

「良心と心からの信念に従って告発と弁護に耳を傾け判断すること……」

（良心？）

「高潔で自由な市民としての公平さと誠実さをもって」

（高潔で自由？　自由！）

「重罪院での職務の後も、審議の内容を内密にすることを」

バブラールは請求書でも照合するような口調でどんどん続けた。

「ラーピエさん？」

「誓います」デパートの支配人は緊張した声ではっきりと答えた。

「ソーションさん？」

「誓います」

一人ずつ答えていった。やがてグレゴワールにも番が来て誓わなければならなくなる。補欠であっても、宣誓はしなくてはいけないのだ。ソートラルを裁くための宣誓。彼は間違いなく無罪なのに。いや、自分がソートラルを裁かなければならないことはないだろう。

「デュバルさん？」

「誓います」

（自分はただの補欠なのだ！）

「陪審員の皆様、ありがとうございました。どうぞ座って下さい。被告はこれから読み上げられることを注意して聞いて下さい。書記の方、法廷にむかって刑事裁判に至るいきさつを読み上げて下さい」

書記は口の中でごぼごぼと哀れっぽい音をたてながら一時間かけて提出書を読み上げた。頭にあるのは一刻も早く読み終えることだけだった。それに誰も聞いていない。これは誰もが知っている、ただの儀式にすぎない、必要且つ欠くべからざる手続きなのだ。

グレゴワールは自分に問いかけていた。これは悪夢なのだろうか？　人生を美化し、楽しい現実逃避にひたらせてくれる夢とは全く違う。そうだ悪夢なのだ！　彼は奈落の底へ真っ逆様に落ちていった。あんなに念を入れて準備したのは、この深淵を見ないためだったのに。ソートラルの陪審員にはなれない。そんな権利は断じてない。彼は、間違いなく、この席に座ってはいけない唯一の人間なのだ……。

待て、とにかく落ち着け！　ただの予備陪審員ではないか……そうだ、エキストラなのだ！

つまりスペアタイヤだ、そういうことだ！

必要にされたら悲劇だろう。陪審員達——彼以外——はしっかり職務を全うする決心をしているのが見て取れる。彼らがこの任に選ばれたことに満足しているのは明らかだ。離脱を考えるものなどいない。全員、アラン・ソートラルの破滅を望んでいる、つまり街にふさわしい陪審員なのだ。評決は時間をかけてじっくりと練り上げられ、後世に長く言い伝えられるだろう――永久に――ソートラルに死刑判決を下した陪審員達とともに。

（高潔で自由な市民……良心と心からの信念に従って……）

グレゴワールには関係のないことだ。

第七章

ヴィグルー、ガブリエルは、午後の審問再開の少し前に気を失った。バブラール裁判長は被告への尋問を午前中に手早く片づけ、さっさと退廷させていた、街の人々に、よそものでも裁判を仕切る能力のあることを見せつけたかったのだ。大切なのは最初から関係者各々が討議の結果に納得することだった。もちろん有罪、死刑は免れたとしても終身刑、それが街に、街の倫理に、街の礼節に反したものが受ける報いだ。

ソートラルは不器用に、だが必死に自己弁護をした。自分の言い分を断じて曲げようとはしなかった。殺人だって？

「わたしは誓って殺していません」

「君の誓いなどどうでもよい」

「何度でも言いますがわたしは舟の中にいたんです。わたし達が、ローラとわたしが口論したのは事実ですけど……」

「なるほど！」サビナ検事は高い声を張り上げた。

ラボリ弁護士が立ち上がった。彼はずっとこの機会を待っていたのだ。

「口うるさい女性と口論した男性が殺人罪で訴えられたら世の中の男は全員監獄行きです」

彼は座った。傍聴席にどよめきが起こった。女性達は、その言葉にヘルペスのかさぶたをひっかかれた時のような不愉快な反応を示した。バブラールはいらついて鉛筆で机を叩いた。

「皆さん、まだ告発の時でも弁護の時でもありません。今は事実を見極める時なのです。事実の全体像を……」

グレゴワールは、バイオリンの弦のように張りつめて聞いていた。この言葉、このやりとり、まるでピエロの演じる喜劇を見ているようだ。以前サーカスの興行で、ピエロ達が裁判のパロディを演じるのを見たことがある。相方の手を借りて、ギロチンのシーンまでやっていた。予備陪審員の目の前で繰り広げられている裁判は、それとよく似ていた。違うのはこの光景は現実の人生に根を張ったものであり、実際に一人の人間の命がかかっているということだ。

別の部屋で傍聴席と隔てられている証人達が、やがて被告にとどめを刺しにやって来るだろう。証人達は街の人間だ。街の意に反する立場には立たないだろう。後ろ指をさされるのをひどく怖れているはずだ。あの二人の不良達、一時は容疑者だったテステュとレジだってそうだ。バフォンの常連ではあったが、法の側につくのだろう。そしてラボリ弁護士は、街側でないとしたら、最終的に街の利益をどうやって守るつもりなのか？

陪審員達は？　グレゴワールは彼らを観察してみた。演壇の陪審員達からは少し引っ込んだところに座っていたので、それは容易だった。ソーション、エス、ヴァンソンのことはよく知っている。操り方は心得ていた。そんなこと訳はない。エス？　いつも人を嘲るような表情をした底意地の悪い男だ。ヴァンソン？　真面目な男で自分の役割を気にかけているが、その実はとんでもない臆病者だ。ソーションの頭には商売のことしかない。

他の四人はどうだろう？　二人の女性は？　この二人の意地の悪さは折り紙付きだ！　エルミニー、ルロイ、元教師はその教師生活を通じて常に男性には厳しく罰する必要があるという姿勢を貫いてきた。相手は子供だったというのに！　間違いない、鼻眼鏡越しにソーションをじろじろ見ている様子から察するに、被告に重罪を与えることしか考えていない……二十年の重労働刑！……。

オルテ未亡人は？　見かけは寛大そうだがとんでもない！　老いた未亡人ほどひねくれた人種はいない！……。

ではあと誰がいる？　キャプテン・ピュー？　兵隊のような口ひげをたくわえて空威張りをしてはいるが、心根は優しい人間だ。ヴィグルー？　彼については知らない。全ては彼が何を食べたのか、それをよく消化するかどうかにかかっている。

三人の判事は？　彼らは死刑を要求するに違いない。死刑より重い刑罰があればそれを選ぶだろう……。

こんな風に、グレゴワールの頭は、藁にもすがろうとする愚にもつかない考えでいっぱいだったので、ソートラルの申し開きをよく聞いていなかった。自分が全てを一番よく知っているのではないのか？　自分だけが！　自分、演壇の十一人目だけが真実の全容を知っているのだ。

「あなたは仮釈放された。そしてどうしたのか？　逃亡したのですね！」

「恐かったんです」

「裁きがこわかったのですね！　自分の発言の意味をわかっていますか？」

「それに……裁判長、手紙を受け取りました」

「ああ、あの馬鹿げた話ですね。話して下さい。陪審員が興味を持つでしょう」

　ソートラルはまごついた。もちろん話は続けたが、疑いと嫌悪の視線に囲まれているのを感じて、これまで必死に保っていた冷静さを失った。口調はそれらの視線に抗うように攻撃的になった。彼は反撃に出た。

「信じようが信じまいが本当のことだ！　誰かから手紙をもらったんだ」

「誰からですか？」

「差出人は書いてなかった」

「その手紙はどこにあるのですか？」

　彼は肩をすくめた。

「知らないよ」

「想像の産物だと認めた方がいいのでは？」

「違う！　受け取った……けど破いてしまった。自分に不利になると……思ったんだ」

　バブラール裁判長の不愉快そうな顔に嘲りの色が浮かんだ。他の二人の判事と陪審員達もまるで九匹のサルのごとく、全く同じ皮肉っぽい表情を浮かべた。傍聴席を見たグレゴワールの胸は締めつけられるようだった。辛辣さか、さもなければ悪意しか伝わってこなかったからだ。

バブラール裁判長が審問の一時休止を決めた時、グレゴワールは、かすかでも望みにつながる口実はないものかと空しく思いをめぐらせた。「彼じゃない！」どうすればいい？　自首？　犯人の、真犯人の心に一度たりとも浮かんだことのない言葉だ。想像したこともない。頭の隅にさえなかったので、それが何かの拍子で目の前につきつけられたとしても驚くだけだ。そう、数ヶ月前川岸で起こったことと、グレゴワールとの間には越えられない深い溝があるのだ。あの瞬間あそこにいた男は街の掟に従う街の男だったのではなかったのか？　叫び声をあげようとした女の首に巻き付いた手で――スキャンダルを避けるという崇高な使命を全うしたのだ。グレゴワール・デュバルたるものがのぞき魔などであってはならない！　ソートラルが重罪院で裁かれる方がまだましだ。

そうだ。筋道は完璧に通っている。そもそもこれは無意識な論理、街がこっそり母親を通して子供達に与える乳と平手打ちで教え込んだ成果なのだ。グレゴワールにはこの方程式を解く能力があって、答えは間違っていなかった。街の基盤を守り、それを揺るがすようなことはしない。グレゴワールの頭にあるのは、それが寄生虫のような青年でも無実の人間を助けたいという一心だけだった。そのためには三人の判事、さらに七人の陪審員にどう働きかけたらいいのか？　それが問題だ！

審問の休止時間中、彼はずっとその答えの見つからない質問に頭を悩ませていた。隔離され、監視下に置かれた陪審員達は皆、厳しい視線を回りに投げかけている。裁判についての言葉はない。だがその目つきに、沈黙に、頷く様子に、誰もがそのことを考えているのが見て取れる。キャプテン・ピューは、少し離れて体を動かしながらもぞもぞ独り言を言い、エスはノートに走り書きをしている。二人の女性は沈黙の重圧の限界に来ていて、オルテ未亡人の唇の端では小さな唾が玉になっていた。まるで腹を空かせた犬のようだ。ヴィグルーは真っ赤な顔で椅子にぐったりともたれ、苦しそうに喘いでいた。

「大丈夫ですか?」ヴァンソンが訊いた。

「気にしないでくれ、いつものことなんだ……」

あとでわかったことだがヴィグルーはこの時心臓発作も起こしていたのだ。彼はどよめく傍聴人の間を担架で運ばれ、その妻は嘆いた。

「だから言ったのにこの人ったら耳も貸さないで〈務めだから〉って……」

「七人目の陪審員はデュバルさんにお願いします。では審問を開始します……静粛に!……静粛にしないと退廷してもらいますよ。その男性、そこから出て下さい!」

そう言われたのは、重大な任務を引き受けた七人目の陪審員のつらそうな表情を撮っていたマッチ紙のカメラマンだった。

グレゴワールの苦痛! それは新聞記者や弁護士、その他の人々の想像をはるかに超えていた。彼らには急遽主役を任された代役のようなとまどった顔つきに見えた。どうやって切り抜けるのか? それだけの能力があるのか? 陪審員達の——ベテラン陪審員達の——大げさな歓迎振りにも彼は更に困惑するばかりだった。

今まで座っていた演壇の端、左の引っ込んだ場所から前に移動するだけで、彼はヴィグルーの座っていた席にたどり着いた。運命の悪意に満ちたいたずらのせいか、そこは被告席のすぐ側だった。みぞおちに得も言われぬ不安が走った。今度は自分が倒れたらどうなるだろう？　そうだ、それこそ一番の解決法ではないか！　陪審員の数が足りずに混乱をきたし、裁判は延期され、それだけ時間稼ぎができる。数週間、いや数ヶ月か！　その間にソートラルをこの窮地から何とか救い出す方法を考えつくかもしれない。

だが悲しいかな！　頭の中は嵐のように混乱していたが、頑丈な体はびくともしない。グレゴワールが神に失神という救いの手を願ってもどうしようもなかった。（健康の神よ！　病に倒れたい時に限ってこんなに丈夫とは！）例え彼が気を失ってもジュヌビエーブが、持てる限りの力を振り絞って即座に対処するのは目に見えている。そのジュヌビエーブが目の前にいた。彼が意地の悪い運命によって肩を落として席を移った時に、彼女もまた不思議な力でその席を確保したのだ。

ジュヌビエーブは彼を見つめていた。いや、自分に見とれていた。天にも昇るような気持ちで！

とうとう神が彼女の長い忍耐に報いてくれたのだ。この栄光の座を手に入れるためにめぐらせた術策、あれこれと手を回した日々。マダム・ジュヌビエーブ・グレゴワール－デュバル（ハイフンで結んだ名前はなんと心地よいのだろう）、ソートラル裁判の陪審員グレゴワール・デュバルの妻。夫は輝いて見えるだろう、自分が輝かせる。彼女の持てるエネルギーを全て彼に注ぎ込むのだ。グレゴワールは頭角を現し、ひとかどの人物になり、人の口に上り、影響力を発揮させて市会議員へ……そして市長へ、そして代議士へと……代議士夫人！……いや、代議士になるのは夫だが、内助の功のおかげなのだから、彼女も同じだけの、いやそれ以上の権力を持つことになる。皆に崇められ、頼られ……その運命を今やどうして免れるというのだ？　次に倒れるのがグレゴワールだったとしてもすぐに立ち直らせてみせる。ヴィグルーの妻とは違う！　グレゴワールは〈ミスター・七人目の陪審員〉であり、その職務を全うし、ソートラルに有罪判決を下すのだ。

グレゴワールはほんの少し、遠慮がちに被告の方へ顔を向けた。二人の視線が交錯した。ソートラルがあがいたり、叫んだり、判事を侮辱したりしても無理からぬことだ。グレゴワールの目には彼がひどいパニックを隠そうと反抗的な態度をとっているように映った。ローラの愛人は怖れていた、街を、彼を取り巻く大規模な企みを。街中の人々が示し合わせて彼を更に叩きのめすことを。彼は怯え、救いを求めていた。予期しなかったこの七人目の陪審員がその救いになるだろうか。時折薬局で見かける、客に対して愛想が良く、話し上手で、控えめに店の人気薬を勧め、時に医者が儲けを重視して強い薬を処方しすぎるのではないかと心配する、この男が？　いや、このグレゴワール・デュバルも所詮街の人間なのだろう、もしかすると他の陪審員と同じ、いや倒れて彼に取って代わられたヴィグルーより、たちが悪いかもしれない！　ソートラルから七人目の陪審員に投げられた視線にはこんな思惑が全てこめられていた。グレゴワールはますます肩を落として椅子に沈み込んだ。八方塞がりだ！　ジュヌビエーブは勝利を収め、自分は負けを認めた。それにしても何故ローラは裸で水浴びをしていたのだろう？

「最初の証人を入廷させて下さい」

カメラが掲げられ、フラッシュがたかれた。ざわめきが水平線から浜へ押し寄せる波のように、少しずつ静まってくる。傍聴席は大きな興奮に包まれていた。悪意とでも形容できる興奮で。とにかく、裁判は今始まったばかりだった。

「ヴァラール、レオン、四十九歳、警察署長、ヌーブ・サン・ブノワ通り三十七番地に居住」

「あなたは被告人の親類縁者でも使用人でもなく、損害賠償請求人でもありませんね。では憎しみも怖れも抱くことなく証言することを、真実全てをそして真実のみを述べることを誓って下さい。右手を挙げて〈誓います〉と言って下さい」

（何をもごもご言っているのだ！　宣誓だって？）

「誓います」

「ではあなたの知っていることを話して下さい……」

「九月二十七日の日曜日、十八時二十分、署において勤務中に、フォーパ巡査より電話を受けました……」

まるでどさ回りの三文役者のような声色だった。ヴァラールはこの瞬間を、彼の演じている役回りをよく心得ていた。こんな機会に出頭することは二度とない、だから、いつまでも残る晴れ舞台にするのだ、後々《のちのち》、せめてこのくらいは言われるように。〈重罪院のヴァラール〉は、〈シャントクレール（エドモンド・ロスタンの戯曲）を演じたギトリー〉のようだったと。

ヴァラールは仔細漏らさず長々と語った、犯行の発見、被告へ向けられた疑い、被告の逮捕、否認。

「被告は十分に周到なアリバイ工作をしたつもりでしたが、ひとつ考慮に入れていない点がありました……」

ヴァラールは一言一句に伏線を張ってはっきりと発音した。それが何であるかを皆にわからせるために。それがヴァラール警部だ！

「わたしの捜査線上に目撃者が現れました……」

「本法廷では結構です。目撃者にはあとで証言してもらいます」

それからヴァラールは自分の行ったことを、とうとうと語った。彼の捜査、推理そして結論、まさに自画自賛だった。にもかかわらずたいして目新しい話はなかった。なにしろ日々の捜査の進行状況は街の人々に知れ渡っていたのだから。

やっとヴァラールの証言が終わった。裁判長はぶつぶつと決まり文句をつぶやいた。

「あなたの証言にあった被告はここにいますか？　間違いないですね？　はい……結構です……」そしてサビナ検事に向かって言った。

「証人に質問はありますか？」

「ひとつだけありますが、その前に証人に賛辞を捧げたいと思います。ヴァラール署長が行った捜査は誇り高く、まさに賞賛に価《あたい》するものです……」

傍聴席からこの発言に賛同する声が小さく漏れた。検事は街の味方なのだ！

「わたし達も知っているこの証人は、警察の陥りがちな恥ずべき捜査方法、警察官が容疑者を知性でなく腕力で脅すといったよくある方法には頼らなかったのです。法廷で証言していただきたいのですが、証人は取調中ソートラルが自白するのではないかと感じたことはありませんでしたか?」

　傍聴席が静まり返った。一種の痙攣《けいれん》状態だ。口を半ば開けたままソートラルはヴァラールの答えを待っていた。ヴァラールは唇を舐め、頷いた。

「そう感じたことは、ありました……ソートラルは自白寸前だと——思ったことは——何度もありました」

「ありがとうございました」

　バブラール裁判長は鼻にしわのよった馬面を弁護士の方へと向けた。

「質問はありますか?」

　ラボリ弁護士は手を挙げた。灰色の毛で覆われた長い手だった。

「わたしも検事の捧げた賞賛に賛同いたします。しかしながら、わたしは証人のはっきりした考えを伺いたいと思います、何故被告は自白をしなかったのでしょうか?」

　ヴァラールは大きく腕を広げて答えた。

「わかりません。感じたことを聞かれたので答えたまでです。多分ソートラルはどちらにするか迷っていたのでしょう。自白して情状酌量になるのがいいのか、嘘を突き通した方が陪審員の心証が良くなるのか」

弁護士は声を荒げた。

「証人の解釈を訊ねているのではありません！」

ソートラルが叫んだ。

「嘘だ！　嘘だ！　僕はローラを殺してなんかいない……勘弁してくれ！」

裁判長はそれを遮って言った。「他に質問はありますか？」

弁護士は、依頼人を必死に落ち着かせようとしながら、ひげ面を左右に振った。裁判長は満足そうにため息をついた。

「次の証人を入廷させて下さい」

グレゴワールは思った。まるで難破船に乗り合わせたようだ。命も積み荷も沈んでいく。何ということだ！　結局ヴァラールの証言から引き出せたのは長たらしい手柄話と、感情的になったソートラルに不利な自己弁護をさせることになった、どっちつかずの答えだけだ。

だが、まだ質問はあったのだ！　何故ヴァラールは他の容疑者の追及にもっと力を入れなかったのか？　何故最初からソートラルを有罪だと見なしたのか？　何故もっと別の角度からの捜査がなされないのか？

別の角度！　グレゴワールはこの簡単な言葉の危険な意味に気づいていなかった。彼にとっての別の角度とは、匿名の、顔も、体の輪郭もないおぼろげな殺人犯のことで、それでも事足りるはずなのだ、無罪のソートラルを放免するためには！

この〈別の角度〉がグレゴワールの頭の中ではっきりとした形をとり、彼はヴァラールに質問しようと口を開きかけた。それに先んじて裁判長が次の証人を呼んだ。

「ラリー・マルモン、マリウス、六十四歳、内科医……」

またもやうぬぼれの強い証人のお出ましだ。テラスの常連、エスの顔色に明らかな軽蔑の色が浮かび、唇からはあやうく汚い軍隊の隠語が飛び出しそうになっていた。

だがグレゴワールにとって今は、法医学者とかつてアフリカで働いたことのある老いた植民地医との間の反目など、知ったことではない。ラリー・マルモンはローラの検死をした医者だ。供述が終わり、くだらない質問が検察側から、そして弁護側から出され、検死医は証言台を降りようとした。ばかな！　肝心なことには何一つ触れられていない。それは何だ？　グレゴワールはやっとのことで、それを突き止めた。その力が彼の力に勝《まさ》った、それだけのことだ。誰かに突き動かされたように、そしてその力があまりにも強かったために、いつもの奥ゆかしさは消え、彼は手を挙げ、バブラール裁判長はそれに気づいて驚いた。

「第七陪審員？」

「あの……ラリー・マルモン医師に質問があるのですが」

傍聴席は気まずい雰囲気に包まれた。七人目の陪審員は何という非常識なことをするのだ、陪審員にそのようなことが許されるとは。裁判長、検事、そして弁護士、これが登場人物の全てだ。陪審員は黙って聞いていればよい。それが役どころだ。舞台裏では、つまり陪審員室では彼らに生殺与奪の権限がある、が、法廷では……。

グレゴワールだけが、犯罪訴訟の手続きを何度も繰り返して読んだ彼だけが、今思い出したのだ、確か第三百十九条だ。

「質問をして下さい」

ジュヌビエーブ?…… 彼女は夢心地だった! わたしのグレゴワールが光り輝いている。そう、彼を陪審員リストに載せるためにあらゆる手を尽くしたのは間違っていなかったのだ。

「ラリー・マルモン医師にお聞きしたいのですが」

「証人と言って下さい」

「……証人に、ローラに……」

「被害者と言って下さい」

「……被害者にもみ合った形跡はありましたか?」

ラリー・マルモンは見下すような微笑みを浮かべた。

「その質問に対しては先ほどお答えしました。頸部組織の裂傷、甲状腺軟骨右側角質の骨折、及び指の圧迫による痣により、暴力が加えられたことは明らかです」

「陪審員、今の説明で……」裁判長は言いかけた。

だがグレゴワールは聞いていなかった。勢いは止まらない、知りたいこと、今、していることはわかっていた。陪審員だからその特権を使うのだ。法律書にその文言があったではないか、真実を明らかにするために必要と思われる説明を証人に求めること。それに宣誓もした!……。

〈被告に不利益のないように!〉

「先生は犯人が暴力をもって被害者を襲ったとおっしゃいましたが、それでも被害者は抵抗したのでしょうか?」

「陪審員殿は、医学的知識をお持ちなのでしょうから申し上げますが、反射的防衛のことはご存じでしょう。被害者はその意味では抵抗したでしょうが、長い間ではありませんでした」

「そういう抵抗の跡が残ることはないのですか?」

記者達はペンを動かした。これで記事がおもしろくなる。あの男なかなかやるじゃないか、彼は何者だ? 薬剤師か。法医学者は不愉快そうな顔をしている。もう患者にあの薬剤師を紹介はしないだろう。愉快だ!

「抵抗の跡とはどういうことですか?」

「被告に残ることはないのかということです」

グレゴワールは正確に言い直した。

「ラリー・マルモン医師の言葉を記憶違いしていなければそういう場合、争いの損傷は顕著だと言うことですが」

「襲われた時被害者が横たわっていたこと、加えられた力が並はずれたものであることを考えますと……」

「つまり被告には何ら損傷は残らないと?」

ラリー・マルモンはゆがんだ口の端に勝ち誇ったような笑みを浮かべた。

「いいえ、左手と右前腕に爪痕と見られる傷痕が残っていましたよ」

傍聴席はどよめいたが、グレゴワールは意に介さず被告の方へ顔を向けて言った。

「ソートラル……」

バブラール裁判長はお尻に突然熱いアイロンを押しあてられたように飛び上がった。

「わたしの許可を得てからにして下さい、陪審員」

「失礼しました、裁判長。被告人は何か付け加えることがありますか？」

「被告人、起立して第七陪審員の質問に答えて下さい」

「確かにローラにひっかかれましたけどそれは朝のことです。それは先生にも言いました。ちょっとばかりローラを小突いたら身を守ろうと抵抗して」

「質問は以上ですか？」裁判長はグレゴワールの方を向き、いらついた声で訊ねた。

「いいえ。ラリー・マルモン医師に被告が他に抵抗された傷が、特に肘に負っていないか訊ねたいのですが」

グレゴワールは思い出したのだ、ローラがどうやって抵抗したか！　あらん限りの力を振り絞って彼女は彼を遠ざけようとした。彼の身が滑り、彼女はすんでのところで抜け出すところだった、肘だ！　彼は肘のかすり傷に気づき、家に帰ってから絆創膏を貼ってジュヌビエーブにはできるだけ気づかれないようにしていた。

「そのような傷はありませんでした」医師は反論した。

「裁判長、署長にひとつ質問があるのですが」

バブラール裁判長はキーキーとかん高い声を出した。

「ヴァラール証人は証人席へ戻って下さい。第七陪審員、質問して下さい」

「争った跡はありましたか?」

「現場には……はっきりとしたことを言うのは難しいですね。大勢が不注意に踏み荒らしていましたから」

裁判長はこの好奇心旺盛な陪審員に皮肉と敵意の入り交じった視線を投げかけ、言った。

「これでよろしいですね? あなたの関心の深さには敬意を表します……」

「はい」グレゴワールは言いよどんだ。「でもよくわからないことが……」

「何ですか?」まるで吠えかかる犬のようだ。

グレゴワールは肩をすくめた。実のところこの状況からの出口が見つからない。彼は肩を落とした。だが、彼の質問がどんな波風をたてたかを知っていたら! ここまでは決まった手順に沿って進んできた。特に意外な展開もなく、落とし穴もなく、不利な証拠、有利な証拠が提出される、それが規則だからだ。それが終わると最終弁論がなされ、あらかじめ決められたように裁判は終わる。有罪! ここにこの七人目の陪審員が、混乱をもたらす新たな要素を持ち込んだのだ。

しかし、彼は当日現場周辺でピクニックをしていて事件を通報したフォーパ、ヴィクトール巡査の証言には口を挟まなかった。レスカール、ジョセフとレスカール、マリーの証言もただ静かに聞いていた。当時婚約者同士だった二人は森を散歩していてローラの死体を発見したのだ。

「わたしが最初に見つけました」マリーはこれみよがしに言った。「本当にショックでした。ジョセフは逃げようとしましたが、わたしが押しとどめました」

彼女は街の女性だ、かかあ天下、いやそれ以上に強い。もう夫の頭を食いちぎるカマキリの片鱗を見せている。ジョセフの方は人の良さそうな笑みを浮かべていた。妻の妊娠で幸福の絶頂といったところだ。彼女との婚姻届を市役所に出すのが彼の仕事だ。ローラの死体発見を自慢げに語る妻の様子には全く関心を示さない。

「ジョセフに〈早く誰か呼んできて〉と言いました。わたしはその場にじっとしていました」

素晴らしい道義心だ、そう思われているだろう。実際どんなに恐ろしかったことか。森の中でたった一人、犯人が立ち戻ってきたら彼女も殺されていたかもしれない。

「マザー・セヴェストルが最初に来てくれました……」

裁判長は斜めから、七人目の陪審員に視線を投げかけた。今回は沈黙の方が気になったのだ。すると彼は手を挙げた。

「現場に争った跡はありましたか？」

マリー・レスカールは目をむいて、黙っていた。彼女は証言台から降りることを許された。グレゴワールは何の反応も示さなかったが、この時隣にいた四人目の陪審員——マダムルロイ、エルミニー——が彼に体を寄せ、囁いた。

「裁判の邪魔をしていないこと？」

グレゴワールは唖然とした。みぞおちに一発食らった気分だ。何を言いたいのだろう？　彼は間が抜けたように首を振った。彼女はそれを反省の意味ととったらしく、頷いた。

「そうでしょう……」

次の証人が呼ばれた。金ぴかなオブジェでごたごたと飾りたてた鳥かごにも、庭にも、果樹園にも見える奇抜な帽子をかぶったマザー・セヴェストルだった——街の人間は彼女が前に何と呼ばれていたか長いこと忘れていたが——彼女も街の人間だった。街に一人や二人、いなくては困るキャラクターだ。自分達の行いが常軌を逸しているのかどうかを知る際の共通の尺度になってくれるからだ。

「キノコ狩りをしていた時悲鳴を聞きました。駆けつけるとローラの側に彼女がいました」

彼女はマリー・レスカールを指さした。マリーは唇をぎゅっと結んでいた。

「マリーはローラを見つけたいきさつを話してくれました。もう動かなくなっていることも」

マザー・セヴェストルは冷たく笑った。

「不思議じゃないわ。ああいう類《たぐい》の女はいつあんな目にあってもおかしくないと思います……」

被害者側の弁護士が椅子から飛び上がった。振り上げた両袖、叫び、嵐のような騒ぎ、あらんかぎりの声を振り絞った裁判長の警告。法廷絵描きは喜んでさかんに筆を動かした。傍聴席特有の魔法にでもかかったように傍聴人はおとなしく警告に従い、マザー・セヴェストルは静けさの中で証言を終えた。

「質問はありますか?」バブラール裁判長は早口で決まり文句を言い、無言の問いかけを七番目の陪審員に送った。質問があるのかないのか?　グレゴワールは手を挙げた。傍聴席からは長いため息が漏れた、もううんざりだ。

「証人は死体に触れましたか?」

何故この質問なのか？　何故他の証人ではなく彼女なのか？　グレゴワールは陪審員として現場写真を見せられてから、その写真が恐怖で頭に刻まれた記憶と違うような気がしていた。ローラは横になって動かなくなった。彼が逃げた時死体から体を離した瞬間の記憶だ。だがあとで警察に見せられた写真に写った裸の彼女は墓の中に横たわる死体のように仰向けだったのだ。

水面に石を投じたように法廷には、唖然とした空気が中心円を描いて広がっていく。マザー・セヴェストルはねっとりとした笑い声をあげた。この声の中にはブドウを発酵させてワインにする何かが含まれているに違いない。バブラールが厳しく説明を求めると彼女はぴしゃりと言った。

「ええ、触りましたよ……」

「それを黙っていたのですね？　事の重大性を理解していますか？」

バブラール裁判長は法の重砲を轟かせたが、マザー・セヴェストルは全く意に介さないという様子だ。彼女にとってはどうでもよいことだった。何故すぐに報告しなかったかって？　両腕を大きく広げて彼女は言った。

「かかわりたくなかったのよ！……お宅達だけの問題でしょ」

「裁判官の前で……。偽証を……」

ラボリ弁護士が、証人はいつでも当初の宣誓に戻って証言を変えてもいいと、法律書を振りかざしながら口を挟んだ。グレゴワールはこの光景をうっとりと眺めていた。なんという快感だろう。単純な質問がこんな騒ぎを引き起こすとは。ルロイ夫人が彼を見つめている。その元女教師の鼻眼鏡の下にグレゴワールは困惑の色を見て取った。なんとなく作文で満点をくれた時のようだ。彼女だけではなかった。隣にいるソーションーーそう、テラスの店の主人も！ーー驚いたようにグレゴワールを見ていたし、演壇の反対側に座っているキャプテン・ピューも口ひげを噛みながら七人目の陪審員をしげしげと眺めていた。あれは感嘆の眼差しだろうか？

それからの法廷にはひっきりなしに嵐が吹きまくった。捜査の段階でヴァラールが逮捕し、釈放した二人の青年が最初は一人ずつ、そのあと二人一緒に証言台に立った。検察側も弁護側もその袖をふるって見せ場をつくる機会だ。

年上のテステュとその相棒のレジは二人とも〈バフォン〉の常連で、自分達の素行の悪さを非難されているのはよくわかっていた。

「悪い評判をたてて皆の関心を惹こうとしたのは事実ですか？」

「はい、裁判長殿」

「誰よりも先に犠牲者を発見しながら、助けを呼びにいく代わりに口をつぐんで、無意識のうちに殺人の共犯者になりましたね？」

「はい、裁判長殿」

「自分達に疑いがかかることを気にしなかった、なぜなら仲間うちで自慢の種になるから、そうですか？」

「はい、そうです、裁判長殿」

「初めからはっきりと犯人の目星をつけていましたか？」

「はい、つけていました」

「それは誰ですか？」

テステュとレジの二人は被告の方へ顔を向けた。傍聴席がざわめいた。

検察側は自信を取り戻した。

「バフォンではよくローラ嬢と会いましたか？」

「はい、裁判長殿」

「被告とも？」

「はい」

「あなた方とローラ嬢との関係はどんなものでしたか？」

法廷が静まり返った。バブラールは二人の答えを促した。街の人々全員が証言を促していた。それは事実に興を添え、女性達をコンプレックスから解き放つかもしれないからだ。嫉妬に燃えた女性達は死んだ後までもローラにあばずれの烙印を押したがっていた。

「答えて下さい」

「はい、裁判長」二人はうなだれて答えた。

「被告はそのことをどう思っていたのでしょうか？」

「そのう……気にしていませんでした……」

どよめきが起こり、法廷は騒然となった。バブラールはぬかるみを渡らなければならない猫のように苦い表情になった。

「ソートラルは彼女で収入を得ていたとでも？」

「わかりません……僕達は何も……」

二人は戸惑った様子で、その場に合わせて少し言葉を濁した。

「事件の前夜、ローラ嬢と被告が口論している場にいましたか?」

「はい、いました」

「口論の原因は何ですか? 陪審員にはっきり言って下さい」

「そんなのは! いつものことですよ! 原因は取るに足りないことなんです」

「その晩はどんな風でしたか?」

「ローラは少し飲み過ぎていたと思います」

「ソートラルに叩かれていましたか?」

「ひどくぶん殴られて あ!……すみません。つまりその……」

「陪審員は理解しました」

グレゴワールはさっさと証言台を降りるテステュを止めなかった。その代わり解放されたと思い、立ち去ろうとしていたレジを指さした。裁判長は思わず「ああ……」と声を漏らし、手を組んで椅子に寄りかかり、はっきりとしない寓話の描かれた天井を仰ぎ、言った。

「第七陪審員、質問をどうぞ」

「バフォンではつまり……顧客間の風紀が乱れていたのでしょうか?」

傍聴人達は全神経を集中してどんなパンチが来てもいいように身構えた。このグレゴワール・デュバルという男はなんという図太い神経をしているのだろう。誰も彼を止められない。グレゴワールは途中でやめたりはしない、膿があれば最後までを出しきるだろう。ソーションがにやりと笑って賛意を示した。

　レジは証言台の柵にしがみつき、生唾を飲んだ。

「答えて下さい！」裁判長が金切り声で叫んだ。

「はい、そうです」

　グレゴワールはなおも執拗に迫った。

「何の慎みもなかったのですね？」

「ありませんでした」

「嫉妬というものはなかったのですね？」

「そうです」

「ソートラルはオセロ（シェイクスピアの戯曲の登場人物。嫉妬に狂って妻を殺す）を演じるほど嫉妬深くはなかったようですね？」

　レジは答える代わりにクスクスと笑った。だがグレゴワールは続けた。新たな情熱が彼を突き動かしたのだ。

「事件の前夜、被告人はローラ……いや！　被害者と一緒に店を出ましたか？」

「はい」

「いさかいの後で？」

「はい」

「二人の仲はどうでしたか？」

「うまくいってました。僕が思うにはそれは……」

彼は言葉を切った。バブラールが眉をひそめ、レジは慌てて最後まで続けた。

「ローラは嬉しかったんです、その、殴られるのが……ええ！　殴られたあとは、優しくなっていました。前よりずっと」

誰も身動きひとつしなかった、言葉は、ゆっくりと、浸透していき、新たな光が少しずつ差し込み、思いもかけない事実を照らしていく、皆が我を忘れて聞き入った。探偵小説の世界に入り込んだような気分だ。好きな作家達の名前を引き合いに出す、ミステリー愛好者達もいた。ソートラルの有罪は確かなのだが、それが活気を帯びた色合いで縁取られ、犯行が、より臨場感を帯びてきたのだ。


モンムール、ガストンが、小舟に飛び乗った被告人の様子を語るために証言台に上がった。

「彼は一人でした。何かを……怖れているかのように後ろを見ました。オールを片方使ってボートを川の流れに漕ぎ出しました。底に横たわったのでこちらからはもう姿が見えなくなりました」

彼のあとはシモナン、イザベルだった。川岸で横になって本を読んでいる彼女の近くに、ボートが流れて来た。

「最初、ボートの綱がほどけたのだと思いました。でも彼が」――彼女はソートラルを指さした――「体を動かしたので、眠っているのだと思い叫びました……」

「何と叫んだのですか?」裁判長が訊いた。

「ふざけて〈ヤッホー〉と。確かに彼が顔を上げました。でもわたしを認めるとすぐに姿を隠しました」

ソートラルが完遂した不可解なボートツアーの第三の目撃者はラングロワ、ミッシェルだった。彼は、どこから出てくるのかと思わせるような低い声で証言をした。かなり気取って声を出し、自分で聴き惚れていて更に一オクターブ下げる訓練をしていた。

「わたしは釣りをしていました。二、三度確かな引きを感じた時、この男が現れました。つまり男の乗ったボートが、です。彼は懸命に漕いでいました。必死と言ってもいいくらいでした。そして岸に飛び降りると、慌てて逃げ去りました」

「ちょっと! 勘弁してもらえませんか」ソートラルが立ち上がって反論した。「逃げてたんじゃありません。あいつを……ローラを探しに行っていただけです!」

証人は、こんな男の言うことなど信用できる訳がない、という顔をしていた。何を訊かれても信念は変わらない。釣りの邪魔をするような厚かましい男だ。悪いことをして、逃げ出してきたに決まっている。

バブラール裁判長は、忌まわしい第七陪審員の座っている演壇の隅へ目で問いかけた。今度はどんな突拍子もない質問をするのか。だがグレゴワールの出した提案は、実際思いも寄らないものだった。

「裁判長、事件のあった日曜日の被告の行動について明確なイメージを描くことができません。

全員で現場検証を行うことはできますか？」

　この第七陪審員めが！　バブラールとその補佐役、サビナとその補佐官達は思った、ずたずたに引き裂いてやれたらどんなにすっきりするだろう。他の陪審員達が彼の意見に賛同しているときては、尚更だ。ソーション、ピュー、ヴァンソン、そしてマダム・ルロイは場所を変えるというアイデアを聞いて張り切っているようだ。オルテ未亡人だけが不満をあらわにしていた。何があっても驚かなくなるほどの経験を積んできたエスは、尊大に構えている。ラボリ弁護士は遺族側の弁護士に異議を申し立てていた。最後に裁判長がこう締めくくって混乱は収まった。

「本法廷は明日現場に場所を移動します。審理はその後再開します」

　バブラールは時計に目をやって言った。

「あと一名証人喚問を行います」


　シュヌヴィエ夫人は、持ち家の二部屋をローラ・ノルティエに貸していた。

「こんな事になるってわかっていたら……」

「被害者の素行はどうでしたか？」

「遊び好きだったのを別にすれば悪い娘じゃありませんでした……この男に会うまでは」

　そしてその腕を仇でもとるかのようにソートラルに向けてぴんと伸ばした。

　彼女は街に選ばれた復讐の女神エリニュスになったような気がしていた。「この男はローラにとって悪魔でした。いつも言い争っていました……」

夫人が部屋の片隅に体を寄せ、耳をそばだてている光景は容易に想像できた。聞こえてくるのは会話の端々、愛し合う声、言い争う声、ローラとソートラルの関係はすさんだものだった。仲直りと争いの繰り返し、アルコール浸りに簡素な食事、ローラは部屋での一日を半裸で過ごすこともあり、自分の体を鏡に映して見とれ、郵便配達人や男友達を平気で迎え入れて笑いながらあっけらかんと楽しんでいた。シュヌヴィエ夫人は声を低めて言った。

「想像できますか？　こっちが恥ずかしくなるくらいでした！」

「被告は嫉妬しなかったのですか？」

「あんな男の頭の中がのぞけますか？　それで……ローラをののしる時もあれば、なぜかおわかりですよね！　全く無関心な時もありました！　ほら、あの小さなテステュはいつも来てましたけど……彼は平気で笑ってました……でも怒り出すと、ああ、とても言えませんわ！」

検事は勝ち誇ったように、グレゴワールの方を見た。検察側の主張を裏付ける有利な証言だ。シュヌヴィエ夫人はゆっくりと先を続けた。

「日曜の朝ですか？　ええ、二人は言い争っていました。いつもそうなんです。どういう訳か日曜はいつも喧嘩です。彼は、日曜を馬鹿馬鹿しいと思ってたんです！　でもローラは、田園で花や鳥に囲まれて過ごす日曜を夢見てました、いつも聞かされたんですよ、だから忘れません。あの朝ローラはどうしても郊外を散歩したかったんです。〈約束したじゃない！〉彼女は叫びました。〈これも約束したか？〉そして平手打ちの音、大声で泣き出すローラ。それから……静かになりました！　どういう意味かおわかりですよね……それが終わると二人は出て行きました」

「そして彼女は生きて帰っては来なかった……」サビナ検事は聴衆の心に焼き付けるような口調で語りかけた。

　グレゴワールは検事から目を離さなかった。その鎧のほころびを探していたのだ。彼は月並みな文句の持つ説得力に、どうでもいいような質問が持つ、聴衆を興奮させる潜在性に、少しずつ気づいてきていた。そこでグレゴワールは、いらだちで顔を引きつらせている裁判長の許可を得て、証人に最後の質問をした。

「シュヌヴィエ夫人、事件の朝被告人がローラと出かけるところを見たとおっしゃいましたが、彼は殺人を犯すような人間に見えましたか？」

　傍聴席は静まり返り、陪審員は息をのんで答えを待った。証人は法廷を見回したが――救いを求めるのは無駄だと悟り――仕方なく言った。

「いいえ」

　判事と弁護士が騒ぎ立てるのをグレゴワールは横目で見ていた。うまくいったのだ。数ケ月間努力をして実を結ばなかったことが数時間で成功した。今や非現実を彷徨《さまよ》っている彼の耳には、何も聞こえてこない。久しぶりに浸れた夢想の中では、想像力が高ぶり、グレゴワール自身の枠をはるかに越えた世界へと昇ることができた。彼は慈悲深い弁護士にして小説の中の探偵だ、真実への歩みを邪魔するものは何もない、彼と肩を並べられるのはラショウやモーリス・ギャルソン、メグレやペリー・メースン、デモステーヌそしてガンベッタ、サイモン・テンプラー、シャーロック・ホームズくらいか？

グレゴワールは熱狂する傍聴人をかき分けながら裁判所の外に出た。足元の地面が柔らかく感じられる、重力を軽減された織物の上を歩いているようだ。迫り来る顔、顔、顔。群衆にもみくちゃにされ、カメラマンのフラッシュを浴びながら、彼は夢想の世界に浸りきっていた。

街が、稀に見る勝負を挑まれた事に対して好意的なのか批判的なのか、それはグレゴワールにはどうでもいい事だった。夢想の中で裁判の最初にした宣誓の言葉が蘇る。七人目の陪審員はどんな障害もいとわず真実への道を突き進んでいる。ソートラルの無実は太陽のように地平線から昇っていた。デュバリンヌの考案者は、彼の全能の神から命《めい》を受けてその光に全てを委ねた。

第八章

「ひと荒れ来そうなのよ！」

ローランに訊かれて、ポーリンヌはこう答えた。デュバル家はいつ台風が来てもおかしくない雰囲気だった。グレゴワールの帰宅は凱旋とはとても言えず、ジュヌビエーブの方は鬼気迫る形相で取り付く島もなく、その鎧に入り込む隙もなかった。頑なな沈黙は大気圏外にまで及んでいると言っても大げさではない。

「街の反応はね、ポーリンヌ！」

「どうなの？」

「大騒ぎだよ。パパが弾薬工場に火をつけたってこんなじゃないよ。ローラ殺しの真犯人だったとしてもね！」

二人は笑い合った。ポーリンヌは十六歳の娘らしく父親を愛していたが、彼女の年頃の女の子が〈親〉を軽蔑するような態度を見せるのはいつの世にも引き継がれている感情で、ポーリンヌもご多分に漏れず父への愛情を、後ろめたいことのように心の底に隠していた。ポーリンヌは慣習に従って、父親を突き放す。愛している、尊敬している、それを娘の口から聞こうとしてはいけない。娘の気持ちを汲み取るのは理解のある父親だけに与えられた仕事なのだ。

「今日はメシもないのか?」ローランが不満そうに呟いた。

「デュバリンヌでサンドイッチでもつくる?」

「ふざけるなよ! で、ナタリーは?」

「それがね、ママをなだめようとしたの!」

「まさか!」

二人は腕を組んでローランの部屋にこもった。彼は法廷での論争について語り、父親のとった行動を妹に話した。ポーリンヌは呆気にとられた。パパがそんなことを! でも。

「わたしはいつだってママにパパは立派な人だって言ってるじゃない!」

「ママにわかってもらえればね。これが結婚さ」

「わたしはママみたいにはならないわ!」

「へえー、そりゃ嘘だね。そんな風に言うのはそうなるってことさ」

「パパとママは仲直りするかしら?」

「こういうことはいつも何とかなるものさ。ローラとソートラルを見てみろよ!」

ジュヌビエーブは夫への攻撃をしかけるのに真夜中の一時まで待っていた。いよいよ戦闘開始だ。彼女はぐっすりと気持ち良く夢も見ずに寝入っている夫を起こした。

「第七陪審員は妻に対して申し開きすることはないの?」

(しまった奇襲だ。最も危険な状況だ)グレゴワールはできるだけ素早く態勢を整えた。

「眠いんだよ。明日また……」

「今答えて！」

　彼はまず気を落ち着け、そして大急ぎでバリケードを作った、戦い、特に、退却に備えて。夫婦喧嘩では、たいてい逃げるが勝ちだ、それでも、奇跡的に長けた戦略が立てられれば、持っている領地をなんとか失わないで済む！

「どうしたんだい」

　グレゴワールは起きあがって指で髪を梳いた、

「どうしたですって？　弁明しなさいよ」

「でも、何を？」

「この恥をよ。おかげでわたしの名前が泥まみれになったのはわかるでしょ？」

　グレゴワールは微笑んだ。

「聞き捨てならないことを言うね。君の名前……というか……僕の名前じゃないか」

「わたし達のよ！　あなたが訳のわからないことするものだからわたしはもう……」

「もう何だい？」

「顔を上げて表を歩けない。お客にちゃんと挨拶もできない」

「そんな、大げさだよ」

「あらそう？　それはねあなたが何もわかってないからよ！　まわりを見てよ。何て言われてるかちゃんと聞いてご覧なさいよ！　あなたはあの……悪党を無罪にしようとしている！　殺人犯で、しかもヒモ……」

　彼は遮《さえぎ》った。

「落ち着いてくれよ、ジュヌビエーブ。子供達が聞いていたらどうする！」

「子供達！　子供達だって外に出ようとしないわよ。父親が……」

「それで？……父親が何をしたんだい、陪審員の宣誓通りにしただけだろう？」

「誰も陪審員ごっこなんて頼んでいない。殺人犯を有罪にして欲しいのよ」

「落ち着いてくれよ、ここ数ヶ月君は僕のことを最高の陪審員になると言ってくれていたじゃないか」

「信じていたからよ！」

「まさに君の信頼に報いる価値はあるよ、僕はね、こんな不充分な証拠で有罪にしたくはないんだ」

　ジュヌビエーブは少しの間黙っていた、〈有罪にしたくない〉という言葉を理解しようとしていたのだ。突然彼女の目が輝いた、今まで慈悲や恥ずべき弱さと思っていたのは実は真の強さ、後ろ指を指されない判決を望む気持ちだったのだ。グレゴワールは彼女の感情の流れの変化を狙っていた、ジュヌビエーブは軟化した。彼はこう締めくくった。

「君は逆にその理由を自慢にしてもいいくらいだよ。わたしはこの欠陥だらけの審理を街の名においても正すために戦っていくつもりだ」

「グレゴワール、あなたって……」

「きっと君はみんなに羨ましがられるよ」

羨ましがられる！　魔法の言葉だった。ジュヌビエーブは夫に体をもたせかけた。へりくだるのに値する言葉だ。彼女に下手に出られるのは一番苦手だが彼は心優しく、謝罪にほだされ安い皇帝のように彼女の謙虚な崇拝の気持ちを受け入れた。


移動法廷は遠足気分さながらの中で行われた。口の悪いレポーターには、弁当持参のピクニックが企画されたとまで仄めかされた。なぜならマスコミも同行したからだ。新聞記者もこの機会を逃がすつもりはさらさらなかった、カメラマンも大喜びで、機材をたくさん持ち込んだ。一連隊は複数の車にぎゅうぎゅう詰めに乗り込み、ソステーヌのオーベルジュへとついてきた。

バブラール裁判長は、一行が軽々しい雰囲気を押さえるように気を使った。しかし、それは生易しいことではなかった！　田園の春のうららかな陽気は心を浮き立たせる。早起きの集団は引率者のいらだちをよそに、川沿いに群がった。

ローラが水浴びをしていて最期を迎えた場所である木の葉でできた隠れ家の近くに集まった判事、陪審員、被告、弁護士、そして証人達もまた、とまどいながらもなごやかに言葉を交わした。恐いもの見たさに来たものにとっては拍子抜けするような舞台装置だ。殺人事件を彷彿《ほうふつ》とさせる雰囲気は全くない。バブラールはグレゴワールにつっかかるように言った。

「これでご満足ですかな？　証人達は遺体のあった場所を確認してくれましたよ……」

「意見が完全に一致したというようでもないですよ」ルロイ夫人が不快そうな声を出し、検事に辛辣な目つきで睨まれた。

　裁判長も同じ目つきで、ますます難攻不落になっていくグレゴワールの方を向いた。奇妙なことだが目覚めのあと、グレゴワールは再び前日の夢に浸り、その力強さがまた蘇るのを感じていた。自信は確固たるものになっていた、被告を救えるかもしれない。それを偶然と呼ぶのか、摂理か神の意思か運命と呼ぶのか、とにかく彼はその任務を負わされたのだ。

「昨日の証人達に、事件が起こった時にいた場所に着いて欲しいのですが」

　何と確信に満ちた発言だろう。もし彼がこの能なしの法の番人達、警察、予審判事、検事達を、ほれぼれするようなそぶりで一掃する錯覚にとらわれたとしても、それほど驚くにはあたらない。井戸の底から真実を汲み上げる決意の陪審員を、彼らは実際どう思うのだろうか？「たいした男だ！」新聞記者達は囁き合った。大手の新聞社の特派員である著名な作家はこの人物をモデルに小説を書こうと考えた。グレゴワール・デュバル、薬剤師にして陪審員。

「そうです、モンムール氏はソートラルがボートに飛び乗る瞬間を見ました。シモナン嬢は川岸から彼に叫びました。そしてラングロワ氏は、少し先で釣りをしていて、被告人がボートから下りて逃げていくのを目撃したと主張しています」

　落ち着いた口調だった、言葉がすらすらと出て来る、よどみもない。内気なデュバリンヌの考案者は影を潜めた。夢想力がいつものグレゴワールを圧倒して高みへと押し上げたのだ。

　証人達は指示された場所についた。刑事がボートに乗り、流れにまかせて川を下った。言葉はいらなかった。ラボリ弁護士までもが黙ったままだ。ソートラルだけが小声で「勘弁してくれ！」と憤りと安堵の入り混じった言葉を吐いたが、それはむしろ自分に不利だった。なぜなら、その時点でラングロワ始め、他の証人達の中で自分の主張に揺るぎない確信を持っていたものはいなかったのだから。

確かにあの日ソートトラルを見たものがいた、その証言に間違いはない。しかし、その証言には思いこみの刺繍が施されていたことがわかった、それだけのことだ。若い娘も二人の男も、ソートトラルの表情がはっきりわかるほど近くにいた訳ではない、怖れていたのか、逃亡しようとしていたのか、姿を隠そうとしていたのか、ましてや、犯したばかりの罪の荒々しい余韻などを感じるほどには。すべて証人達の想像だ、記憶を反芻してそこから思いついたイメージを紡ぎ出したに過ぎない。

最初にサビナ検事が、いささかいらついた調子で反応した。

「これじゃ何もわかりはしない」

グレゴワールは穏やかな笑顔を返した。満ち足りた気分だった、やっと感想を口にしたのはヴァンソンだった。

「よくやった、デュバル」

するとオルテ未亡人は反感をあらわにして言った。

「亡くなった夫はわたしの直感を信じていましたわ。女が嘘を見抜くのに証拠なんていらないんですよ……」

彼女に鋭い視線を浴びせられたソートトラルは目を伏せずにはいられなかった。おそらく夫のオルテ氏も生前、身に覚えのない過ちにもかかわらず咎められ、同じように無条件降伏したことだろう。

グレゴワールは思った、勝ちではない、勝利は遠い！　このオルテ未亡人は恐ろしい力を持ち、誰もがその毒牙にかかることを怖れている。


人間の体が、考えられないほどの圧力に耐えることができるのを説明するのに、興味深い物理現象学はいらない。そうでなければ、このソートラル公判二日目の傍聴席は多くの市民の墓場と化していただろう。一日目の傍聴席が満席と思われていたがそれは間違いだった。人々、特に女性達は傍聴券を手に入れることのできる従兄妹や友人を持っていたのだ、更に、裁判所には神聖不可侵な法廷に入れるドアが幾つもあった。そのため新聞記者達は演壇の下に陣取ることになり、陽気にもつれ合いながら証拠物件の横にカメラをしつらえていた。例えレポーターが裁判所の机の下にもぐりこんでいてもたいして驚かれなかっただろう。

バブラールはこの騒ぎを、人間に荒らされた自分の巣を調べるアヒルのような目つきで眺めていた。傍聴人を全員退席させる戦いを始めるべきだろうか？　彼はやむを得ずその考えを捨てた。

「次の証人を」

今度は〈バフォン〉の関係者の番だった。ソーションは椅子にどかりと座り、発言に備えた。そしてグレゴワールに共犯者の目配せをした、薬剤師の前例がテラスの店主を勇気づけたのだ。

「わたしの出番だ！」ソーションはそう言ったが、ソートラルの運命より卑しむべきライバル店にダメージを与えることが彼の狙いだった。

その意気込みは、言葉通り実行に移された。バフォンの店主、ラモワン、ユベールが、ローラと愛人のソートラルとの口げんかを再現してみせる証言をするとすぐに、ソーションは催促がましく人差し指を挙げて自分の存在を主張した。バブラールは消えそうな声でため息を漏らし、——両腕を天に向かって掲げないようにするのがやっとという有様だ。

「陪審員第二号、何か質問があるのですか?」

「はい、証人はバフォンのことをどう思っているのでしょうか?」

「どういう意味ですか?」

裁判長はその意味を測《はか》りかねていた。ラモワンは手すりの上で両手を握りしめた、反論してやりたかったが、ある意味、足を組んだ集団によって罠にかかったような気分になっていた——あぐらをかいて彼を囲んだカメラマン達が至近距離から一斉にフラッシュをたいていたのだ。

「はい」ソーションは言った。「バフォンは不品行な場所です。それは誰もが知っていることです、若者の堕落の温床です。ラモワン氏はそんな店を経営していて平気なのでしょうか?」

検事が立ち上がった——「我々は殺人犯を裁いているのです!」——弁護士が叫んだ——「若者を裁いているのです!」バブラールはベルを鳴らした——「静粛に! 全員を退廷させますよ」

グレゴワールは、一人ほくそ笑んだ。

自分がまいた種が芽を出した。確かに、昨日のグレゴワールの向こう見ずな発言がなかったらソーションは黙っていただろう。だが陪審員第二号は第七号ほど見栄えはしない! 彼は、別にソートラルを救おうとしている訳ではないのだ。その矛先はいつも彼が潰したがっているカフェ〈バフォン〉に向かっている。

そして証人喚問は続いた。次はウエイトレスのダウゾン、コレット、そしてバーテンダーのオーション、フェリックスそして、背が高く、顔色の悪い、ふけだらけの汚れた髪の房を両肩に垂らした若い女性が証言台に立った。体にぴったりとした黒いセーターはブラジャーの上でピンと張り、その下の胸を際立たせている、愚かな挑戦だ。検事はこの女性の出現で、検察側が活躍できるだろうと期待した。彼女とふけっていた愉しみなどで、被告のモラルの低さを示すことができるだろう。

「姓名、年齢、職業は？」

「ジルベルト・エパルデュー、二十二歳、ダンサーです」

笑い声が起こった。〈ダンスなんて嘘だろ！〉

「被告とつきあっていましたね……」

「バフォンの連中は皆お互い関係してました」彼女は無気力そうな唇で、はっきりとそう言った。「彼が好きかと聞かれれば、イエスです。どうして断るなんてことが？　暇つぶしにもなるし……」

グレゴワールは証言に耳を傾けるより、証人に見入っていた。顔色の悪いジルベルトに、茶目っ気たっぷりの、まだ輪郭に曖昧なところのあるポーリンヌの顔が重なった。ポーリンヌがまたバフォンに行くということ、その彼女を待ち受けているのはこういうことだ。青春時代のアナーキーな気分でバフォンに行く若者達を、反抗が生きがいの彼らを、責めることができるのだろうか？　だがこの愚かな検事はその責め苦をソートラルになすりつけようとしている！

「いかがですか、皆さん、被告が欲したローラやジルベルト――検察側はそれ以外にもまだ名前を挙げることができる状態にあります！　ソートラルはこの哀れな女性達を自分の欲望のために服従させていたのです。もう動機はおわかりでしょう！　南アメリカに連れて行かれる前に殺された娼婦と同じです（一九五〇年ごろ多くの若い女性が蒸発する事件があった。南アメリカに娼婦として連れて行かれたらしいと囁かれた）。ローラ・ノルティエは反抗したから、殺されたのです。ソートラルは捕まらないとたかをくくっていました。恐ろしさからジルベルト・エパルデューやローラは彼の要求を断ることができなかったのでしょう！」

　これが検察側の告発の概要だ。ラボリ弁護士が憤るのは勝手だが、サディストの犯罪ではないので、街の人々はこの論理を受け入れるだろう。検察側は再び優勢に立った、ソーションでさえ関心を隠せなかった。バフォンを破滅に導くのにこの論理展開は有利だ。バブラールが「質問は？」と問いかけた。その視線には明らかに疎ましい陪審員第七号の沈黙を期待する気持ちが込められていた。果たせるかな、グレゴワールは手を挙げた。

「裁判長、質問ではありません」

「また何か新しい考えでもあるというのですか！」

「そのお……もう一人別の証人の証言を聞くことはできますか？」

「召喚されていない証人ということ、ですか？　それはわたしの権限内で可能です。そしてその証人喚問が、本法廷に何かしら意義のあるものであることが求められます」

記者達はざわめいた。この薬屋はなんという人物なのだ！　彼のおかげで退屈せずに済む、こんどはどんな奇襲を目論んでいるんだろう？

「裁判長、傍聴席にわたしが質問をしたいバフォンの常連がいます。エドガー・ド・シャルルバルです」

飛び上がるほどの驚き。そしてさざめき。傍聴人達は振り返った。カメラマンも彼らの視線の方へカメラを向けた。バブラールはこの陪審員第七号の新たな思い付きをやっとの思いで飲み下した。できれば彼を投獄してやりたかったが、真実を追究したがる陪審員を逮捕する権利があるだろうか？

「よろしい、法律の自由裁量により証人の尋問を許可します。この証人は宣誓を必要としません」

バブラールは――首切り役人のような愛想良さで――合図した。グレゴワールはアマチュア文学家に質問した。

「あなたはバフォンの常連ですか？」

「はい、それを誇りに思っています」

「するとソートラルとローラ・ノルティエに会う機会があった訳ですね？」

「二人とも友人でした。少なくともソートラルとはまだ友人です。バフォンの連中はみんな友人ですよ」

「二人が口論をしていた場にいましたか？」

グレゴワールは裁判長の仲介という形式を無視して質問をしていた。彼は大急ぎで、夢想の世界への階段をよじ登っていた。聴衆はいない、彼は今パリ本庁の薄暗い一室で、手荒な手を使って重要な供述を引き出そうとしている。

「口論を止めようとはしなかったのですか？」

「止める？　いつものことなんですよ、レジも言っていたじゃないですか」

「するとソートラルはいつもローラを殴っていたんですか？」

「時々はね。たいしたことじゃありませんでしたよ」

「で、その晩は？」

「いつもと同じでしたね。ローラは頑固な子供のようでした。相手の神経を逆なでするまで満足しないんですよ」

「バフォンで流行っている似非哲学についてどう思いますか？」

「あの店の雰囲気と哲学とは無関係ですよ！　あの店は僕達を、有り難いこの街が若者に押しつける必要があると考えている、煩わしい強迫観念から解放してくれる、そういうことです」

聴衆はマットに叩きつけられたレスラーのように耐え忍んでいた。ロープにつかまり頭を振って正気に戻ろうとしている。シャルルバルはこの成果を愉しんでいた。馬鹿どもに思い知らせてやるチャンスだ、こんな機会を恵んでくれた薬剤師に感謝する。新聞の記事では不適切な部分は削除されるが、ここでは、逆に、誰も気にせずに言いたいことが言える、自分の発言が一番なのだ。

「こういったことについてのソートラルの態度をどう思いますか？」

「哲学のことを言っているのなら無関心ですね。ではなぜ毎晩バフォンに来るのか？　第一の理由！　街の俗物達が顔をしかめるのを見るのが楽しいから。第二の理由！　公証人見習いをしているよりは怖いもの知らずの女性と知り合う方が楽しいから。第三の理由！」

「彼は殺人を犯せる人間だと思いますか？」

シャルルバルは一瞬ためらった。法廷の聴衆は固唾をのんだ。彼は微笑んだ。不可解で、挑戦的な微笑みだ。

「好奇心から冷徹に人を殺すことはするかもしれません。女にいらつくとか、くだらない話をぺらぺら喋る女だから殺すかと言えばそれは絶対にありえませんね。よろしければ、南アメリカへ連れて行かれた娼婦の話は映画の中だけにしておくのが無難でしょう」

すっかり悦に入り、シャルルバルは最後に軽くお辞儀をしてしめくくった。街の人々は彼を簡単に許しはしないだろう、だが前から異端者のリストに載っていてもおかしくない彼は、全く気にしてはいなかった。しかしグレゴワール・デュバルという男は気に入った。今までは街の最も俗物の部類に入っていたが、突如、お互いに、通じるものを感じた、共犯関係のようなものを。彼は法廷のサイレント映画から退場し、傍聴席の一番前に腰を下ろした。神など信じていなかった彼が奇跡を信じる気持ちになった。そうでなければ満席の中でこんな特等席に座れるはずがない。

そのあと三人の医師が被告の精神状態の正常さを証明するために証言台に立った。最初は自分の天分と洞察力に自信たっぷりの、ラリー・マルモン医師の再登場。続いて五十人ほどの精神病患者を抱えるドリブリー医師。最後は空想にふける生物学者の非合法な実験の奇妙な産物のような精神専門医カーン・ド・ビレー、彼の結論はその分野の典型的なものだった。「反社会的な気質にもかかわらず被告は精神障害者ではなく、責任能力を損なう強迫神経症や病的恐怖症の患者でもありません。現在の攻撃性を伴う鬱的な症状は長期にわたる拘留の結果で、性格学上、ソートラルは外向的な敵対性を持ちつつ人目を気にする自己偏愛型に分類されます」

洗練され、かつ不可解な専門用語の意味はつまり、陪審員は被告を躊躇《ためらい》も良心の呵責もなく即ギロチン送りにしろということだった。グレゴワールは口を挟むのを差し控えた。陪審員達のとろんとした眼差しがそう言っている。職業柄難しい医学用語にいくらか馴染みのあるグレゴワールでさえ頭がくらくらしたほどだ。バブラールが休廷を宣言してくれたので助かった。

グレゴワールは目立たぬように陪審員室に入ると、孤独と寡黙を決め込んだ。彼はじっとしていた。どういう状況まで来ているのだろう？　確かにソートラルは点を稼いだ。昨日まで有罪は確実と思われていたが、今日はそれが疑問視されている。これは充分な前進だが、無罪を勝ち取るにはどうなのだろう？

不安なグレゴワールの目に、一冊の薄い冊子がとまった。それは陪審員が討議に使う長いテーブルの上に置かれ、表紙には『審問の法規』とあった。そこに何か救いになることが書いていないだろうか、彼は祈るような気持ちでページをめくった。有罪判決には法で何票必要と定められているのだろう？　犯罪審議規定、第三百四十五条そして……三百四十八条。過半数！　裁判長の票は二票と数えるのか？……違う！　すると有罪にするには明確にイエスと書かれた票が六票必要だ……瓶の中の十票中六票。はっきりとソートラルの有罪が記されている六票……。

数えてみよう！　バブラール、ルフェビュール……グレゴワールは三人の判事と六人の陪審員の顔を思い浮かべてみた……。自分はもちろん何があってもノーと書く。あとの……あとの陪審員達は……。ルロイ夫人の心は揺れているようだ。ピューもまたそのようだ……ソーション？〈バフォン〉に対する攻撃は商売敵を叩きのめしたいがためのものだ……。ヴァンソン？　いくらか期待が持てるかもしれない。エス？　この古狸は、腹は決まっていると宣言している。オルテ未亡人はまさに氷の固まりだ！……

強ばった指で、グレゴワールはページを繰り、刑事罰規定の項を開いた。最初のページが目に飛び込んできた。二段目の見出しの一番上の行、第十二条〈全ての死刑囚は断首刑に処す〉。

断首！　最悪の、忌まわしい光景がはっきりと浮かんできた。足かせをはめられた男。囚人は服の襟を切り取られ、うなじを剃られ、そして……だめだ！

この瞬間、グレゴワールは勝利を心に誓った。今夜が勝負だ！　被告の品行についての証人があと数人残っている。それから検事と弁護士による最終弁論、そして今夜遅く、今いるこの部屋に三人の判事と六人の陪審員と共に閉じこもるのだ。十人の裁き手。評決は無罪でなければならない。

彼らを説得しよう、彼の確信を是が非でもわかってもらおう。

しかしグロワールに、あきらめて自首するという考えは露ほども浮かばなかった。頭をかすめもしなかった。真犯人はどこかにいて、ソートラルではない、それだけのことだ。


ソートラルの母親が証言の許可を願い出た。ラボリ弁護士は彼女の登場に期待をかけた。人の心に訴える最高の一瞬だ。大根役者によるお涙ちょうだいの華々しい劇場効果が望める。黒い衣服に身を包んだソートラルの母が、すすり泣きながら、時折声をつまらせたのはまだ許せた。だが彼女がしつこく同情を懇願したのは失敗だった。それだけ息子の有罪を確信しているという印象を与えたのだ。それに、息子を街から遠ざけておけなかったよそものの母親になど、どうして信頼がおけようか？


次に、バフォンの常連ではないが逆境においてもソートラルの忠実な友人である青年、そして子供だったソートラルのひきつけの治療をしたアンドス医師が証言し、そのあと、ソートラルの小学生時代の教師が、彼は手に負えない、気まぐれな生徒だったと証言した。被告の人柄に関する証人達は次々と半分口を開けた墓穴の中へ花を投げ入れていく。検事側はまた優勢になった。バブラール裁判長は眩暈がするような声のトーンを抑えて言った。

「最後の証人を入廷させて下さい」

女性が証人席につくと傍聴席がかすかにざわめいた。名前はアリス・モリュー、年齢は三十歳前。服装は控えめで、人の心を惹きつける顔立ちを白い襟が際だたせている、黒い帽子の下にはとても短くカールした髪、少し突き出た頬骨、美しい卵形の顔、そして何よりもその眼差しと口元。瞳は優しさと同情の色に満ち、カーブを描いた果肉のように少し開いた唇には魅力あふれる微笑が浮かんでいる。

アリス・モリューは、ソートラルのかつての愛人だった。

低い、時として沈んだ、抑揚のある声で、彼女は二人の関係を述べながら彼の優しさを語った。

「彼はわたしより若かった」アリスは臆することなく言った。「でもそんなこと気にならないくらい頼りがいがありました」

「それなのにあなたを捨てたんですか!」

彼女は訂正した。

「わたし達別れたんです。いつかはわからなかったけれど最初からその日が来ると思っていました。彼がローラに会った時、わたしはすぐに悟ったんです」

「あなたは寛大な方ですね」

「彼を愛していましたから……」

「殴られたことは一度もなかったのですか?」

「そんなことのできる人じゃありません」

明日は彼女に白い目を向けるかもしれない街の人々に、彼女は果敢にも挑んで証言を続けた。

「新聞が彼がローラを殴っていたと書きたてているのは知っています。新聞は大げさに書いているんです。本気で殴った訳じゃありません。わかって下さい。殴るふりをして得意がっていただけです」

「わかりました」

バブラールは辺りを見回した。やっと証人喚問が終わった……いや、まだだ！　あの男には最後の最後までたたられるだろう。

「よろしい！　陪審員第七号、どんな質問ですか？」

グレゴワールは、身を賭《と》して敵陣にやってきたこの若い女性に見とれた、そして優しい、共感の眼差しで彼女を見つめた。

「彼を愛していた……今でも愛していますか？」

今度ばかりは度が過ぎたようだ。街の空気が汚された。前代未聞だ。愛するという言葉は公の場で活用してはいけない動詞なのだ。こんな不作法な発言は初耳だ！　だが不意をつかれた人々の怒りが言葉になる余裕はなかった。アリスは無言でグレゴワールに感謝の意であふれた表情を見せた。（街の人々にあえて立ち向かってくれてありがとう）美しい足でわずかに背伸びをし、彼女はすぐに答えた。

「はい、愛しています」

アリスは上半身をかすかに動かした。果敢にも傍聴席に呼びかけようとしたのだろうか？　裁判長は大きな声を出した。

「法廷に向かって答えて下さい！」

「彼を自由の身にして下さるまで待っています……その時もし彼にわたしが必要なら……」

これは過激すぎた、許し難い挑戦的な言動だ。言うに事欠いて無罪を要求するとは！

「証人は下がりなさい」

このデュバルという陪審員に、それまでは街の一員としか思っていなかったのに急に味方となって現れた彼に、アリスは感謝の眼差しを送った。この陪審員こそ真犯人で無実の人間を助けようとしている殺人犯だなどと彼女にわかるはずがあるだろうか？　肘掛けに静かに置かれている二つの手がローラの首を絞めたのだ。だがアリスにそのようなことを疑える訳もない。法廷につめかけた、背中と胸、脇腹と脇腹、頭と頭がくっつくほどぎゅうぎゅうに詰め込まれ、重なり合っている千人あまりの傍聴人はもちろん被告が犯人だと思い込んでいる。真犯人はすぐ目の前の、演壇に座っている、判決を下す十人の裁き手の一人なのに……。

「休廷します」

これは意外だった！　誰もが違う発言を待っていた〈遺族の弁護士タストヴァン氏による私訴原告人の請求申し立て〉という儀式が行われるものと思っていたのだ。代わりにバブラールは禿頭には大きすぎるふちなし帽をかぶり、陪審員達と検事達を陪審員室へと導いていった。彼は議長のために用意された背もたれの高い椅子に座った。

「座ってくれたまえ」

全員が彼の方を見た。バブラールはニコチンで汚れた指でテーブルをこつこつと叩いた、一呼吸おいて彼を囲んで訝しそうな視線を注いでいる一同を見回した。

「ここに集まってもらったのは、君達に提案があるからだ。君達の返答いかんによって審議を継続するか否かが決まる」

　グレゴワールは心を高ぶらせた。勝負に勝ったのだろうか？　法と、一致団結した世論を向こうに回して、ソートラルの疑いを晴らすという倍率の低い賭けに勝ったのだろうか？　死刑の悪夢は遠のいたのか！　おぞましいギロチンの姿は消え去ったのか！　グレゴワールが勝った。バブラールの、ソートラルを無罪放免するという以外の話とは何だろう？

「これは法廷の権限で——わたしがこうして話しかけている陪審と判事諸君の権限で——裁判を……」

（勝った！）

「……次の開廷期まで延期することができる」

（どういう意味だろう？）

「その間に追加の情報収集が着手されるかもしれない」

（なんと！　ソートラルの無罪が宣告されるのではないのか？）

「よくわかりません」

　言葉が思わず口をついて出た。バブラールは青緑色の目をグレゴワールの方に向けた。浜に打ち上げられて一週間もたった魚のような無表情な目には生気がなかった。

「君の数々の発言は、陪審員第七号、その意識の高さをよく示していたと思う。大変に素晴らしいことだ。この被告の審理には残念ながら不備な点があるのは確かだ、先へ進める前に、我々の過ちを犯す危険を回避するのが賢明と思われるため、ソートラルに対する判決は……」

この偽善工作のためだったのか！　無罪放免どころか、与えられうる救いも与えないまま有罪にするのか。裁判長がどんな言葉を、どんな説明を付け加えても、どんな質問に答えても、グレゴワールには関係ない。勝利の頂点から谷底へと突き落とされたのだ。だがしかし。

「裁判長……」

「何ですか、陪審員第七号？」

「今までのお話はよく理解したとして、あなたのおっしゃったように追加調査があった後、またわたし達は集まるのですか？」

その意味を補足するように、グレゴワールは腕を上げて仲間の陪審員達を指し示した。彼はソーションやマダム・ルロイ、他の面々や彼自身がもう一度演壇に座ってソートラルを裁く日のことを考えていた。その質問に陪審員全員が体をこわばらせ、手続きの細則に精通しているバブラールの方を見た。バブラールは空咳《からせき》をすると、助けを求めるように陪審判事達の方に視線を注いだが、彼らは冷たく口を閉ざしたままだ。彼らなど当てにはできない。所詮自分は街の人間ではないからだ！　もし自分でなくルフェビュールが裁判長だったら、何もかもつつがなく進んだに決まっている！

「ええと……それはですね、陪審員第七号……イエスでもありノーでもあります。補足の予審が行われ、新たに裁判が行われます。わたしが裁判長を務めるかどうかわかりません……陪審員に関しては第三百九十四条により、皆さんは今年と来年陪審員の義務を免除されることになります」

バブラールは微笑んでいた、何と愚かな！　彼は皆が肩の荷を降ろすと思っていた。だが陪審員達の間には激震が走った。自分達じゃない？……他の誰かがこの重要な役割を担うのか、決定的な役割、判決を下すという役割を！　他の誰かが有罪を決定するというのか！　自分達はただの端役、引き立て役に過ぎなかったのか！……。

ルフェビュールは事態の悪化に気づいて、裁判長に注意を促そうとしたが、バブラールはとんだ失言をしてしまった。

「また、裁判が別の街で行われることもありえます」これで何もかもぶち壊しになった。

陪審員達だけでなく二人の判事も一緒になって裁判長の提案に反対した。グレゴワールは安堵のため息を漏らしたが、体勢を立て直すにはまだ時間がかかるだろう。法廷が再開され、審問が再び始まった。タストヴァン弁護士がローラの両親に代わって月並みな悲しみの台詞を一通り並べて見せたが、グレゴワールはまだパニック状態だった。もしソートラルが有罪になったら？　自分はどうする？　どんな思い切った手段に訴えればいいのか？

ごく自然に、マドモワゼル・ドゥルーズ、ジュヌビエーブと運命を共にしたその日からずっとそうであったように、グレゴワールは傍聴席に彼女の顔を探した、毎晩枕を共にするその太った顔に、グレゴワールは示唆、指示を求めた。ずっと昔から二人を結び付けてきたいろいろな出来事が頭を交錯した、薬局、三回の妊娠、デュバリンヌ、ポーリンヌの肺炎、店の拡張、ローランの成績向上、新しいショーウインドウ、ナタリーの結婚話、広告、そして名前も忘れてしまった見習いの娘とのちょっとした浮気。そういったものが不思議な絆となってグレゴワールと彼女を結び付けている。彼にアドバイスをし、導いてくれた妻の方を向かずにいられるだろうか？　実際何もかも取り仕切っているのはジュヌビエーブだ。人に決断を委ねるというのはなんと気が楽なのだろう！

グレゴワールは今やほとんど――全くと言えるほど！――人並みに可愛かったドウルーズ、ジュヌビエーブ嬢の面影を残していない、妻のどっしりとした顔つきからその頭の中を読み取ろうとした。彼女はじっとしたまま、モダン薬局のレジで常連客に見せる愛想笑いひとつ浮かべていない。ジュヌビエーブの方ではまさか夫が、例え一瞬でも自分にソートラルを救う妙案を求めているなどとは夢にも思っていない。ここ二日間というもの夫は馬鹿なことばかりしている。彼女の理解の範疇を越えてはいたが、それを詮索好きな街の人々に気取られないことが大切だと思っていた。結果がどうであろうと、デュバル夫人としての勇気と誇りは持ち続けるつもりだ。

タストヴァン弁護士の弁舌は情熱的だが聞きづらく、どうひいき目に見ても弁護側、検察側双方に対して説得力を欠いていた。彼が着席すると、人々は足を床に擦りつけて次の出し物を期待した。検事が立ち上がった。彼は夫人のアドバイスを受けながら鏡の前でパフォーマンスの練習をしてきたのだ。傍聴席の人々はさわやかな弁舌をより楽しもうと、椅子にゆったりと腰を据えた。その期待は裏切られなかった。

何でもありだった。サビナ検事は被告を指差して弾劾し、わざと声を枯らし、拳を書類に叩きつけ、天に、復讐の神に、社会に、声を震わせて哀願し、犠牲になった〈可哀想な娘〉のために嗚咽を漏らし、〈バフォン〉を弾劾して街の人々の前で口角から泡を飛ばす大熱演を演じて見せたのだ。

グレゴワールは、街の人々がもし、テレパシーでほんの少しでも知ったら呆れ返るだろうことを考えていた。人々は少しもわかってはいない。皆が絶賛した検事の弁舌を、彼は鼻で笑っていた。もちろん黙ってはいたが、サビナ検事の口から流れ落ちるナイアガラの滝のような弁舌を、グレゴワールは、気づかれないように論破していた。その身振りを、見かけ倒しを、中味のなさを、そして虚栄を。グレゴワールは判事達を、そしてさらに街全体を嫌悪した。そして法廷を埋め尽くした群衆が、巣に群がった蜂のように喜んで服従しているのを見て取った。街の人々にとってその小さな世界を讃えるためにはどんな形容詞、どんな褒め言葉を使っても大袈裟すぎることはなく、反逆者の烙印を押すためにはどんな罵詈雑言を浴びせても構わないのだ。

検事が真実を知っていたら！　グレゴワールは今の状況もソートラルに降りかかっている脅威も無視して立ち上がり、アホ面をした街の奴隷達の前でこう叫びたい衝動にかられた。〈真犯人はこのわたしなのだ、この間抜けどもめ！〉

何故しないのか？　おそらく街とのつながりがあまりに強すぎて無意識に彼を押しとどめたのだろう。生まれながらにしてつながったものから簡単に逃れることはできない。この街は実の母の胎盤と同じくここに生きるものの胎盤なのだ。住民は一生街という母に抱かれて生きる。ソートラルのようなよそものの市民権を拒否する理由はそこにあるのだ。

検事が席に戻ると法廷からはいつ果てるともしれないため息が漏れた。乾いた大地が朝露に濡れ、これから訪れる雨が約束されたように。裁判長は見事な演技を見せた後の猛獣使いのような目で、陪審員第七号を見た。グレゴワールは無表情をつとめた。彼は待った、他の陪審員の顔も輝いている。だめだ！ サビナの思う壺にはまっている。検事も陪審員も同じ側の人間だから検事の論理が功を奏してしまうのだ。

「アブリュー・ラボリ弁護士、最終弁論をお願いします」

彼も街の人間なので、結果として気の咎めを巧みにごまかす弁論となった。（しかし弁護人には弁護人の義務がある）ラボリは慎重の上に慎重を期した。弁護士の選定に不安を覚えた被告に、看守長は強く言い張った。「弁護士を代えてはいけない！ パリから連れて来るなどもってのほかだ。印象が悪くなる」それで今ラボリ弁護士は一人で法廷に立っているのだ。（嵐に立ち向かう船長のようだ）彼は思った。気の弱そうな秘書の役目は、ぬかるみに足を取られたように弁護士の陰に隠れ、ここぞという場面でサルのように頷くことだけだった。この意思表示の仕草も人々の脳裏に焼き付いた。

ひげを突き出して戦闘態勢に入ったラボリ弁護士は仰々しく、いささか時計を気にしながら最終弁論を始めた。夜の闇が街を包み、法廷にともされた灯りの下で人々の顔の表情が強調され、傍聴席で一番凡庸な人物さえもいつになく際だって見える。遅い時間と灯りの効果で裁判というドラマに新たな息をのむような彩りが加わり傍聴席は夢中で見守った。

ラボリ弁護士の最終弁論が始まっていた。復讐の神のようなサビナ検事に対抗し、涙や情熱とは正反対の弁論をしているつもりなのだろう。有利な証言を脈絡もなく並べたてて誤審の可能性をちらつかせ、陪審員一人一人に、その良心に訴えかけるよう懇願し、確実な点と憶測を混同した。ただ、いかがわしい店の経営者に攻撃の矢を放った点は検察側と同じだった。「経営者は金儲けの目的だけでむさ苦しい穴倉にこの街の純粋な若者達を集め、彼らが堕落していくのを全く気にも止めずに……」

身を乗り出し、耳を傾けていたグレゴワールの失望は募るばかりだった。（涙が出るほどの愚かさだ！　あれが弁護士か！　偉大なる故ラボリ弁護士の魂はこの能無しに図々しくも一族の名を語られ、どんなに嘆いていることだろう！）何の因果か彼の席はソートラルと弁護士のすぐそばだったので、がなり立てるラボリも、徐々に意気消沈して肩を落とし、看守に崩れ落ちる体を支えられているソートラルの様子も間近に見えた。おまけに、グレゴワールがラボリを注視すればするほどラボリはその悲壮なあごひげを彼の方へ向けるので、人々の目には弁護士が陪審員第七号だけに向かって訴えかけているように映った。裁判の前、被告に対する否定的な偏見をちらつかせていたこのグレゴワール・デュバルに。おかげで彼は大波をかぶらなければならないはめになった。ああ！　立ち上がってこの間抜けな弁護士の代わりに自分が弁護できたら！　ローランはいみじくもこう言った。「あんなのは無能な弁護士さ！」

グレゴワールは夢想の世界に浸り始めた。彼が弁護し、形勢を逆転させ、検事側の弁論をことごとく論破する。あの大言壮語の中で残るものは何か？　灰と煤だけだ！　サビナのもてはやしたカリオペ（叙事詩をつかさどる女神）は粉々に砕け散るのだ。これでこそ弁護士だ。グレゴワールの弁論は高く評価され、彼はガンベッタ（第三共和政の確立に寄与したフランスの首相）と並び称されるようになるだろう！……。弁論は終わった、ソートラルの命は救われたのだ、疲れ果て、息を切らせ、手は汗ばみ、体の力は抜けていた。だが素晴らしい勝利だ！　法廷中の人々が立ち上がって口々に叫びながら拍手し、フラッシュがたかれ、弁護士仲間が駆けつけてやっかみ半分のお世辞攻めにする……。

現実の法廷では、胸まで届くあごひげをはやしたラボリ弁護士がその長い胴体を椅子に沈め、辺りに重い沈黙が流れているところだった。それは有罪宣告を予見する沈黙だった。責任能力の欠如、遺伝的性格、憐憫。これらがひげを蓄えた弁護士の口から出たキーワードだ。結果を予想するのに予知能力はいらない。検事側はこの動揺が収まらないよう反論を避けた。

バブラール裁判長は、辺りを見回した。まるでナポレオンが〈パリの一夜で全ての秩序は回復するだろう〉と考えたように。重罪院には屍が必要なのだ。彼は犬面をしたヒヒ（犬の頭を思わせるアフリカ産のオナガザル科のサル。マントヒヒ・マンドリルなど）にとてもよく似た声でしめくくった。

「最終弁論を終わります」

バブラールの赤い衣装はいっそう赤く見えた。彼の言葉で、よりどぎつく感じられる電球の灯りが不吉な光を放った。「判事と陪審員が裁くべきは次の点です。第一点、被告は九月七日の日曜日の昼間、ノルティエ、シャルロット、通称ローラを故意に死に至らしめたのか？　第二点、この殺人は計画的に行われたのか？」

法廷は、この二日間の審議のあと血の気を抜かれたように静まり返っていた。街の人々は突然——今になって！——どんなゲームに巻き込まれたのかということに気づいたのだ。犯人の処罰を迫り、求めていたのに、その意味するところがどんなものか、この瞬間までよくわかってはいなかった。まるで、微粒子が一塊の概念に結晶したように、それがひとつの結論として凝縮した。

陪審員がイエスといえば死なのだ。そしてこの死という一文字は、そう、最終的には次のようなことを思い起こさせる――おがくずをいれた籠、名前のない墓穴、死刑執行の広場。

だが裁判長は低く押し殺した調子で先を続けていた。

「刑法第三百三十九条に則《のっと》り、次の点を補足として加えます。被告人が殺意無しにノルティエ嬢に故意に暴力をふるった結果その意志がないのに死に至らしめた場合、有罪になるのか?」

短い沈黙の後にざわめきが起こった。誰もが言葉の意味を必死に理解しようとしているのだ。だがすでにバブラールは指示を出していた。

「看守は被告人を退廷させて下さい」

判決はまだなのに、有罪であるかのような口調だ。彼は立ち上がった。判事と陪審員もそれに従った。傍聴席の人々の胸の動悸は収まらない。ベテランの新聞記者が古狸のような顔を隣の記者に向けた
「十分だね。一万フラン賭けるぜ」

「三時間。その倍賭けるよ」相手の記者は間髪を入れずに言い返した。

言いだした方は両手を挙げた。

「そっちの記事は昼だからな。審議が真夜中を過ぎたらこっちは朝五時の版に間に合わない。お手上げだ!」

二つの緑がかった電球の薄暗い光に包まれた陪審員室はまるで水槽のようだった。十匹の魚が

無言のうちに演壇と同じ並び方で席についた。ドアのすぐ外では警官が鋲を打った靴の音を響かせている。今から陪審員室の入り口で彼自身と法の正義を配置につかせるのだ。

「忘れないで欲しいのですが、第三百四十四条により、陪審員は判決を下すまで誰もこの部屋を出てはいけないことになっています」

「そう言われても……」エスは照れ笑いを浮かべ、喉から絞り出すような声を出した。

街では——特にテラスでは——彼の頻尿症は有名だったのだ。

「では待ちましょう……」裁判長はしぶしぶ認めた。

彼は自らドアを開け、指示を出した。エスは出て行った。捨て鉢な足音に警官の靴音が付き従った。憤懣《ふんまん》やるかたないといった様子で戻ると、彼はぼやいた。「手錠はかけないのか?」

「主要な審議が二点と補足的審議が一点……」ベッドに潜り込むことを夢見つつバブラール裁判長は本題に取り掛かった。「内容をもう一度繰り返します……」

彼の言葉の後に沈黙が続いた。さっきの聴衆と同じく一言も聞き漏らすまいとする沈黙だった。今回はより濃厚な沈黙で、重苦しく、まるで手足にまとわりつくどろどろした液体の中を泳いでいるような感覚だ。グレゴワールが質問するとその感覚はさらに増し、皆は窒息寸前に追い込まれた。

「被告の刑罰規定はどうなっていますか?」

「君のすべきことはまず有罪か否かを決めることだ!」ルフェビュールが不機嫌そうに横槍をいれた。

ルロイ夫人が低い声で言った
「知る必要があるわ」

「よろしい」そう言うと、バブラールはため息をついた。「初めの二点についての審議結果が共にイエスだった場合、謀殺とみなされ、死刑になります。一番目がイエスで二番目がノーだった場合は故殺とみなされ、終身強制労働の刑が課せられるだけです……」

（強制労働だけだと！）グレゴワールは腕を伸ばして裁判長に一発くらわせそうになった。終身刑が恩恵だとは！

「それから」バブラールは早口でもぞもぞと続けた。明らかに先を急いでいる。「情状酌量が適用されれば減刑になり期限付き労働刑か懲役に処されます」

「で、補足点についてはどうなんです？」オルテ未亡人が辛辣な調子で質問を投げかけた。「もう少し説明をお願いします」

彼女は攻撃的になっていた。（もって回った説明には納得がいかない。この無能なよそものにそう簡単に事が収められると思ったら、大間違いだ。いんちき裁判長！　おめでたいから好き勝手に扱われたのだ。彼の仕事の半分でさえ大目に見ている街の人間は一人もいない。ルフェビュールが裁判長ならデュバルやソーションにあんなまねはさせないはずだ。わたしだったら鞭をビシビシふるっておとなしくさせていた）

「殺意無しに暴力をふるうっていったいどういうことですの？」

「――それはですね……（――前の席に座っているこの夫人にはこれからも手を焼かされるだろ

う――）陪審員が判決をためらった場合……または刑が重すぎると考えた場合は……その！　この補足点を挙げたことにより、陪審員は、もちろん情状酌量を鑑みて……二年以上の禁固刑を検討することができます」彼は口早に説明を終えた。

「冗談じゃないわ！」オルテ婦人はぴしゃりと言った。

それを聞いたグレゴワールに震えが走った。未亡人、それにはある朝、刑務所の中庭にしつらえられるかもしれない、忌まわしい断頭台という意味があるという。その名前にふさわしい女性だ。

（未亡人、断頭台……いけない！　戦うのだ）


グレゴワールは全員を見回した――一人そして一人――薄暗い光は九人の顔にいつもとは違う表情を与えていた。

彼は各々の答えを探った。与えられた質問の答えではない。もっと広い意味での、それぞれが人間として納得できる答えだ。

そしてわかった。皆同じ気持ちでいるのだ。あの未亡人でさえ、いかに頑固に見えても気持ちは同じだ。中途半端な答えは求めていない。――死刑か無罪か――だが全ての疑いが払拭されない限り、彼女は有罪に投票するしかないだろう。

ここ、隔絶された息苦しいほどの陪審員室にいるものは、望むと望まざるとにかかわらず街の掟から解放されている。街は突然その力を失う、それに勝《まさ》る個人の信念が取って代わるために。

なぜなら彼らには裁く義務があるからだ――陪審員は司法官よりも重要な役割を果たす――陪審員は誰よりもまず自分自身を裁く。そのためには、街を、親を、配偶者や恋人、子供や使用人をしりぞけるという基本的な条件の下で義務を果たさなければならず、虚栄心も怖れも思い上がりも屈従も全て誓いの言葉に取って代わる。

これがグレゴワールの理解したことだ。間違っている点もあるかもしれない。それでも信じているからこそ、彼の戦いは正当な戦いなのだ〈神は我と共にある！〉どの宗教でも信者達はそう言ったし、今もそう言っている。他の一切の価値を否定して。

「補足点の詳細について他に質問はありませんか？」

バブラールは一同の顔を見回した。かれらの顔は緑がかった電球の光のせいで不安そうに見える。ねばねばした幼虫のようだ。身動きもせず、ただ重苦しく、怯えていた。「では投票に入りますか？」裁判長はごく普通の口調で訊ねた。その時が来たのだろうか？　不安が彼らの喉を締め付けた。たちまち――溺れるもののように！――法廷でのやりとりが彼らの脳裏にありありと蘇った。しがみつく小枝のように、それは自分の重さに耐えられるのだろうか、まだ知らされていない証拠があったら？

「投票しますか？」そう言うと裁判長は空咳をした。「皆さんの前に投票用紙が置いてあります。それぞれの質問に対して答えて下さい。答えは〈イエス〉か〈ノー〉だけです……」

用紙にはこう書かれていた。〈名誉と良心にかけ、神と万民の前でわたしは次のように宣言します……〉

（イエスかノー？）

バブラールには陪審員達の苦悩がよくわかった。長い判事生活において寛大な禁固刑の判決を下した経験はいくらでもあったが、無造作に——イエスかノー——を書くだけで一人の男に死刑台送りを求めるのは今夜が初めてだった。否が応でも息苦しくなる。

「皆さん全員がまだ意見をはっきり決めていなければ、投票に移る前にそれぞれの意見を述べるのがよいと思いますが？」

一同はほっと息をついた。そうだ、そうだ、すぐに投票をすることはない。歯医者では喜んで順番を譲るものだ。

「陪審員第一号は？……」

ヴァンソンは必死になって左右に視線を投げ、結局グレゴワールの方を向いた。裁判の初日には何の疑念も生じていなかった。ソートラルの有罪は疑う余地もなかった。そこにこの忌まわしいデュバルが、厄介の種をまいたのだ。だからこの苦境を切り抜けるのはデュバルの役目だ。

「どうですか？」

バブラールは気分を害した様子もなく続けた。

「陪審員第七号の関与は本件に対する高い関心と真実追究の熱意を表しています。この場を借りてもう一度感謝の意を表します。だがそれによって積極的発言の義務も負うことになります。最初の発言は……七番目に選ばれた事実如何にかかわらず、あなたにお願いするしかないと思います」

沈黙が流れた。沈黙はただひとつの問いになって九人の心にためらいをもたらした人物へ向けられた。グレゴワールは正常な裁判の流れに一石を投じたのだ。彼は予審が不充分であるという非難の態度を示した。そうだ！　今ここでそれを明らかにしなければならないのは彼だ。その彼は、普段は柔和な、どこにでもいる平凡な市民の顔に、引きつった冷たい笑いを浮かべている。そしてこの大切な時に石のように黙りこくっているのだ。

ここは自分の出番だ、バブラールは思った。裁判長が発言するのだ！　この一時だけの陪審会の長として、デュバルの沈黙に解釈を与えるのは自分だ。それはさらにデュバルの陪審員としての無能力を暴き、法の世界の専門家として自分の優位を示すことになる。そこで彼は、鼻にかかることのないはっきりとした声で彼らしくない、弁護士になり損ねた裁判官としての情熱を込めて、弁舌をふるった。

「事実、陪審員諸君、諸君達の同役の呈したいくつかの疑問点によってこの裁判に新たな光が当てられました。予審判事の集めた確実な証拠として何が残っているでしょう？　ほとんどありません……」

（いいぞ！　この街にあるのは一審判決しか出せない地方裁判所だと思い知らせてやるのだ。わざと黙っている傲慢なルフェビュールにもいらつかされる。自分が予審判事なら証人にあんな証言はさせない）

「ソートラルは愛人を殺した後にその場を逃げた、ということですが、何ひとつはっきりとした証拠はありません。法医学専門家報告書の件について言えるのは、被告に見られたひっかき傷が鑑定に丸一日かかっているということでは……議論の余地がある、ということ以外にはありません。素行に関する証言についてかいつまんで言いますと……」

バブラールは好意的な態度で続けた。

「……特に、若く、人の心を揺さぶるアリスの証言。……それとバフォンのいかがわしい雰囲気の中でのさほど関連のない二人の言い争いに重きを置いたことを認めます……」

彼は言葉を切ると、右に座っている判事補佐に話しかけた。

「ルフェビュール君、検事局で店を封鎖するしかるべき措置をとって欲しいのだが。街の若者を堕落させる場所の代わりに石炭置き場にするように」

バブラールはため息をつき、間を置いた。ここで、控訴院の選んだ裁判長が力を持った人物であることを街の人々に思い知らせるのだ。

「若者達が虚無的な思想に染まっているあの店で、恋人達の争いにたいした意味はないでしょう。言わせてもらえば白人女性の売春云々という卑しい話も重要視することはないでしょう。この街の警察は想像力がたくましい」

椅子の背にもたれ、自分の演説に酔った彼はうち解けた笑みを満面に浮かべた。拍手喝采を浴びたいところだ。ここまで来るとはグレゴワールも意外だった。自分ではこんな巧みな弁護はできなかっただろう。黙っていたおかげで裁判長自身に無実の証明をさせることができた。我慢してだんまりを決め込んでいたのは戦術だったのだ。

だがオルテ未亡人がそっけなく反応した。

「それじゃ、被告は無罪じゃないですか！」

バブラールは彼女をしげしげと眺めた。言い過ぎただろうか？　言葉の行き過ぎを改めるべきだろうか？

「推定とされる点はあります……」

「でも証拠がないわ！」

「我々に、我々に必要なのは証拠です！」

「すみません！」ルフェビュールが甲高い声を出した。我慢の限界を越えたのだ。

「わたしはよくわかりました」

「裁判長が要約してくれたので……」

「投票しよう！」

「それは無理だ……」

大騒ぎになった。それぞれが我先に発言しようと、この会議に自分の痕跡を残そうと必死になった。宣誓したにもかかわらずこの醜態は外へ漏れるだろう。そして街は誰が街の味方かを見分けるだろう。

「バフォンは閉店だ、やったじゃないか！」

「でも犠牲者がいるんだぞ」

「じゃあ誰が殺したんだ？」

「ソートラルじゃないとしたら……」

「おそらく奴が犯人だ、何度もそう言っているだろう」

「〈おそらく〉では合点がいかないだろう、もし奴が真犯人なら。ローラを絞め殺すところを見たのか?」

「無罪にしたら、殺人犯を街に野放しにすることになるぞ!」

「有罪なら無実のものを死刑にすることになるんだ!」

「禁固刑だってある。裁判長が言っていたじゃないか」

「無実のものが一人投獄されるより十人の犯罪者が無罪になるほうがましだ!」

「皆さん、皆さん」ルフェビュールが金切り声をあげた。「犯罪が行われたことを忘れないで下さい。ローラが自分で首を絞めたなんて言いだすのではないでしょうね?」

「いけないのか?」エスが皮肉っぽく笑い、グレゴワールは自問していた。自分は陪審員室にいるのか、それとも夢を見ているのか。光景を夢想しているのではなくて、夜見る本当の夢だ。ベッドから落ちてカーペットと現実をそこに見ることになるのだ……。

そうじゃない! 目の前にあるのは現実だ。ここで、四方を壁に囲まれた、水の灯りの下で水族館に嵐が巻き起こっている。渦に巻かれた魚達はぶつかり合いながら、水面から落ちてきて一緒に渦巻いている餌を必死に飲み込もうとしている。

「じゃあ犯人は別にいるのか?」

「誰だ?」

「サディストの犯行さ。やぶ医者のラリー・マルモンが特徴的な痕跡を見逃したんだ、決まっている！」

「あの男はどうだ……ヨナ？　ずっと怪しいと思っていたんだ」

「テステュの息子は？　レジと一緒に二人でローラを殺したんだ、ローラは逃げられなかった」

「静かにしてください……」

一番高い声域を使ってバブラールは鼻声を張り上げた。しかし嵐はもう彼の手には負えなくなっていた。このような事態を引き起こすなどと予想できただろうか？　あんなことを言うなどとは。自分は何を考えていたのだ！　全ては、この討論のとんでもない雰囲気のせいだ。その原因を作った好奇心の強すぎる陪審員は、あえて完璧ともいえる沈黙を決め込んでいるではないか。

「皆さん、陪審員としての誇りを持ちましょう……」

ルフェビュールが堪忍袋の緒を切らし、険しい眼差しをバブラールに向け、口の中でもぞもぞと言った。「裁判長殿、あなたの言葉通りに解釈すると無罪ということですか？」

「わたしの言葉に影響を受けるものがいるとはとんでもないことだ。答えを決めるのは君達自身の意志だけです。それから補足事項を忘れないように……」

オルテ夫人は肩をすくめた。ピューは呟いた。「罪人なのか、そうではないのか！」エスが大声をあげた。「いっそ折衷案にしたらどうだ、くそ……」「何をおっしゃるの、ドクター！」ルロイ夫人が咎めた。（罰として百行の書き取りをしなさい）かつての女教師が言い出さなかったのがせめてもの救いだ。エスは言い返した。

「なら投票しよう」

グレゴワールは黙っていた。皆に一瞥を投げた後は、ひたすら下を向いていることで満足していた。口を開いてどうなるというのだ？　気晴らしのため？　言い負かすため、それとも負けるため？　人の気は変わりやすいものだ。何もかも、まだはっきりとはしていない。

目の前の投票用紙を見た。〈名誉と良心にかけ、神と人民の前でわたしは次のように宣言します……〉もちろん〈ノー〉だ。だが他の陪審員達は？

「投票に移りましょう」バブラールが心を決めて言った。「第一点、被告はローラ・ノルティエを殺したか？　念を押しますが、これは殺したか否かについてのみです。皆さんの答えいかんで、計画殺人——つまり謀殺——であるかどうかの問いが課せられます。ご理解いただけましたか？」

「わかりました」

「それくらいわかってるって」

「早いところ済ませてしまおう」

「白紙投票や無投票は被告人に有利になります。〈イエス〉〈ノー〉だけ書いて下さい！」

（イエスかノー？）

グレゴワールはもう少しで息がつまりそうになった。喉に大きなしこりができたようだった。岩のような、山のような！……

（イエスかノー？）

こんなキーワードを書くのにどうして手間取っている人がいるのだろう？　そして人の運命を

決める数文字をどうしてそんなに手早く書ける人がいるのだろう?

(イエス? ノー?)

それぞれが隣から身を隠すようにし、誰にも考えを読まれないために急いで折り畳んでいる。

バブラールはそれを奪い取るようにしてテーブルの中央に置かれた瓶の中へ入れた。

「終わりましたか?」

一同は頷いた。誰もがグレゴワールのように硬くなっている。裁判長は投票用紙を数えた。十票。そして一枚一枚開き、声高に読み上げた。

「イエス……イエス……イエス……」

(だめだ!)

「白紙……これは申し上げたようにノーとみなされます。ノー……ノー……イエス……」

(〈イエス〉が四票、〈ノー〉が三票! あと三票だ!)

「ノー……ノー……」

「ノー」(五票! あと一票、神よ、お願いします!……)

「ノー」バブラールは最後の一票を開くとはっきりと読み上げ、早口で言った。「有罪に関してはノーが六票、イエスが四票、これで謀殺か否かについては問われません」

(無罪だ!……グレゴワールがソートラルを救った)

いやまだだ。裁判長は、うるさい自習クラスに手を焼く教師のように場の騒ぎを押さえようと厳しい口調で諭した。

「次に補足点についての投票を行います」

すさまじい反応が返ってきた！　さっき有罪に投票したものも耳を貸そうとはしない。

「死刑か無罪かと言ったじゃないか！」

「ややこしい話はもうやめてくれ！」

「奴は無罪放免なんだ。どこかよそで勝手に首でも吊ればいい」

「投票は終わっていません！」バブラールは首を、彼の首を！、絞められたような甲高い声で叫んだ。

だが容赦なく打ちのめされた。街が突然彼に反抗して結束したのだ。九人がノーで一人がイエス、イエスはもちろんバブラールだ。

彼は立ち上がった。今の望みはただひとつ、この恩知らずどもから逃れ、彼にこんな仕打をした街を出ることだった。

「これで終わります」

終了のベルは鳴った。たちまち大騒ぎになり、陪審員達は互いに声を掛け合い、あれこれ言い合った。もう終わったんだ。陪審員達は誰が何の票を入れたかを憶測し合っている、長い拘束のあと、宣誓のことなど忘れてしまった。試験は終わった、休み時間だ。バブラールの奴は静かにしろとうるさい！　時間はあるんだ、くそくらえ。

「凄いぞ、デュバル！」

「一人舞台だな、え？」

「まさかこんなことをやり遂げようとは！　薬屋も、やるもんだな」

「職業を間違えたな！」

嫌味の塊のように辛辣なオルテ夫人までが言った。

「おめでとう！」

整然とした隊列はどこへやら、それぞれ勝手に演壇へと戻った。なんとか検事のそばへ近づいたルフェビュールは耳打ちした。

「無罪になった」

陪審員達は傍聴席に向かって目配せしたり頷いてみせたりした。傍聴席ではいろいろ憶測し、その含むところを必死に理解しようとしていた。レポーター達は何が起こったかを感づいて言い送りしていった。無罪……無罪……無罪……。

「看守は被告人を入廷させて下さい」

被告は下唇を震わせていた。そして追いつめられた獣のような視線をラボリ弁護士に向けた。弁護士のあごひげは勝利の炎をあげている。そうだ、勝者は彼なのだ。

「殺人罪に関しては多数決により〈無罪〉の評決が出ました……」

法廷を埋めた人々は大きなため息を漏らした、途方もない怒りの表現だ。自分の耳がまだ信じられない。全てのいきさつを聞いたあとでも、死刑は当然に思えた。それなのにあいつらは無罪放免にした！

「……他の罪で告訴されていない限り即刻釈放されます」

ジュヌビエーブは真っ先に立ち上がり、グレゴワールに背を向けた。

第九章

夜中の二時だというのに街は一睡もしていなかった。無罪判決に興奮はおさまるどころか、高まる一方だった。法廷で傍聴していた人々、夜裁判所の近くに集まっていた人々が最初に騒ぎを起こす恩恵に浴し、伝言役になり、ニュースを伝えようと隣人を起こし、家々のドアベルを鳴らしたので、深い眠りについていた人までもが飛び起きるはめになった。中心部は街でひとつの、そして巨大な討論の場となり、街を裏切った愚かな陪審員に対する驚き、恨み、憤りがたぎっていた。

しかし意見は分かれた。洞察力のあるものや抜け目のないもの達もいることがわかった。偏見に左右されない理性的な市民もいて、彼らはこう反論した。

「それなりの理由があったに違いない。はっきり言って二度と顔を見たくないからという理由で人をギロチン送りにはしないさ」

だがそれは少数派だった。街がこの打撃から立ち直るのは大変だろう。討論は延々と続いた。ルフェビュール、サビナ、オペノは考え始めた。裁判が他の街で開かれていても結果は同じだったのだろうかと。

「どこか別の街で開かれていれば、か！　勘弁してくれよ！……」オペノはソートラル好みの台詞をつぶやいた。こんな屈辱には耐えられない。

「オペノさん、あなたの予審は申し分なかった……」

「あの臆病風に吹かれた陪審員がいなければ……」

「六票が無罪ですよ！」

「その元凶はデュバルと言っていいな」

「そうだ、元凶だ！」

この言葉は街中を駆けめぐった。グレゴワールはさしずめ生け贄の山羊、といったところだった。人々は彼を槍玉にあげ、職業も非難の的になった。

「薬屋が何様だと思っているんだ」

「薬を売っているだけなのに学者ぶって！」

「ラリー・マルモンに質問したところを聞かせたかったよ！」

「さんざん馬鹿にされたのだろう？」

「それでもソートラルは無罪だ！」

「しかし他の陪審員達はどうして追随したのかな？」

他の陪審員達？　彼らの方がいい迷惑だった！　裁判所の小さなドアを出るなり、無罪の評決が街に醸し出した言いようのない怒りと厳しい雰囲気に迎えられたのだ。革命の真っ只中へ足を踏み出すような感じだ。あの一七八九年十月六日のルイ十六世の気持ちがよくわかる。ヴァンソンには、街の栄誉を踏みにじったかどで、ルイ十六世と同じく、首をあげろと叫ぶ暴徒の一団に家まで引きずって行かれる自分が容易に想像できた。

　こういう場合、政治家――の小心者達――は必ず不運な大臣、敗軍の将、不正を働いた銀行家などを騒ぎの責任者として見つけてくる。標的はグレゴワールだ。奴は糾弾されているのを知っているのか？　奴のせいだ！　殺せ！　店を荒らせ！　殴り殺せ！　夜が更けてくると人々はさすがに眠くなってきた。明日夜が明ければ、気持ちを落ち着けて飛び散った血を拭い、傷の手当てをしようとするだろう。何と言っても絆創膏の専門家は薬屋だ。それで彼の世話になるとはとんだ笑い話だ！

　デュバル家に、一息つける明日はなかった。ジュヌビエーブは怒りを爆発させた、というのも彼女にとっては今が限界、いや限界を超えていたからだ。

「あなたは馬鹿よ。他に言いようがないわ！」

「でも昨日の夜は、ジュヌビエーブ……」

「昨日は昨日よ！　昨日はまだ期待できたのよ、あなたのその真実への情熱とやらは正しいんじゃないかって、つまり……つまり……」

「不当な有罪判決でかい？」

「不当ですって！　わたしにはどうでもいいことよ！　どうしてオペノやヴァラールやサビナやバブラールや……他の人達に任せておけないの？　アブリュー・ラボリだっていいじゃない！……全く。あなたって人は！……」

「わたしは陪審員だったんだよ」

「だからって専門家のお株を取る権利はないわ。あの人達に薬の調合ができて?」

「誰のお株も取ってないよ。自分の役目を果たしただけだ。きみはわたしが陪審員になることをあれほど望んでいた！　望み通りになったじゃないか」

ジュヌビエーブは震える手で帽子、服、下着を脱ぎ捨てた。ストッキングは片足が〈伝線〉していた。これもまた間の悪いことだった、知事主催のダンスパーティーや知り合いの結婚式に履いていく、とっておきのストッキングだったからだ！

「陪審員ですって、よく言うわ！　皆があなたをどう思ってるか、わかってさえいればね。まずはお友達の陪審員が！……」

彼女はコルセットを脱ぎ、ほっとため息を漏らした。自由になったばかりのシロナガスクジラが巨体を揺るがしているようだ。

「グレゴワール……」

「一体全体、君の夫が何をしたというんだ?　わたしが罪でも犯したような言い方はやめてほしいな。もしかしたらソートラルの代わりにわたしに被告席に座ってもらいたかったのか！」

「馬鹿はもうやめてよ。まだ言い足りないの！」

「わたしは有罪になっていたかもしれない、わたしが、だ！」　彼は勢いに任せて言った。「だったら大満足だろう、違うか！　君は有名人だ、有名人の妻だからな！　明日わたしがギロチンの露と消えれば君は夢心地だろう。もうただの薬屋の妻じゃない！　愚かな未亡人は……」　彼はそこで言葉を切った。悪意はなかったのだ。

急に感情を爆発させたグレゴワールに面食らった彼女は、受けた侮辱を聞き流すことにした。彼はいつものグレゴワールじゃない。ジュヌビエーブは肩をすくめるだけにしておいた。酔っぱらいと気のおかしな人とは口論しても始まらない。グレゴワールも自分自身に面食らい、同じように肩をすくめて言った。

「すぐに元通りになるさ」

「そう？……明日になればわかるわ。街中の物笑いの種よ。薬局が無事なら不幸中の幸いね。……ナタリーのことだって考えていないでしょ？」

「ナタリー？　何の関係があるんだ？」

「殺人犯を無罪にした人の娘と誰が結婚したがるかしら？」

「ソートラルは無罪だ」

「もう馬鹿はうんざり。お願いだからやめて！　終わったことは仕方がないわ。でもこれ以上事態を悪くしないで」

「どうしろというんだ？」

「簡単よ。二度とあのサディストの無罪を口にしなければいいんだわ……一番いいのはただ黙っていることじゃないかしら。わたしが言い繕《つくろ》って風向きを変えるわ。このとんでもない判決の責任をあなたの友達の陪審員達になすりつけるのよ！……」

ジュヌビエーブの目論見《もくろみ》ははずれた。法廷で注目を集めすぎたグレゴワールは、人々の記憶から消えそうになかった。街にとって、彼はソートラルの無罪判決の張本人で、ソートラルの方は人々にこう仄めかされるのがせいぜいだった。「今回の判決は無罪だったが、これが最後だからな」

皆ソートラルが街から出ていくのを望んでいた。

「それが一番いい」彼らはそう言った。

だがソートラルは居残った。街の憤りはつのり、腐ったリンゴを街の外に放り出すために脅しをかける決死隊の計画まで練られた。だが実際は誰もそんな過激な手段に訴えたりはしなかった。そんなことをしたら怒りをぶつける格好の対象と話題を失ってしまう。ソートラルが街に留まる限りスキャンダルの種には事欠かないだろう。

「あのアリスが……」

「あの娘が！」

公言したとおり、彼女はソートラルの恋人としてローラの後釜に座った。二人はそれ以来、ソートラルと〈彼の犠牲者〉が日曜の朝出ていった小さな部屋に住んでいる。大家のシュヌヴィエ夫人は一番効果的な日を狙ってこのニュースをばらまいた。

「アリスが彼のところで暮らしているのよ」

「そんなまさか！　お宅でかい？」

「驚きよね！　今は彼に貸している二部屋で」

「まさか！　気の毒なローラと住んでいた部屋じゃないか！」

「裁判のあとわたしはすぐにぴんと来たのよ。そんなことになるんじゃないかって。アリスは何度か訪ねてきたの。ある晩泊まっていってね。その後スーツケースを運び込んだのよ」

「全く……！　傍聴人を前に堂々と言ってのける大胆な娘ってことは知っていたが。それにしても！……恐いもの知らずというのはいるんだな。人殺しを好きになるとはね」

人々は額を寄せ合い、耳打ちし、話に尾ひれをつけた。

「また前のように殴っているのかい？」

「それが！　実はね、ほとんど物音がしないのよ」

「今だけだよ、今だけ。わたしがお宅の立場だったら、いても立ってもいられないだろうな……」

グレゴワールにはショックだった。ソートラルの挑発的な態度――そうとしか思えない――は七番目の陪審員の頭上にまた嵐を巻き起こすことになる。その前の雷鳴も鳴りやんでいないのに。

「これでわかったでしょう？」

昼食時に一家はジュヌビエーブの激しい攻勢に見舞われた。ジュヌビエーブはさながら夫ジュピター（ローマ神話の気象現象を司る神）の雷電を借り受けたユノのようだった。「あの娘は〈あなたの殺人犯〉と暮らしているのよね！　これがあなたのお情けの結果よ……」

「そんな！　ママ……」ポーリンヌは勇気を出して苦境に陥った父をかばった。

彼女にこの複雑な状況下で街中が言い合いをしている理由を理解するのは至難の業だった。前に兄に連れて行かれたラグビーの試合で選手同士がもつれ合い、大きな多足類の塊になっていたのが全く理解できなかったのと同じだ。

「お黙りなさい！」ジュヌビエーブはいらついた口調で言った。「パパに話してるのよ」

「陪審員はパパだけじゃないよ」今度はローランが口を出した。

「パパがいけなかったのよ。それに」彼女の落とす雷は効果てきめんだ、声だけで形勢を逆転できる。「パパの一票で何もかも変わっていたわ。パパが正しい投票をしていれば有罪にできたのに」

グレゴワールはそっと片手を挙げた、ジュヌビエーブは間違っている。有罪判決にはあと二票必要だった。だが彼女の頭の中では嵐のように、様々な心配事が渦巻いていて、妥協のできない夫の弁明など耳に入ってはこない。

「あなたの罪なのよ」

何と言えるのだ。紛れもない事実に反論できるのか？　殺人を犯した罪人！　その思いが途方もない強さでわき上がってきた。今までは漠然とした自覚もなかった。ソートラルを救おうとしたのは彼の無罪を知っていたからというのが唯一の理由であって、自分が犯人だからという訳ではない。

「あなたの罪なのよ」ジュヌビエーブははっきりとそう言った。夫のことは熟知していると自負する彼女はグレゴワールの沈黙をどう解釈しているのだろう？　ローランがここでまた父親に助け船を出した。

「そんな！　大げさだよ、ママ。僕はすごいことだと思うな。街中の人がぬかるみの中でもがいている。でもあえて言わせてもらえれば、あの人達はまんざらでもないんじゃないかと思う。ここで急においしい話題がなくなったら、みんな悔しがるんじゃないかな……」

「お前の言葉使いはだんだんわかりにくくなってくるな」グレゴワールが及び腰に言った。

「何だ！　せっかく味方してあげたのに！……」

そう言うとローランはいきなりビニールのテーブルクロスの上に身を乗り出した。

「教えてよ、パパ。パパは結局何にも言って……くれなかったじゃない！　でも本当のところは！……どうしてソートラルを無罪にしたの」

「どうして？」グレゴワールは繰り返した。平手打ちを食らったような気分だった。

彼は毎日食卓で顔を合わせている家族の顔を順々に見回した。ローラン、ポーリンヌ、ナタリー、そして新しい見習いのステファンヌも……デザートのマカロニを手に持ったまま立ちすくんでいるメイドのマリー・テレーズも、全員が同じ疑問を投げかけていた。どうして？　そこで彼は優しい静かな笑みを浮かべた。

「正義のためだよ……」

誰もこの簡単な言葉の意味をすぐにのみ込むことができなかった。マリー・テレーズが特徴のない顔の目を大きくひらいて、一歩前に踏み出した。「でも、正義はなされませんでした！」

「何だって？」

「だってローラを殺した犯人はまだ自由の身ですもの！」

それは無罪になった被告を含めて、街中が考えていることだった。アラン・ソートラルは街の人々に刃向かい、曰く〈ぼんくらども〉に——挑んで——大喜びしていた。裁判の結果がヴァラール署長やオペノ判事、そして脇役だが予審で彼に手荒くあたった面々を混乱させているのを知り、ソートラルは刺激的な復讐の美酒を味わっていた。困り果てたアリスが何度忠告しても、彼は街にとどまるという決心を変えなかった。何があろうと一歩たりともひかないぞ！

「俺の首を切り落としてマントルピースの上の飾りにしようとした四人の名前がわかれば！」

「もういいじゃない！」

「甘いことを言うな！　無実の人間の首を切ろうとした奴らになんの咎《とが》めもないんだぜ。犬が人を嚙めば口輪をはめるだろう……バブラールは絶対間違いないな、有罪に入れた。ルフェビュールもだ。これで二人だ」

「アランやめて……」

「八ヶ月もぶた箱に入ってりゃな、いろいろ考えるようになるんだよ……三人目は赤いできもののある奴だ。面を見ればわかる。四人目はあの未亡人だ。こいつらが怪しい」

それはソートラルの読み違いだった。オルテ夫人は〈ノー〉に入れたのだ、そしておでき顔の判事も。もし、誰かが巧みな手段であとの二人の名を暴き出したら——エルミニー・ルロイとソーション——だと知ったら、ソートラルはさぞかし驚いただろう。そう！　グレゴワールの両側の二人だったとは、エルミニー・ルロイは、温厚な教員生活を長く送ったように見えるが、心の奥では人にだまされる恐れを漠然と持ち続けていた。ソーション、彼は相変わらず商売第一で、バフォンに公然と非難の烙印を押す必要があった。だが二人とも、結果が有罪だった場合に良心のやましさから巧みに逃れるために、情状酌量を求めていた。

それでも復讐に燃える彼をアリスは抱きしめた。

「もう忘れて、街を出ましょう。それがいいわ」

「恐いのか？」

「あなたのためよ」

「なら黙ってろ。ちょっと出かけてくる」

「どこへ？」

「うるさいんだよ」

彼には監房に連れ戻され、なかなか下りない釈放令状を待っていた時から、行動に移そうと思っていたことがあった。あの二日間は苦しかった。夜も眠れなかった。細かなことのひとつひとつが胸にのしかかり、どんな小さな出来事もとてつもなく重要に思えた。少しずつ、ある姿がまわりから際だち、他を圧倒し、力強い存在となった。薬剤師グレゴワール・デュバル、ソートラルも店には行ったことがあったが、店の主人についてはとくに強い印象はなかった。思い出せるのはせいぜい、中肉中背で茶色の目をした、ごく平凡な顔と額と唇の持ち主だということ。妻については愛想の悪い女くらいの記憶しかない。子供達は……。

そうだ！　子供達がいた。ナタリーはもちろん問題外だ。あふれんばかりの小さな天使達がいる薔薇色の綿《わた》に包まれた自分だけの世界を心地よくさまよっている。ポーリンヌ？　子供だ。あんな半人前の子供には何もわからない。でもバフォンに来たことがあった。たった一度、飲み物を一杯だけ飲み、ちょっと踊っただけ。

　ローランが連れて来たのだ……ローラン？　彼は感じがいい。自分の仲間達のリストにはないが、もしローランが骨を折ってくれたのなら彼は街の俗物から卒業できるだろう。間違いない、彼が無罪だと父親に話してくれたのだ。

　ソートラルはモダン薬局に足を踏み入れた。ルフェビュール夫人のためのバスソルトを探していた店員のフェルナンは脚立から落ちかけた。見習いのステファンヌは薬の最後の一箱を選り分けていた手を止めた。レジで公証人夫人に釣り銭を払っていたジュヌビエーブは、過って多く渡してしまった。こんなことは初めてだ。

「やあ皆さん」ソートラルは声高に言った。

「いらっしゃいませ」

　グレゴワールが水薬の調合を終えて調剤室から姿を現した。ソートラルの姿に気づくとその思いがけない客をじっと見つめた。ジュヌビエーブは、すでに子供達を餌にしてしまった山猫の姿を巣に見つけたピューマの母親のようなうなり声をあげていた。全身の毛が今にも逆立ちそうだ。ソートラルはローランを呼んでもらおうと口を開いたが、はっきりと言えた言葉はこれだけだった。

「ありがとう……」

「こっちへ」グレゴワールは有無を言わせぬ態度で手招きした。

二人は調剤室へ入っていき、三人の雄弁な視線がその後を追った。ソートラルは思った、なんてあほらしいことをしてしまったのだろう。ここに来てどうしようというのだ？　何を考えてるんだ！　馬鹿な！　自分は何を話すつもりなんだ？　勘弁してくれ……。

グレゴワールはスツールを勧めた。

「座りなさい」

長い祭壇のようなテーブルの上には様々な種類の瓶、箱、管、すり鉢、フラスコなどの器具一式がおかれ、病を讃えて司祭が来るのを待っていた。ヨードホルム、エーテル、クレオソートの混ざった鼻を刺すような臭いが礼拝堂の香だ。

「あなたにお礼を言わないと」

「そんな必要はないよ……」

ソートラルは乱れた髪を何度も横に振った。

「あなたは僕を助けるため見事に力を尽くしてくれました」

「君は無罪だった」

「みんなは有罪だと思っていました。今もそうです」彼は低い声で苦々しくつけ加えた。

「さあ、さあ、気にしないことだ。そのうち元通りになるよ」グレゴワールはなだめるように言った。

「あなたは変わった人ですね……」

ソートラルはこの何の変哲もない男をしげしげと見つめた。尊敬している訳ではなかったが、同時に感謝の気持ちを押さえることもできなかった。

「どうしてあんなことを？」

「あんなこととは？」わかりきっていることをグレゴワールは聞き返した。

「裁判のことですよ、あなたがいなければ僕は助からなかった」

「君はわたしを過大評価しているよ。僕一人の力じゃ無理だったのだから」

ソートラルの緊張した顔に怪訝そうな表情が浮かんだ。そんなことがわからないとはなんと鈍い奴なんだろう？　彼は親しみをこめて微笑んだ。

「いいですか、例え僕の目が節穴だったとしてもまわりが開かせてくれたでしょう。あなたはあらゆる手を使ってくれた。質問をしたり、専門家を問い詰めたり、裁判長を動揺させたり、いろんなことを……本当に！」彼はため息をついた。「あなたがいなかったら……どうして僕がやっていないと思って下さったんですか、その……」

彼は手を組んで首を絞める振りをした。グレゴワールは小さく笑みを漏らした。

「正義を願う気持ち、それだけだよ」

ソートラルは眉をつり上げて曖昧に「そうですか」と呟いてからこう言った。

「僕じゃなかったらいったい犯人は誰でしょう？……もう勘弁して欲しい」

彼はドアのところまで行って振り返った。口の端に嫌みっぽい皺を寄せている。

「お願いですから、僕のためを思ってローラ殺しの真犯人をつきとめていただけませんか……」

「そんなことに何の意味がある！」

「真犯人が捕まらない限り、惨めな僕は殺人犯扱いだ」

快活な声の調子とは裏腹な沈んだ顔に、明るさはなかった。ソートラルはローランのことを話すことをやめて出ていった。グレゴワールは動かなかった。また一から始まるのだろうか？


「あなたの罪なのよ！」

ジュヌビエーブの頭には裁判のこと、グレゴワールが演じた忌まわしい役回りのことしかなかった。夫に対する怒りは募るばかりだ。


「どうして彼はテラスに来なかったんだ？　理由を知っている奴はいるか？」「誰か使いによこしたほうがいいぞ」「陪審員が馬鹿なまねをしてくれたな」それから？　行かなければ何を言われるかわかったものではない。非難を穏便に済ませるために、とにかくグレゴワールはテラスに行かなければならなかった。

「偉大なるデュバルさんよ、いったい何を考えてたんだ？」

「わたしが間違っていたとでも……」

彼はまわりの顔色を窺った。司祭達のような〈王様のテーブル〉の常連が定位置を占めている。エスは冷たい笑みを浮かべ、ヴァンソンは身の置き場に困り、ヴァラールも〈無罪の張本人〉に対しては、無関心を装って優位な態度をとっている。

その張本人が口を開いた。

「はっきり言うが、ドクター、わたし達は法的な間違いを犯さずに済んだんだ！」

「そうだな」年老いたやぶ医者はつぶやいた。「それはそうかもしれないが……」

彼はもじゃもじゃのあごひげにため息を吹きかけた。

「だが物笑いの種だ！」

「あの眠れない二日間よりはましだ。そう思わないか、ヴァンソン？」

「確かに！」百貨店のオーナーはため息混じりに言った。

ヴァラールは肩をすくめ、ポケットの中のパイプをまさぐった。一瞬で消え去ったあの輝かしい時期に吸っていたパイプだ。彼はあれから二度と火をつけようとはしない。この薬剤師のせいだ！……。

オペノがテーブルに加わった。苦々しい表情を隠そうともしない。

「今日の午後ばったり会ったよ……」

メンバーは黙って視線を交わした、誰と会ったかを言う必要はなかった、誰を仄めかしているのか直感的にわかったからだ。

「今朝薬局に来た」グレゴワールは言った。

ヴァラールは否定しなかった。

「知っているよ」

彼の思わせぶりな態度に、好奇心旺盛なソーションが黙っていられるはずがなかった、マダム・ソーションは大きく開いた胸もとを震わせながらメンバーの方に体を乗り出している。

「奴を……捕まえるつもりですか？　そりゃ凄い」

「おいおい」オペノが軋《きし》んだ声を出した。「あのお方は二度と有罪にはならないんだ、たとえこれから一ダースの証人が出て来ようと。……本人が自白しようと」

「そうなのか……」誰かがため息をついた。

「ところで諸君」――オペノは不快感を滲ませて言った――「誹謗中傷に気をつけろよ。評決を出したのは陪審員だ。ここにその優れたメンバーが三人いる、そうだろデュバル？」

フェルト敷きのテーブルの上に、オペノがカード一式をグレゴワールに向けて放り投げた。明らかに敵意をむき出しにして。

「君には思いも寄らない才覚がある。どうしてそっちを磨かないんだ……デュバリンヌなど作っていないで？」

グレゴワールは味方を探そうとしたが無駄だった、その瞬間彼は自分を包む甘ったるい気配のようなものを感じた。街が復讐心を燃やしているのだ、嘲笑いながら裏切り者を見つけるのだろう。家で、店で、テラスで、どこへ行っても彼は同じ気配を感じた。

「犯人はわたし達を馬鹿にして笑っているよ……君は無関心ではいられないだろう……君のような正義の士は……」

「何を言っているんだ！」

「誰もがこぞって繰り返し言っていることさ。陪審員第七号のおかげで、ソートラルは無罪になった。それじゃいったい誰が犯人なんだ？……」

オペノは皮肉っぽく間を置いた。彼の右隣ではヴァラールが今にもポケットからパイプを取り出さんばかりに喜んでいる。「誰なんだ？……心当たりはないのか？……裁判で我々を圧倒した君には」

「心当たり？」

「そうとも！　君は演繹《えんえき》的且つ緻密な頭脳の持ち主だということを証明して、皆を説得した。あとは仕事を最後までやり遂げるだけだ」

グレゴワールは押し黙っていた。激しい渦が彼を巻き込んだ。どうあがいても街の、家族の、そしてソートラル自身の皮肉な要求には抗《あらが》えない。

「わたしは……」

「推理してみたまえ。これは凄いぞ！　薬剤師デュバル殺人犯を突き止める」

「さあ、言い分はそこまでだ……」エスがいつものぶっきらぼうな調子で言った。

カードが配られた。その夜グレゴワールは初めて大勝ちした。それも数え切れないほどの失敗、敵方に有利なカードを出し、パートナーの足を引っ張り、罵声を浴びせられての勝利だから驚きだった。結果の合計点まで冷やかしの的になる程だった。

「つきすぎだぞ！」

「奥さんも機嫌を直すぞ！」エスが皮肉っぽく言った。

マダム・ソーションはモダン薬局の客にふさわしく困ったふりをしたが、内心はグレゴワールに向けられた嫌みに拍手喝采していた。

低木の枝は春らしく茂り始め、川は宴のような雰囲気を漂わせていた。ひっそりとした自然の喜びをかき乱すものは何もない。グレゴワールはじっと立ち尽くした。

まわりには誰もいない。永遠に続く平和の感覚、犯罪を思い起こさせるものは何もない。あの夏の午後、あちこちに漂う木々の香りに包まれた苦い記憶も、冬の終わりに裁判所の一行が検証に来てここを踏み荒らしていったこともはるか昔のことのようだ。自然の歌声に満ちあふれ、誰もが心奪われ陶酔するこの場所に死体があったことなど、記憶にも残らない。去年のうちにかき消され、時の闇に埋もれてしまった、過去から真実を掘り起こし、ほの暗いたいまつを振りかざす人々が必要だ。

殺人者はそんなことをぼんやり考えていた。何故、どんな密かな目的が、彼をここに導いたのだろう？　ありそうもない――だからこそ疑い深いジュヌビエーブでも許してくれた――口実を作ってグレゴワールは車で出かけた。大木の下まで乗り入れ、少し離れたところへ止め、ローラが浅瀬で水浴びをしていた自然の隠れ家まで歩いて来た。あの時彼女は不意打ちを恐れていなかったのだろうか、体中にスリリングな鳥肌がたつようなちょっとした恐怖などは意に介していなかったのではないか、変態散策者の来訪を楽しみにしていなかったのだろうか、街の新たなスキャンダルの種になることを予想してはいなかったのだろうか？　グレゴワールは物思いにふけりながら、まだ充分に隠れるほど葉のおい茂っていないその場所に問いかけてみた。

静かだった。荒々しい、一瞬の惨劇が起こったことなど想像すらできない。去年人目に触れないこの場所であったことなど。

本当に信じられない！　昨日と今日とを結びつけることは自分にはできない。あの時木苺の中に脱ぎ捨てた殺人者という服に袖を通すことはできない。十ヶ月前、裸体の娘を目の前にして煩悩にいらだち、突然殺人者となって飛びかかっていった自分はもういない。あの一瞬は、曖昧になり、抽象的な、記憶の中に沈んだ。怪奇小説の中で読んだような非現実的な出来事だ。

「あなたの罪なのよ！」

だが、ジュヌビエーブは、彼を法廷へと召喚する役人のようにはっきりとそう口にした。テラスの仲間達は彼に判決の正当性を証明するように、真犯人を挙げるように、せきたてる。ソートラルまでが、街の彼に対する不当な扱いを口実にして言いがかりをつけたのだ。

「ローラを殺した犯人を捕まえない限り、惨めな僕は殺人犯に仕立て上げられたままだ」

事態はとうとう来るべきところまで来てしまった。正義のためにグレゴワールは戦い、ソートラルを無罪にした。しかし法律に見合った判決で十分なのだろうか？　街の人々の心には、もっと深い判決が根ざしている。こちらからは皮肉られ、あちらからは非難を浴びて、グレゴワールは出口の見えない道を歩いていく他ない。もしかしたら、川岸に、答えを探しに来たのだろうか？　だが自然は何も言ってくれようとしない。ともあれ、グレゴワールにはそう感じられた。

その夜も〈王様のテーブル〉では、嫌みな表情の面々が待ち受けていたが、グレゴワールは全く気にしなかった。気にしたところでいつもの雰囲気が変わるわけではない。膨れ面か蔑み笑いで迎えるのが彼らの習慣になっていたのだ。皆はブロットを始める。ゲームにのめり込み三枚続きのシークエンスや切り札無しのリダブル（相手が倍にした賭けを更に倍に競い上げること）などを楽しむが、今ひとつ盛り上がらない。心ここにあらずという雰囲気を察していたヴァラールがカードを置き、問い詰めるように言った。

「おい、デュバル、犯人探しで張り合う気か？」

「なんのことだ？」

「とぼけるな、それで収穫はあったか？」

「いったい何を言っているんだ？」

グレゴワールは苛ついてきた。まわりの視線が彼に集中している。ビリヤードをしていた人々もプールに三玉を残したまま近寄ってきて耳を澄ましている。ドミノをしていた人々も同じだった。

「何を言っているかって？」ヴァラールは、声高に繰り返した。「ただ、君一人でのちょっとした捜査のことを言っているだけじゃないか！」

ヴァラールが甲高い声で笑い出したので、まわりもここは巧みに賛同を決め込んだ。

「はあ？　ちゃんとわかっているんだぞ、恐れ多いホームズ様の靴を磨くにふさわしいと思っている訳じゃないけどな。ワトソン博士はご所望じゃないのかな？……いらない？　回想録を書く時だけにでも登場させるか」

また笑い声が起こった、今度は店中に響き渡った。ソーションだけが苦笑いをしていた。度を超えたらどうする？　グレゴワールが怒りだしたら、客同士でいがみあう恐れがある。そうしたらテラスの得意客の一部を失ってしまうかもしれない……。

だがヴァラールは、身を乗り出し、攻撃の手を緩めない。

「違っているって？　大げさだって？　いいさ！　あんたはホームズじゃない……エルキュール・ポワロとでも言おうかね。灰色の脳細胞は何を囁いている？　真犯人の名前か？……　あはは！……」

グレゴワールはじっと黙っていた。何を言っても無駄だ、今朝、誰かに見られたのだ。彼を笑いものにしようとした誰かが後をつけたとしてもどうしてそれがわかっただろう？

彼に注がれているのは、引きつった顔に報復の笑いを浮かべた面々の、意地の悪い視線だけだ。ああ！　グレゴワールは自ら敵対者になった。街の基本に盾ついたのだ、人にはそれぞれ持ち場があり役割を分担している。捜査は警察、予審審理は判事、弁護は弁護士という風に。そうであれば、そんなへマをした不器用な犯人が両手をあげて出頭したら人々は大喜びだろう。森を歩き回り、川の岸をさまよったのは失敗だった。状況は更に悪くなった。

彼は立ち上がった。

「ヴァラール、明日の朝署に寄るよ」

「そりゃいい！」ヴァラールは一瞬あきれた様子だったが、からかうように笑った。「輝ける明日を待つ間、ゲームをしようじゃないか」

彼はすでにカードを切っていたがグレゴワールは頭を横に振った。

「もうやめておく。じゃあ明日……」

そして立ち去った。テラスの面々が口もきけずに呆然とする中、背中をしゃんと伸ばしてグレゴワールは出ていった。彼の影の上でドアがばたんと閉まった。

「あいつ、どうしたんだ?」ヴァラールがもぞもぞと呟く。

ヴァンソンは躊躇《ためら》いがちに言った、「君が……その……」

エスが言葉をかぶせた。

「あのやぶ医者のラリー・マルモンなら葛藤に起因する鬱病《うつびょう》だと診断するだろうな」

「これじゃ」オペノがぶつぶつと呟いた。「ゲームが終わらない」

「わたしが代わりにやりますよ」ソーションが威勢良く加わり、妻に目配せした。口論で雰囲気がまずくなり他の客が帰るようなことになっては困る。


「署長……」

「やあ、いよいよもって思わせぶりな態度だな」

「犯人の名前を言いに来たんだ」

「犯人……そりゃすごい! やったな。一人で見つけたのか? 確かな証拠はあるんだろうな?」

「自白がある。書き取ってくれ」

ヴァラールは無言で用紙を取り出した。グレゴワールは口述を始めた。

「わたし、薬剤師、デュバル・グレゴワール、リュック、セバスチャンは、あの日ローラ・ノルティエを殺害したことを認めます……」

「何を言っているんだ！」

ヴァラールは瞬《またた》く間に顔を真っ赤にし、ボールペンを投げ捨てた。刑法では虚偽の申し立てをしたものには罰金を科することになっており、怒り心頭のヴァラールはもう、それを心の中で振りかざしていたが、冷静さを取り戻しにっこりと肩をすくめた。

「デュバル、わたしをかつがないでくれよ！」

「でも……」

「こりゃあいい！　みんなが聞いたら腹をよじって笑い転げるな。いじめすぎの反省もするだろう！」

「署長、真面目に言っているんだ……」

「わかったよ！　君はローラを殺害した……君ほどの犯罪者なら殺害の意味も知っているだろう？　殺すということだぞ……」

「からかわないでくれ、ヴァラール」

「とても信じられないね」

「どう言ったら信じてもらえる？　ローラは水浴びをしていた。これは誰も知らないことだ。川の中で裸で水浴びをしていたんだ」

「裸で……水浴び？」

「彼女はわたしに気づかなかった。わたしは隠れていて彼女が川からあがったところで……」

「ローラのあられもない姿に君は首を絞めるほど憤慨した。よくわかるよ。わたしがその立場だったら同じことをしていただろう……結構なことだ、デュバル！……」

「誓約したんだから……」

「誓約はいらないよ、君を信じているからな、わたしは……」

ヴァラールは肘掛椅子から立ち上がり、煙草ケースを差し出した。グレゴワールは震える手で一本取りながら口ごもった。

「正義が……行われないと……」

「おい、おい、もうやめてくれ。冗談も過ぎるとよくないぞ」

「覚えているだろう！　あの日わたしはソステーヌで家族と一緒に昼食を取った。わたしは寝てしまい……」

「そう、寝ていた、デュバル氏がたらふく食べ、あずまやの下で気持ちよさそうにうたた寝しているのは皆見ている……デュバル、見苦しいまねはやめろ、頼むよ、仕事があるんだ。それ以上こだわるなら今夜話そう。だが今は……」

彼はグレゴワールの方へ身をかがめ、揶揄《やゆ》した。棘はなかった。

「出て行ってくれませんかね、エルキュール・ホームズ殿！……」

追い出された。崩れ落ちた。昨晩あれこれ夢想した結果がこれだ！　全く一睡もしなかったのに。残念だ。グレゴワールの決心は突然確固たるものになった。彼を悩ませていた心配事からとうとう解放される。グレゴワールはゆっくりとした足取りで、テラスからの家路をたどった。いつもより早く帰宅してはいけない、ジュヌビエーブに詮索されるだろう、少しぶらつく必要があった。遠回りし、小さな広場を抜けてソートラルが住んでいる界隈にまで足を伸ばしてみた。彼は二つの閉じられた窓を見上げた。そこには、今度こそ完全に身の潔白が証明されるはずの青年が眠っている。こんな夜遅い時間だというのに気分が高揚してくる。切り裂きジャックやランドリュー（フランスの殺人鬼）、ワイドマンなど自分と比べればしがない犯罪者でしかない。自分はこの手で殺人を犯しただけでなく、ただ正義を為すがために、とことん突き進む大胆さをもっているのだ。ランドリューはいつまでも悪あがきをし、ワイドマンは運命を呪い、切り裂きジャックは反逆者を気取っていた。グレゴワール・デュバルは街がスキャンダルに汚れるのを防ぐために一市民として殺人を犯し、その後、スキャンダルより更に重大な疑念にまみれたスキャンダラスな判決からこの街を救っている。

そうだ、自首することで彼はもっと輝きを増す。グレゴワールは夢想の世界を彷徨《さまよ》い続け、気がつくと〈バフォン〉の入り口に立っていた。この店を閉鎖して本当に良かったのだろうか？口にこそ出さないが、悪口やスキャンダルの密かな楽しみがなくなってつまらないと後悔している人間が大勢いるだろう。

その夜グレゴワールはジュヌビエーブの側《そば》に横たわり、目覚めたまま甘美で魅惑的な夢を見続けていた。薄暗い部屋でその夢は非現実の中で膨《ふく》らんでいく。犯行の自白、逮捕、裁判。彼が陪審員を務めた裁判の最高のパロディ。今度は被告席に立つ彼は、前回の過ちを正し、裁判長が法の間違いを犯さないように見張る。弁護士はいらない。彼自身が十分な能力を備えているのに、余計な弁舌が何の役に立つのだ。そして陪審員の判決は、〈有罪〉、情状酌量無しの死刑。上告も特赦の請願もしない。グレゴワールは待つだろう、目覚めている街が一瞬の過ちを彼が断頭台で償うことを知る朝を。薬剤師であり殺人者であるグレゴワール・デュバルはこうして生涯を閉じる……。

ところがヴァラールは彼を叩き出し、背後でドアをぴしゃりと閉めたのだ。急所に蹴りを食らうほどのショックとはこのことか？

「いまいましいデュバルめ！」

そこでやめておけばよかったのだ。だがグレゴワールはあきらめなかった！　今度はオペノ判事に告白してみようとしたのだ。あいにくの思いつきだった！　すでにヴァラールから電話で仔細を知らされ警告を受けていたオペノは、このおいしい復讐のチャンスを独り占めにし、十分間に三回も電話をかけたためニュースは瞬く間に広まった。デュバルがおかしくなった！

「気の毒な奴だ」判事は気取ってみせた。「第二百二十二条によって拘束することもできたんだ。だがそれではあんまりだろう、どう見ても普通じゃないからな。これで今までのことの説明がつく。まともな人間があんなことするはずがない」

オペノはため息をつき、とびきりの皮肉をこめて言った。

「気の毒なデュバル！」

そしてとどめを刺した。

「処方箋の扱い方を間違えないか心配だよ」

このニュースは街中に、街はずれも含めて一時間とたたないうちに広まった。郊外にもほどなく届くだろう。デュバルがおかしくなった。陪審員になどなってみろ、こういうことになる。人々は噂し合った。

グレゴワールの家族は最後にニュースを知るはめになるのを免れた。見習いのステファンヌのおかげだった。誰もジュヌビエーブや子供達に直接話そうとはしなかった。見習いの子にならわないし、またその必要があった。

「おたくの店のご主人、頭がおかしくなったんだって？」

「はあ？」

「みんな噂しているよ。なんでも自首したらしい……」

ステファンヌは好意を持っていたローランに思い切って忠告した。

「あなたのお父さん、メキシコの列車みたいに脱線しておかしくなったって言われてるわよ！」

メキシコの列車のように脱線した、といういわれのない中傷には反論せずローランは母に尋ねてみた。その結果、一家の昼食はさながら嵐のようになった。小道具は全部揃っていた。非難の言葉、失神のふり、割れた皿、すすり泣き、激しい竜巻、天の怒りの様々な現れ。「わたしを世間から抹殺するためだったのなら、わたし！……」

「ママ、これはみんな冗談なんだよ！」

「だとしたらもっとたちが悪いわ、グレゴワール。わたしゃ子供達の名前に泥を塗るだけじゃ物足りないのね。あとからあとからわたし達に恥をかかせて笑いものにして、その上まだ侮辱しなくちゃならないの」

ポーリンヌは怯えた子犬のように父親に身を寄せた。

「わたしのパパ、オペノさんに会いに行けないのね？……オペノさんのことからかったから」

「からかった訳じゃない……」

グレゴワールは真面目そのものだった。彼は嵐の中にとどまり続ける岩になりたいと思っていた。何があってもゆずるものか。父の威厳に満ちた態度を見てナタリーが口を開いた。ほとんど一日中彷徨っている夢の世界——父親に似たのだろうか——から降りてきたのだ。たった一言だったが彼にはこたえた。

「パパ……」ナタリーの非難めいたささやき声を耳にして、グレゴワールは何を言っても無駄だとはっきりわかった。

理解のない家族をどうしたら説き伏せることができるのか？　叱りとばすのか、わからずやの恩知らずだとなじるのか。自分は家族にこんなに良い生活をさせているのに、いざ正義に燃えて勇敢で崇高な行為に身を委ねようとすると、家族は自分を見捨て、偏見で凝り固まった街の連中と戦う手助けを拒む。自分で犯した罪は自分で告白しなければならないのにどうして気が触れたように言われるのだ？　どっちがおかしいのかこちらが訊きたいくらいだ。自分なのか、自分を指さして大騒ぎする連中なのか？

　つまりこれが現実だからだ。

「嘘の自白をしたと責めるのか！」

「はっきり言ってパパのしていることの方が変だよ……」

　ローランがややいらついた調子でまた口を出した。彼はデュバル家の一員であることを急に、かつてないほど強く自覚したのだ。ここは長男としてこの馬鹿げた騒ぎの舵取りをしなければ。

「寝た方がいいよ」

「わたしは病気じゃない！」

「わかってるよ。ただ……疲れているだけさ。こういう時はデュバリンヌも効かないね」

「その通りだわ、いらっしゃい、グレゴワール……」ジュヌビエーブが後を続けた。

　息子に目配せされた彼女はすぐに理解した。夫には逆らわない方がいい、休んでもらうのだ、そうすれば少なくとも変なことは言いふらさずに済むだろう。

　グレゴワールはしぶしぶ従った。だが、とりあえず今だけだぞ！

　正義の戦いは続くのだ。――自分の罪だ！――という彼の思いは、抵抗にあえばあうほど強くなった。ソートラルの冤罪をすっかり晴らすことがこれからの目的になるのだ。グレゴワールは少しずつ現実を否定するようになっていった。誰かが諭そうとしたら彼はこう反論するだろう。

「ソートラルは最悪の牢獄にいる。世間の噂という牢獄だ。だれもその地下牢から生還したものはいない。わたしの役目は……」

ドクター・エスがやって来て、グレゴワールを一喝した。心配になったジュヌビエーブは夫に対し一転して優しい態度で接するようになった。漠然とした後悔の念にかられたのだ。実際、彼女が妻としての野心さえ抱かなければ、今頃彼はモダン薬局の調剤室に静かに座り、ショーウインドーに飾る新しい広告、いやそれどころか、デュバリンヌに匹敵するほどの、新薬のアイデアを練っていたかもしれなかったのだ。

　こうしてジュヌビエーブが悔やんでいるのと同じように、グレゴワールも悔やんでいた。どうやっても誰も彼の罪を認めてくれなかったからだ。奇妙なことに人を殺したことを気にしてはいなかった。全く気になっていなかったのでポーリンヌが精いっぱい優しく彼に同調してくれた時もこう答えたくらいだ。

「わかったわ、パパ。パパはローラを絞め殺したのね……」

「ローラのことはどうでもいいんだよ。ローラは関係ない！　問題はソートラルだけなんだ」

　そんなことがどうしてわかってもらえるだろう？　家族の目には病人、街の人々の目には害のない変人と映っているのだ。どちらにしてもそれほどの違いはないのだが。

もうこのままではだめだ。これ以上どうしようもない泥沼の中で事態を滞らせておく訳にはいかない、さもないとグレゴワール・デュバル。夢想の世界の偉大なデュバルは、もはや不屈の魂を持ち、最後の正念場を迎えた男ではなくなってしまう。結託して立ち向かってきたあれほどの力にも関わらず、彼はソートラルを法の目の節穴から救い出した。しかし、まだやることがあるのだ。

一時《いっとき》、苦い味のする自殺の魅力に惹かれたこともあった。ほんの束の間のことだ。グレゴワールという男は尻尾を巻いて逃げたりする男ではない。己の意志でできた城壁の上に立って最後まで戦う、闇の力に挑みかかり、ドラゴンを打ち負かす。彼はステンドグラスの真ん中に燦然と輝く自分の姿を夢見ていた。

セント・ジョルジュ（古代ローマの軍人・殉教者。ドラゴン退治の伝説でも知られる）になるには窮地に陥る覚悟も必要だ。勝利の騎士を気取るのならそれも見習うべきだ。その決心の堅さも同じように模範にするのだと心の準備を整えた彼に、驚くような知らせが届いた。心臓が飛び出すほど息せき切ったジュヌビエーブがまるで内臓を投げ出すように彼の面前にその知らせを投げつけた。

「あなたのソートラルがね、何をしたと思う？……あいつのもとに帰るなんて馬鹿なことをした不幸な娘をさんざん殴りつけているのよ」

「アリスのことか？」

「アリス・クネゴンドだか、エルネスティンヌだか苗字はどうでもいいけどね。そう！　あいつの前の愛人よ。証言台では涙ながらにきれいごとを並べ立てて……あなたが恥ずかしげもなく励ましたあの娘のことよ」

「いくらなんでもそれは言い過ぎじゃないのか……」グレゴワールは反論したがその声は今にも消え入りそうだ。

「まだ言い足りないわ！……あなたはおめでたいから騙されたんじゃないの？　あの穢れなき子羊は、戻ってきたお人よしの女をまた殴るしか能のないろくでなしよ。昨晩部屋をたたき出された、馬鹿な娘は訴える気もないんですって！……」

ジュヌビエーブは部屋の中を大股で歩き回った。怒りでかぼちゃのように膨らんでいる。

「あの悪党を助けようとするドン・キホーテだったとはね」

「アリスを外に追い出したのか？」

「ええそうよ！　そして服も窓から投げ捨てたの。お嬢様は半裸だったからね。ソートラル氏は普段から素晴らしく洗練されたご趣味をお持ちのようで、犠牲者は裸でなくちゃお気に召さないみたいよ。これでもサディストじゃないと言えるかしら！……」

奈落の底に突き落とされた！　二の句が継げない。ここ数週間は砂上の出来事だったのか？

何があっても無罪を証明しようとした男は、結局は、想像の産物だったのか？　ソートラルはつまるところ皆が言っているような悪人だったのか？
グレゴワールは目のくらむような渦に巻き込まれ、沈んでいった。彼の人生最大の不運であるこの難破は避けられないことかもしれない。夢を見すぎたのだ、心浮き立たせる根なし花が咲き乱れる草原を走り回りすぎたのだ、ついに、夢想の世界は、グレゴワールの存在がなくなったら、崩壊してしまうくらい大きくなっていた。グレゴワールの正義感はその時から貸しのあるソートラルに向けられていた。彼に恩義のあるソートラルはグレゴワールのおかげで保たれた体面に泥を塗る権利はない。彼に自分から評判を落とすようなまねをさせてはいけない。更生させなければ。グレゴワールはソートラルの説得に出かけて行った。

人目を憚《はばか》るようなことはしない。むしろ目立つように大家と話をして、まわりが彼の訪問に気づくよう配慮した。街の連中は、おとなしい、変人扱いをしようとしている男の、秀でた能力を知るだろう！

寝室を別とすれば、なんの変哲もない部屋だった、グレゴワールは自分の学生時代を思い出した。ジュヌビエーブはきっぱりと「まさに売春宿ね」と言い放ったが、かつて秩序と規律が支配し、今は存在しない、そういう場所について彼女がよく知っているとは思えなかった。ソートラルは散らかった長椅子のようなものに寝そべって、皮肉な笑みを浮かべながら彼を迎えた。

「薬局のご主人ですか、もう勘弁して下さいよ！」

「ソートラル君……」

ソートラルはその言葉を遮って言った。

「申し訳ありませんね、第七陪審員殿」

彼は両手を頭の後ろで組み、くわえた煙草の煙で目をぱちぱちさせている、横には酒瓶が転がっておりその無礼な態度がアルコールのせいなのが見て取れた。

足をもう片方の足に乗せ、両膝を高く上げて、ソートラルは絡まったシーツと毛布を泥だらけの靴で踏みつけていた。

「それで？　獣の巣に、おいでなさったのは……どういった風の吹き回しで……」

彼は一気に上半身を起こし、しわくちゃの枕の山に寄り掛かった。

「いったいどういうことですかね？〈俺の殺人〉の勲章を取り上げたいとか……」

ソートラルは笑いながら、酔った体を揺らした。

「あんたに犯人を捜してくれとは言ったよ……真犯人をね……、御主人、真犯人をだよ！……そしたらあんたが自首しちまった！　あんたがね！……そんな寛大な心をお持ちなら、調べ直してくれませんかね！」

グレゴワールは散らかった服の下に潰れたスツールを見つけ、服をどけて黙って座り、どんな些細な言動も揚げ足取りの材料にしたがる哀れな若者を見つめた。

「で、御主人よ、いったいこんなところに何しにいらしたんですかね？」

「君に会いに来た、と言ったらどう思うかね？」

「そんな汚い嘘をつくんなら、さっさと近くの告解部屋に行って許しでも請うたらどうなんです！」

「ソートラル、君はスキャンダルの中心になっていないと気が済まないのか？」

「よく言うよ、失礼！　よく言いますね……そんなの何の得があるんですか？　あんたこそ嘘の自白をしておいてスキャンダルの的になるつもりじゃなかったんですか！……街の奴らは悪魔にまるめこまれている！」

「だが本当にわたしがローラを殺したと言ったら……。そうなんだよ、君が川で小舟に揺られている間に……」

ソートラルはグレゴワールを見据えたまま、激しい怒りに任せて煙草を投げ捨て、かかとで踏み消し、すぐにまた次の一本に火をつけた。

「黙れ！　さもないとこうしてやる……、こうして」

突然、彼はぺちゃんこになった枕の下から拳銃を取り出し、空中に放り投げたと思うと、落ちてくるところをつかんだ。

「俺はローラを殺していない……。ギロチンの下でも無罪を叫び続けるさ！……だが、あんたが俺のスキャンダルを横取りするのは絶対に許さない……俺をこんなに苦しめてまで助けたいっていうのはどういう魂胆なんだ？　勘弁してくれよ。あんたに真犯人を見つけてくれと言ったのは、あんたの頭の良さを見込んだからだ。だけどなんの得もないのに格好良く犠牲になってくれなんて言っていない。いい響きだ！　自己犠牲！……、俺はいやだ！　それならあんたを打ち殺す方がましだ……。

銃口が向けられた。そしてそれを際立たせるようなおぞましい笑い声が響いた。グレゴワールは身じろぎひとつしない、とうとう夢想と現実がひとつになったのだ！　勇気、真の勇気を示さなければならない、夢の中ではあんなに簡単に思えたのに、いざ死と向かい合ってみるとなかなかそうもいかない。

「わかった、とにかく……自首は撤回する。だが君はどうしてアリスを殴るんだ？　どうして叩き出すんだ？」

「余計なお世話だ！……」

暴力にもグレゴワールは平然としていた、いやそれ以上だった。相手は感情的になりすぎている、会話をとぎらせては絶対にいけない。

「そんなことをしてはだめだ！……何があっても、だ！……アリスは君を信じ切っていた、君を救うために悪口も甘んじて受けた。それなのにこんなひどい仕打ちで恩を返して疑いを限りなく濃くする結果になった。街の人々がなんと言っているか……」

「わかったよ、もうたくさんだ。さあ、とっとと帰ってくれ！」

「君が約束してくれないと……」

「この期に及んで何を約束するっていうんだ？……俺は自由だ。あんたが強く望んで、努力してくれたことだよ……自由、それが入り用だったんだろう、違うか？……命の救い神を演じる道楽。

安上がりの道楽だよな、全く勘弁して欲しいよ！……」

ソートラルは言葉を切り、片目を半分閉じて訪問者を眺めた、まるで彼を標的に定めたように長々と。

「匿名の手紙をよこしたのはあんただったのかな……」

グレゴワールの人の良い顔に笑みが浮かんだ、忍耐がやっと報われた笑みだ。

「そうだ」

「あんただったのか！……気づくべきだったな。いやらしいまねを！……」

「どうして？　君が裁判所送りになるのを救おうとしただけだ。何故ってわたしが……いや、違う、違う……」グレゴワールは慌てて言い直した。ソートラルが毛布の上に置いてあった拳銃を手にしていたのだ。

だが訪れたのは沈黙だった。浜辺から大きな波が引くように若者の顔から激しい表情が消えた。彼は何度も首を横に振った、怒りはあっという間に消え失せ、次に口を開いた時には声色が変わっていた。

「あんたは人の人生に首を突っ込む人種だ、特に、間の悪い時に……。あんたがここに入ってきた時俺が何を考えていたかわかるか……」

ソートラルの顔が無限の喜びで輝いた。

「自殺さ」

「やめろ！」グレゴワールは叫んだ。

彼は慌てて立ち上がった。ある意味、自分のものとも言えるソートラルの命を守ろうとして。自殺は自白とみなされるだろう。遅きに失した自白、しかしながら有罪の立証だ。

「銃をよこしなさい」

「嫌だ……」

「よこすんだ！……」

口元に嘲るような笑いを浮かべ、ソートラルは乱れた髪を左右に振った。いつもの反抗的な態度で。

「俺は自由だよ、おやじさん！……誰のおかげだっけ？……だから俺の人生は俺のものさ、好きにさせてもらうよ」

「銃をこちらに渡すんだ」

グレゴワールは彼に向かって突進し、銃を持っている手をつかんだ、今度は有無を言わさぬ強い力が働いた。ソートラルの手首をぴしゃりと叩くと銃はグレゴワールの手に渡った。ほんの一瞬、ほんの一瞬の間、全ての動きが凍りついた、時の流れが止まったように。二人の視線が交錯した。グレゴワールは手に持った銃をじっと見つめていた。ソートラルは、不意に、その意味を理解し、声をあげようとした。そして銃声。ソートラルの、突然動かなくなった瞳の中に大きな疑問の色が浮かび――（勘弁してくれよ……）――そして消えた。

グレゴワールが自由になる番だった、ソートラルはもういない、川岸のあの瞬間からグレゴワールの人生に影を落としてきた彼はいなくなった、もう無罪を証明しなくてもいい、やっと安心できる。

家路をたどるグレゴワールの足取りはやましさのない良心を映し出すかのように穏やかだった。ソートラルを訪ねるところは皆に見られている。名誉のためにしたことなのだ。これが何にも勝《まさ》る解決法だ。

銃には彼の指紋がついている、議論の余地はない。薬剤師、グレゴワール・デュバルはソートラルを殺した。街はやっと自分達の過ちを悟るだろう。グレゴワールは正気で、ソートラルは本当に無罪だったのだと。夢想の先行きを妨げるものは何もない、心に描かれたとおりだ。彼の人生は全て意味のあるものになり、理解のない街を相手にした一年にもわたる戦いのやっとたどり着いた結果は意味のあるものだろう。

愚かなソートラル、スキャンダルの中心にいたいと願っていたとは。自分はローラの死を望んでいた訳ではなかったし、ソートラルを殺すつもりもなかった。二人を手にかけたのはただ正義のためにだけだ。全ては終わった、これで安泰だ。

グレゴワールは夫婦の寝室のきちんとカバーのかかったベッドの上に身を横たえていた、部屋には調和のとれた収納家具が整然と置かれていて、引き出しやクローゼットの中がきれいに片付いているのは開けて見なくてもわかる……。

ドアが勢いよく閉まるのが聞こえた、予想していた時が来た。ヴァラールが逮捕状を持ってやって来たのだ。これでようやく法が正しく機能する。

慌ただしい足音と共に、部屋の戸口に人影が立ったが、それはヴァラールではなく、ジュヌビエーブだった。生き生きとした顔の両頬は燃えるように赤い。

「ああ！　ここにいたのね……」

何も知らないふりをしている！　警察に先んじてやって来たのは彼を慮《おもんばか》ってのことだ。これから惨憺《さんたん》たる修羅場が繰り広げられるのだろう。だが自分はスパルタ人のように恐れを知らない。

「あんなに何度も言ったでしょう、ソートラルは……」

彼女はちょっと間を置いてから言い、グレゴワールは間髪を入れずに聞き返した。

「自殺したのよ」

「なんだって？」

「ピストル自殺よ。心臓を打ち抜いてね！　あなたと別れたすぐ後に！　また一体どうして訪ねたりしたの！　あなたって全く間の悪い人ね！」

「だが……」

「本当なのよ！……大家さんが銃声を聞いたの。あなたが出て行ったすぐ後に自殺したのよ！」

（すぐ後に！……）

証人は何人もいるらしい。信頼のおける誠実な証人が。愚かなもの達だ、しかし反論の余地はなかった。

「そんなはずは……」

「嘘じゃないのよ、あなた！　これほどはっきりした自白がある？　無罪にしたあなたの過ちも水に流してもらえるわね。街の人々は一安心よ」

ジュヌビエーブ自身も肩の荷を下ろしてため息をついた。

「やっと終わったわ！」

そして沈黙。グレゴワールは自分の過ちに気づいていた。沈黙、街が求めていたのは沈黙だったのだ。彼よりも強い力を持ち、城壁に囲まれた家々のように掟を守り、外敵をはねのけ、デュバルのスキャンダルを拒絶する。打つ手はない、どんなに強い力を持ってしても認めさせることはできない、どうあがいても無駄なのだ。

「どこへ行くの？」ベッドから降りた夫にジュヌビエーブは訊いた。

彼は静かにそして優しく微笑んだ。

「新製品のアイデアがあるんだよ。デュバニュイだ。安全な睡眠薬で……ぐっすりと夢も見ずに眠れるんだ……」

「すごいわ……」ジュヌビエーブは呟いた。「この薬の研究をしていたから、あなたはあんな風になって……」

「そうだよ、僕の愛し《マシェリー》いジュヌビエーブ……」

訳者あとがき

フランシス・ディドロという作家の日本での知名度は決して高いほうではない。今回の訳書を除いた邦訳ではおそらくポケミスの「月あかりの殺人者」だけなのではないだろうか。しかし彼の作品は犯罪・ミステリーものからサイエンス・フィクションまで結構多岐に渡っているらしい。その中でも「七人目の陪審員」は一九五八年に刊行された後、一九六二年には映画化、二〇〇七年にはテレビドラマ化されているところを見るとディドロの代表作のひとつに数えられる作品ではないかと推測される。だが今の若いフランス人達はディドロの名前も、当然この作品についても知らない。

またこの「七人目の陪審員」に使われる表現は難しいのか、古臭いのか、とにかくわかりにくい。それはフランス人にとっても同じらしく知人のフランス人に第一章を見せたところ「日本語に訳すのは無理じゃない？」とまで言われた。

私が「七人目の陪審員」を知ったのは、今から三十五年前（一九七九年）に亡くなられた、欧米文学、ジャズ、映画などの評論家植草甚一氏が「雨降りだからミステリーでも勉強しよう」で数ページを割いていた紹介文のお蔭である。ただ紹介を読んでも本を探そうという気にはならなかった。何故ならその数ページですじが殆どわかってしまったからである。「七人目の陪審員」は犯罪小説《ブラック・ユーモア》であってミステリーではない。犯人は第二章でわかってしまう。ただしこの小説の面白味は犯人探しにあるのではなく、誤認逮捕された容疑者の陪審員に選ばれそうになった、真犯人である主人公、がなんとかその義務を逃れようとあの手この手を使う、その過程がユーモラスなのである。それにもかかわらず選ばれてしまった彼はどうするのだろうか……。

主人公は空想の世界（本文では夢想と訳してある）に浸る趣味があり、そのうちに空想（最後は妄想と呼んでもいいかもしれない）と現実の区別がつかなくなるという何とも変わった人物なのであるが、表向きは妻と立派な薬局を経営しており人々からの信頼も厚い。舞台はフランスにある架空の大きな地方都市で、そこに生まれた人々は一生をその〈街〉で過ごす。〈街〉は母のような存在であり、その暗黙の掟に背くことは許されない。殺人が起きたとしてもそれは〈街〉の人々の犯行ではあり得ない。そこでよそから来た若者が犯人に仕立て上げられるという筋立てである（映画又は英訳ではアルジェリア人という設定だったと思うが原文でそれは明らかにされていない。ただの〈よそ者〉である）。

ヨーロッパ諸国の歴史が今も守られ、街並みも殆ど変わらないのは（旅行した経験のある方々は）よくご存じだろうと思うが、街並みだけでなく考え方もそう変わってはいない。作者はそういう保守的な街を揶揄する意図を裏に隠してこの作品を書いたのだろうとわたしは思う。しかも時代は戦争が終わってからまだ十三年しか経っていない。フランシス・ディドロはマダガスカルで生まれているという。パリで学んではいるが、もしかすると彼はパリにさえも自分に対してそんな排他的な〈街〉の気配を感じたのかもしれない。

フランスの人々は他国も揶揄するが、自国を揶揄することに対しても寛容である。プロットを追ったり、トリックに騙されたりという推理小説とは一味違う、この作品が評価されたのもフランス人のそんな懐の深さのなせる技なのではないだろうか。

ところで作品の中に「リセ」や「バカロレア」という言葉がでてくる箇所がある。わたしはうっかり誰でも知っている言葉だと思ってしまい解説も入れなかったが、確かに日本で知名度のある言葉ではないかもしれないので、ここに短い解説を入れさせてもらうことにする。フランスで「リセ」とは一般的に日本と同じ3年制の高等学校のことを指す。リセを卒業するのには「バカロレア」という難しい試験に受かることが必須であり、バカロレアに受からないとどこの大学にも行けない、逆にバカロレアさえあれば一般的にはどの大学にも入れるというシステムであり、日本のように各大学の試験を受ける訳ではないので滑り止めはない、厳しい卒業試験である。「バカロレアがないとスーパーのレジくらいしか仕事はない」と言われているとか、いないとか。

バカロレアには、普通バカロレア（化学、人文、経済・社会）、技術バカロレア、工業バカロレア、とあって、エリートを目指す学生は普通バカロレアを受ける。今は特に理工系が人気だそうである。試験には口頭試問と論文形式とがあり、第一章で長男のローランが「気楽な口頭試問の」最中という言い回しがあるが、これは論文に比べればという意味合いで、口頭試問も決して簡単なものではないはずである。ローランは薬局を継ぐべく科学系バカロレアを受験しているようだ。

また、陪審員の数について、有名なアメリカ映画「十二人の怒れる男」にあるように、つい十二人と考えてしまうが、フランスでは一九四五年に七人、この作品が出版された後の十一月に九人に変更されたそうである。

「七人目の陪審員」には英訳もあり、植草氏は恐らく英訳をお読みになったのではないかと思われるが、この英訳がかなりの意訳で、訳せない箇所を飛ばしたり、原文にない文章を入れたりしている。こういうのを英語版超訳というのかもしれない。

最後に、わかりにくいフランス語の言い回しを訳すのに助けてくださったベロニック先生を始めとするフランス人の方々、この作品を訳すチャンスを与えて下さった編集者の皆様、そして翻訳の師としてここまで導いてくださった、仁賀克雄先生、その他アドヴァイスを下さった大勢の方々に、この場を借りてお礼を申し上げたいと思う。本当にありがとうございました。

フランシス・ディドロの受容をたどる

横井　司（ミステリ評論家）

フランシス・ディドロを日本に最初に紹介したのは誰か？

たとえばこんなクイズを出されたら、ちょっと海外ミステリに詳しいファンなら、植草甚一の『雨降りだからミステリーでも勉強しよう』（晶文社、一九七二）だと即答されるだろう。『宝石』に連載され（一九六二・一～六四・五）、同書に収められた「フラグランテ・デリクト」の第8回「英米で注目されだしたフランスの推理小説」で、フランシス・ディドロについて大きく枚数を費やして紹介しているのである。そこで植草も書いているが、その当時、翻訳が出ていたのは、パリ警視庁賞を受賞した『月あかりの殺人者』（一九四九）のみ。そこで植草は、同書を古本屋へ買いにいったら、「読者の人気はあまりなかったとみえ、たいていの古本屋にきれいなのが残っているのを発見した」と書いた上で、同作品について「スタイルが古いので」といって☆☆★という評価を下している。

植草の評価を引き継いだ観がある森英俊の『本格ミステリ作家事典［本格派篇］』（国書刊行会、一九八）では、『月明かりの殺人者』に対しては、「連続殺人犯が流行歌を歌いながら現場を立ち去るという〈リッパー〉物。ただし、出来は平凡」とあるのみ。これはディドロにとっては酷だった。

『月あかりの殺人者』は植草が察した通り、確かに評判が良くなく、当時の書評に次のように書かれている。

　フランシス・ディドロは、はじめて日本に紹介される人だが、推理小説に手を染めたのは、かなり古い方で、この「月あかりの殺人者」は一九四五《ママ》年の作と、彼の経歴に書いてある。すでに十七冊も発表しているそうだから、腕は、そう下の方ではないのだろうが、しかし、このミステリーも、ぼくには、あまりいただけなかった。

　つまり、人物が混み入っている割には、犯人は、すぐ目の前にいる、と云った定石が少しも崩れていず、しかも、ラストの種明かしまでは、かなりダラダラと書いている。

　おハナシは、「月あかりの殺人者」という流行歌の口笛が何処からか聞えてくると必らず殺人が起るという、三つの連続殺人を骨子に「何でも請負屋」のドゥーブラブラン《ママ》とその秘書ナターシヤの活躍が描かれるのだが、こう云ったコンビものは、ペリー・メイスンものでお馴染みで、その方でも、あまり食指が動かない。やはり、フランスも、この辺の世代のものは、あまり面白いものがないようで、本をお買いになる時には、五五年以後に処女作を発表したような人を選んで読まれる方が無難のようだ。

これは『ヒッチコック・マガジン』一九六一年八月号に掲載された「今月のベスト5」における佐藤重臣の評で、☆ひとつ20点で60点ついている。ドゥーブルブランをドゥーブラブランと誤植しているのは見逃すとしても、ペリー・メイスンでお馴染みだというのは、ハヤカワ・ミステリで陸続と訳されていた日本の読者にはお馴染みだったかもしれないけれど、四九年当時のフランスではどうだったかということくらい、配慮してもいいのではないか。ちなみにディドロの本書が出た時に、ペリー・メイスン・シリーズはアメリカで二十冊を超えた程度だったのである。そしてメイスン&デラ・ストリート的なコンビものは、決してガードナーだけの専売特許だったわけでもなかった。日本にお馴染みの作家でいえば、アガサ・クリスティーのトミー&タペンス・シリーズなどもあり、ひとつのパターンであった。それをどう料理しているかぐらいは考えても良かったのではないか、というのは、贔屓の引き倒しか。

ディドロの『月あかりの殺人者』は、探偵役だけでなく、プロット自体も、クリスティー・スタイルに対するフランス風のレスポンスだったと思う。これ以上、詳しく書くとネタバレになるので、そこまでにしておくが、もともとクリスティーのスタイルはフランスのミステリ作家と相性がよく、それは『そして誰もいなくなった』（三九）の先蹤ともいわれるスタニスラス＝アンドレ・ステーマンの『六死人』（三一）をあげるだけでも明らかだろう。

要するに、ペリー・メイスン・ミステリに瞠目していた、あるいは飽き飽きしていた当時の日本の読者に対して、細部には工夫があるとはいえ、ペリー・メイスン・スタイルの長編が紹介されたことは、ディドロにとっては不幸であった。

植草甚一は、先の「フラグランテ・デリクト」で、ディドロの英訳された長編である*Feu sur le mage*（一九五六）と*Le Septième Juré*（五八）の二作品を詳しく紹介しているのだが、これらの長編がついに今日まで紹介されなかったのは、ペリー・メイスン・スタイルの作家という印象が災いしたのかもしれない。この植草が紹介した内の後者が、ここに翻訳された『七人目の陪審員』である。

一九九八年になって森英俊が『世界ミステリ作家事典［本格派篇］』においてディドロの項目を立て、「植草甚一が絶賛したことでも知られている」「まさにディドロの真骨頂が発揮された法廷ミステリの傑作」と評されながら、これまで紹介を逸してきた一作でもあり、植草甚一の紹介から四十三年ぶり、森英俊の紹介から十七年ぶりに、初めて翻訳されることになった、まさにファン待望の幻の逸品といえよう。

植草は『七人目の陪審員』について、『ニューステイツマン』という雑誌で書評を担当していたモーリス・リチャードソンや、ミステリ・ファンにはお馴染みであるイギリスの作家・評論家ジュリアン・シモンズを「感心させたオリジナリティ」を買って☆☆☆☆★★を付けている。☆＝20点、★＝5点だから、合計して90点と、かなりの高得点だ。

ただし植草は、どういうオリジナリティがあるのかについては、直接は書かずに、作品のアウトラインを紹介することで、説明に代えている。したがってかなり詳細に作品のあらすじについて書いているので、これでもう読まなくてもいいんじゃないかという気持ちになってしまうくらいだ。だが小説というのは、アウトラインが分かればそれでいいというものでもなく、そこに描かれた同時代の気分なり雰囲気なりは、やはり読んでみないと分からない。それに植草の本自体が、現在、あまり目に触れないものであることを思えば、森の事典以降の新しい読者に向けて、やはり訳す意味があるといえるのである。

フランス・ミステリといえば、今も人気があるモーリス・ルブランのアルセーヌ・ルパン・シリーズを代表格として、これまでに多くの作家が紹介されてきた。ルブランとほぼ同時代の、黎明期の作家としては、エミール・ガボリオやフォルチュネ・デュ・ボアゴベ、ガストン・ルルーがいるし、英米ミステリのいわゆる黄金時代にあたる大戦間にデビューして、その後、長きにわたって活躍し、現在でも高い評価を受けているジョルジュ・シムノンがいる。シムノン同様ベルギー出身で、同じ頃、本格ミステリを書いていたスタニスラス＝アンドレ・ステーマンがいっとき脚光を浴びたことがあるし、本格ミステリなら他にクロード・アヴリーヌという作家も紹介された。戦前から個別に活躍していた作家が合作ユニットを組んだボアロー＆ナルスジャックを筆頭に、セバスチアン・ジャプリゾ、フレッド・カサック、カトリーヌ・アルレー、ミッシェル・ルブランといった作家たちが五〇年代以降に台頭してきた時代には、フランス・ミステリとは技巧的なプロットに際立った特色を持つジャンルとして捉えられてきたように思う。先に引いた『ヒッチコック・マガジン』のレビューで佐藤重臣が「五五年以降に処女作を発表したような人を選んで読まれる方が無難」と書いているのは、この辺の事情を踏まえている。ボアロー＆ナルスジャックの『悪魔のような女』こそ五二年だが（本邦初訳五五年）、アルレーの『わらの女』

（五六。本邦初訳五八年。デビューは五三年の『死の匂い』）、ルブランの『殺人四重奏』（五六。本邦初訳六一年）、カサックの『殺人交差点』（五七。本邦初訳五九年）、ジャプリゾの『シンデレラの罠』（六二。本邦初訳六四年）といったデータからもそれは明らかだろう。五〇年代後半以降、フランス・ミステリ・ルネサンスといった状況が生まれていたのである。

他にも、ノエル・カレフ（五六年デビュー）、ユベール・モンテイエ（六〇年デビュー）、ルイ・C・トーマ（六六年デビュー）といったサスペンス系の作家たちが紹介された。昔から訳されていたフレデリック・ダールは『甦る旋律』（五六）が八〇年に文春文庫から出て以降、続々と訳され、サスペンス作家として歓迎された。

七〇年代後半にはジャックマール&セネガルのようなユニット作家がアガサ・クリスティーばりの設定で話題になったり（日本では八〇年代にブレイク）、八〇年代後半にはポール・アルテがディクスン・カーばりの設定で話題になったりした（日本では二〇〇〇年代にはいってブレイク）。九〇年代に入って、特異な設定で人気のあったブリジット・オベール（九二年デビュー）が紹介される一方で、本国では七〇年代デビュー組のJ＝P・マンシェットやジャン・ヴォートランの書くような犯罪小説が話題になったこともある。

そうした主流の受容史の傍らに、シャルル・エクスブライヤ（五八年デビュー）とかピエール・シニアック（五八年デビュー）、ダニエル・ペナック（八五年、ミステリ作家デビュー）などの、ユーモア路線ともいうべき流れがあり、あえて位置づけるなら、フランシス・ディドロもそうした一群のユーモア・ミステリの作家、もしかしたらその先駆的存在ということになるかと思う。

ロジェ＝フランシス・ディドロは、一九〇二年、植民地総督の息子としてマダガスカル島で生まれた。その後、父の仕事の関係で、アンティル諸島（中米）、サン・ピエールおよびミクロン島（カナダのセントローレンス湾に浮ぶフランスの海外準県）、ガイアナ共和国（南米）、アフリカなどを経巡ったという。パリで何年か教育を受けた時に飲酒に絡む問題を起こしたらしく、それをきっかけにしてアフリカ、アメリカとフランスの間を行き来するボヘミアンとなったようだ。そのうちにラジオ、映画、テレビ業界に関わるようになり、助監督を務めたり脚本などを書いたりし始める。一九三四年に *Le Drame de Saint-Léger* を刊行して、小説家としてデビュー。翌年にはホセ・ベルナール名義で *La Mort écarlate* を発表、ドミニック・ルカン警視を創造した。その傍ら、ロジェ＝フランシス・ディドロ名義でアルセーヌ・ルパンを髣髴させるアメリカ人冒険家サムソン・クレーヴァルが活躍するシリーズや、シャルル・ロベール＝デュマとの合作でSFを発表するが、一九四二年でいったん小説の刊行は途絶える。戦後、一九四九年になって『月あかりの殺人者』を発表し、これがパリ警視庁賞を受賞。五一年からは、オレステス・ビニョン警視シリーズを開始。六五年までに十三に及ぶ長編を発表した。さらに一九七六年からはガストン・ルナール警視シリーズを開始し、八二年までに九作刊行。一九八五年に歿したが、同じ年に *Le Coq en pâte* を刊行している。享年八十二。

右の経歴は、主にフランス語版の Wikipedia を参考にしたものである。フランス語によるコンパクトなミステリ事典として知られるロベール・ドゥルーズの『世界ミステリー百科』（一九九一）は、フランス作家に対する記述の充実では他に類を見ない資料であり、もちろんディドロの項目もあるのだが、欄外の小項目扱いになっている。その項目がクロード・アヴリーヌの欄外に置かれているあたり、向こうでの評価をうかがわせるのだが、それはともかく、原著刊行の翌年にＪＩＣＣ出版から翻訳された日本版には、なぜか訳され洩れてしまっているのが残念。

先に述べた略歴とも重なるが、短い項目なので、参考までに以下に試訳を掲げておくことにする。

フランシス・ディドロ（一九〇二―一九八五）

植民地総督の息子は、アンティル諸島、ガイアナ、およびアフリカに父と共に訪れる。一九三七年に怪盗紳士サムソン・クレーヴァルを、そして一九五一年（ジャック・デクレがフランス推理小説大賞を受賞する年）には『毒のワルツ』など十三の冒険小説のヒーローであるビニョン警視を創造する。『月あかりの殺人者』で、一九四九年のパリ警視庁賞受賞。ベルナール・ブリエ主演でジョルジュ・ロートネルにより映画化された有名な『七人目の陪審員』の作者でもある。

ジャック・デクレというのは、アンリ・ド・モンテルランの友人で（というふうにドゥルーズは紹介しているのだが）、フランスではジル警視シリーズで知られる作家。ここであえてデクレにふれるあたりがドゥルーズ節ともいえる特色なのだが、それはそれとして、右でドゥルーズが書いている通り、『七人目の陪審員』はジョルジュ・ロートネル監督によって一九六四年に映画化された（日本では劇場未公開。『刑事物語・死の証言』というタイトルでテレビ放映されたようだ）。その後、テレビ・シリーズ『ヒッチコック・サスペンス』第一シーズンの第二十四話として一九六三年に映像化され（日本での放送順では第十一話。邦題「償い」）、さらに二〇〇七年になってフランスで、エドゥワール・ニエルマン監督によってテレビ映画化される（日本では『7人目の陪審員』というタイトルで衛星チャンネルで放送された）といった具合に、都合三度も映像化された人気作でもある。

本書は『月あかりの殺人者』とは違い、最初から犯人を伏せているといった体の作品ではない。第二章で早々に犯人は明らかとなり、その後は、無実の罪で捕まった男の冤罪を晴らすために、犯人自身があれこれ工夫を凝らして苦労するが成し遂げられず、当の無実の被告人の裁判で陪審員に選ばれるという物語である。無実の被告人を雪冤するからといって、たとえば映画『十二人の怒れる男』（五七）のような、陪審員室におけるロジカルな説得劇が展開するわけでもない。そこらへんはかなりいい加減なのだが、とはいえ陪審員裁判に対する強烈な風刺劇になっている点は見逃せない。というか、フランス国民に対する強烈な風刺を読み取ることすら可能だ。植草甚一が「フラグランテ・デリクト」で匂わせているSSという頭文字が意味することと併せて、ナチス協力者の女性が頭を刈られて迫害されたという歴史的事実について言及されていたことを考えてみるなら、本書で風刺されているのは何なのかは明らかではないだろうか。近年の映像化では冤罪をかけられる容疑者は外国人という描かれ方をしているようだが、それが同国人であっても、共同体から排除する論理が働く大衆ファシズムのありようが、強烈なブラック・ユーモアを通して描かれている。それこそが本書のキモであるといっていい。殺人を犯したにもかかわらず、自分の行為には違和感を持たず、ひたすら雪冤という正義に邁進するという主人公の心の在り方も、実に奇妙な味わいを残す。いささか作家論寄りではあるけれども、ディドロのボヘミアン的経歴を思えば、こうした作品が書けたのも、故なしとはしないといいたくなってくる。

『月あかりの殺人者』が翻訳された一九六一年頃は、ブルース・ハミルトンの『首つり判事』（四八。邦訳五九年）、シリル・ヘアー『法の悲劇』（四九。邦訳六〇年）、ヘンリイ・セシル『法廷外裁判』（五九。邦訳六〇年）など、ハヤカワ・ミステリで法廷ミステリの傑作が次々と訳された時期にあたる。それを思えば、『七人目の陪審員』が翻訳されなかったのは残念でならない。セシルの『法廷外裁判』とエクスブライヤの『死体をどうぞ』（六一。邦訳六六年）を掛け合わせたような『七人目の陪審員』は、ユニークな法廷ミステリとして、日本のフランス・ミステリ受容史に足跡を残していたに違いないのである。

ここで最初にあげた、日本で最初にフランシス・ディドロを紹介したのは誰か、というクイズに戻ることにしよう。森英俊の『世界ミステリ作家事典［本格派篇］』を熟読した方ならお分かりかと思うが、戦前の『新青年』での紹介が初めてだった。

①「裏の裏の真相」『新青年』一九三六年夏期増刊号（八月五日発行、一七巻一〇号）
②「藁の大統領」『新青年』一九四〇年新春増刊号（一月一日発行、二一巻一号）

共にロゼ《ママ》・フランシス・ディドロ名義で掲載されたもので、訳者はいずれも瀧一郎である。

①は、穏やかな好人物夫婦の射殺死体が発見され、妻を射殺した上で夫が自殺したかと思われたが、夫の手元に残された拳銃の口径と、妻の死体の射入口の口径とが合わず、さらに夫の傷口は手元の拳銃の口径と合ったものの、凶器から二メートル離れた距離から撃たれていたことが判明する。この奇妙な状況の謎を、十九歳になったばかりの青年レイモンド・スーペルが解くというストーリー。

②は、サムソン・クレーヴァルものの一編。メキシコ湾遊弋中の郵船に乗り合わせていたクレーヴァルが、ニカマラ共和国大統領の密室における奇妙な死の謎に、女秘書のクセニヤと共に挑むというストーリー。

ディドロの短編としては他に、ビニョン警視ものの一編「羊頭狗肉」が、長島良三編『フランス・ミステリ傑作選(1)／街中の男』（ハヤカワ・ミステリ文庫、一九八五）に収録されている（川口美樹子訳）。こちらは、奇妙な交通事故死をめぐる皮肉な真相がビニョン警視によって快刀乱麻を断つ如く解決される。本来なら事故死で処理されるところだったが、ひょんな偶然から解剖されることになり、謀殺事件であることが判明するという展開が面白い。

右に紹介した短編からも分かる通り、ディドロの作風は、いわゆる本格もののテイストに近い。

日本ではE・S・ガードナーのペリー・メイスンものの亜流としてみられた、あまり評判の良くない『月あかりの殺人者』にしたところで、シリアル・キラーによる連続殺人というストーリーをひねった本格ものだった。

ドゥルーズの『世界ミステリー百科』では、クロード・アヴリーヌの欄外項目として紹介されていることでも分かる通り、本国においてもフランシス・ディドロはいわゆる本格テイストをその特徴としていると目されていると考えてもいいだろう。そうしたディドロの代表作が、本格テイストとは掛け離れた、探偵＝犯人＝陪審員という設定の、本格ミステリを皮肉るような異色作であることは、まさに皮肉としかいいようがないものの、これを機会にユーモア・ミステリ作家としての側面に光を当てるような作品が紹介されることを期待したい。

〔訳者〕
松井百合子（まつい・ゆりこ）
法政大学在学中アテネフランセでフランス語を習得。大学卒業後、フランス、ストラスブルグ大学フランス語学科に留学。帰国後フランス系外資金融機関東京支店勤務を経て現在翻訳に従事している。

七人目《しちにんめ》の陪審員《ばいしんいん》
——論創海外ミステリ 139

2015年1月25日　初版第1刷印刷
2015年1月30日　初版第1刷発行

著　者　フランシス・ディドロ
訳　者　松井百合子
装　画　佐久間真人
装　丁　宗利淳一
発行所　論　創　社
〒101-0051　東京都千代田区神田神保町2-23　北井ビル
電話 03-3264-5254　振替口座 00160-1-155266

印刷・製本　中央精版印刷
組版　フレックスアート

ISBN978-4-8460-1391-2